KB055738

팔디오
자칭 대마도사

토오루
현대에서 용사로
소환된 소년

세실리아
여신교회
《신검기사단》의
기사

"이제 와서 통하겠냐, 그딴 게

바싹 다가오는 파괴의 물 덩어리를 막아내더니——
정말 가볍게, 잘근잘근 부숴버렸다.

레이아
천재 마법소녀

루우
용사의 안내역인
마물

나의 용사
5

아오이 세키나 지음 | **Nino** 일러스트 | **정우** 옮김

일러스트 | Nino

목차

사쿠야
베릴 마을
여관집 딸

레이아
천재 마법소녀

월터
미밀 마법학교의 교사

스카
뇨르드 호의 선장

후긴 / 뮤트
《마인》

마카미 히로키
입원 중인 토오루의 형

그 외
등장인물

**팔디오
멜크리우스**
대마도사(자칭)

등장인물

세실리아 시빌
여신교회 신검기사단의 일원

루우
토오루의 사역마

미카미 토오루
현대에서 용사로 소환된 소년

characters

프롤로그

내 보물
1학년 2반 미카미 토오루

내 보물은 책상이에요.
왜냐하면 아빠가 같이 가서 사줬거든요.
아빠는 사람들을 돕는 중요한 일을 하고 있어서 항상 바쁘세요.
그래서 지금까지 아빠랑 같이 산 물건은 달랑 책상 하나뿐이라서 내겐 보물처럼 소중합니다.
그리고 엄마가 만든 절임 요리도 내겐 보물처럼 소중해요.
엄마가 만든 절임 요리는 오직 우리 엄마만 만들 수 있어요. 우리 엄마 최고!
그래서 진짜 가장 소중한 내 보물은 우리 아빠와 엄마예요.
아빠와 엄마의 보물은 나라고 해요. 우린 서로 비겼어요.
내 생일이 다가오는 여름방학 땐 모두 같이 여행을 가요.
아주 큰 배를 탈 건데 정말 기대돼요.
사진이나 승차권이나 선물 같은 것들도 보물처럼 소중하게 간직할 거예요.

제1장 황야에서

나, 미카미 토오루의 인생은 아마 좀 평범하지 않은 것 같다.

머리에 피도 안 마른 초등학교 4학년짜리가 인생을 얘기 하다니, 어른들이 보면 '애늙은이' 같다고 한소리 할 법한 살짝 낯간지러운 말이라는 건 나도 잘 알지만.

알지만, 그……

평범한 아이라면 이세계에 용사로 소환 같은 건 안 당할 것 같다.

……아니, 사실은 내가 잘 몰라서 그렇지, 남자라면 누 구나 한 번쯤은 용사를 경험하는 건가? ……아마 그건 아 닐 것 같긴 한데……. 아버지도, 료 삼촌도, 형도 그런 말 은 한 적이 없으니까.

뭐, 어쨌든 내 인생은 '파란만장'하다.

특히 용사로 소환된 이 이세계에는 《마법》《마물》《여신 님》 같은 판타지적 요소가 입이 떡 벌어질 정도로 무진장 많은 터라 이제 웬만한 일엔 익숙해졌다.

개성이 강한 동료들의 성향을 보더라도 그렇다.

내 사역마인 귀여운 털뭉치 루우가, 날 도와주는 역할임에도 불구하고 그다지 도움이 안 되는 데다 내용물이 여행 온 직장여성 같은 것에도 익숙해졌고.

이 세계에서 내 보호자가, 쓸데없이 태도만 거만한 대마도사이자 덜떨어진 어른 팔디오 · 멜크리우스라는 슬픈 현실 앞에서도 전혀 기죽지 않으며.

이 그룹의 유일한 양심이자 내 호위를 맡고 있는 최강의 여기사, 사부 세실리아 · 시빌이 사실은 '쇼타콘'인 데다 '놀부심보'인 것도 넓은 아량으로 받아들이고 있다(라기 보단 말의 의미를 이해 못 하고 있다).

그렇게 넷이서 함께 하는 여로 역시 엄청 파란만장했는데.

평범한 마물과 맞닥뜨려 싸우는 건 물론이거니와 《마인》이라는 강적이 우리 목숨을 노린 적도 수차례. 제대로 요리를 할 줄 아는 사람이 아무도 없는 바람에 식사는 매번 이상했으며, 《여신의 시련》이라나 뭐라나 하는 초고대문명의 유적 같은 의문투성이 던전도 탐색해야 했고, 내가 살던 세계에선 생각할 수 없는 자연현상과도 맞닥뜨렸다. 마물들의 대행진 같은.

사람들이 사는 마을로 가면 또 가는 대로 투기대회에도 참가했고, 도시를 뒤흔들 대사건에도 휘말렸으며……뭐, 내가 아무리 머리에 피도 안 마른 초등학교 4학년짜리라고 해도 조금은 삶이 이치를 아는 듯한 말투를 써도 되잖아 싶을 정도론 인생 경험을 쌓았다.

산전수전 다 겪은 최근엔 완전히 이 세계에서 체험하는 일에 대해선 와우, 엄청나! 하고 감동이나 감탄은 하지만, 그렇다고 놀라 뒤로 나자빠질 정도로 기겁은 하지 않게 된 나지만.

바로 지금.

"⋯⋯."

난 기가 막혀 입을 떡 벌리고 멍하니 서 있었다.

⋯⋯왜냐면⋯⋯아무리 판타지 요소나 이상한 사람들에게 익숙해졌다고는 하나⋯⋯그, 아무리 그래도———.

"멈춰, 거기 수상쩍어 보이는 악당들! 이 천재 마법소녀인 나의 화려한 마법 앞에 쓰러지고 싶지 않으면 얌전히 물과 음식을 건네세요!⋯⋯아, 당신들이 곤란하지 않을 만큼만———."

———아무리 그래도 황야에서, 하늘하늘한 드레스와 현란한 요술 지팡이가 트레이드마크인 《마법소녀》에게, 대놓고 노상강도질을 당할 줄은 꿈에도 생각지 못했다.

※

그 일은 날스를 나온 지 약 2주가 지난 어느 날 일어난 사건이었다.

다음 목적지인 《대가의 미궁》에 가고자 발을 들여놓은, 온통 바위와 흙뿐인 건조한 불모지 니빌 황야.

그곳은 항상 휘몰아치는 모래태풍 때문에 하늘은 어스레하게 어둡고 마을이나 집락도 없는 터라 여행객이나 상인마저도 접근하지 않는 불모의 땅. 그럼에도 피에 굶주린 호전적인 마물만은 어김없이 사납게 날뛰고 있는 이제는 작은 지옥의 땅이었다.

상황이 이런지라 평소엔 태평한 조직인 우리들조차도 모래 먼지를 피하려고 후드 망토를 깊숙이 눌러쓴 채, 말 없이 그저 서둘러 앞으로 가고만 있는 형국. 여로를 즐길 여유 따위 요만치도 없었다.

그런 가혹한 환경에서 지내길 이틀째. 돌연 우리 눈앞에 나타난 사람이———.

"훗, 소리도 안 나오는 모양이군요. 여기서 이 천재 마법소녀인 날 맞닥뜨린 걸로 당신들은 운이 다한 거예요! 돈은 나중에 줄 테니 어쨌든 지금은 단념하세요!"

———이런 상황이다. 이러면 순간적으로 아무도 반응을 할 수 없다. 그보다…….

『(……신기루?).』

어쨌든 모두 동시에 눈을 북북 비볐다. 하지만……눈을 비벼 봐도 역시 눈앞엔 의기양양한 얼굴의 마법소녀가 우두커니 서 있다.

나이는……고등학생 누나 정도 될까? 천진난만한 얼굴

과 연분홍빛 머리색 탓인지, 이상하게도 트윈테일의 '정석'
이라 할 수 있는 머리모양이나 옷차림 자체는 그녀에게 잘
어울렸고, 억지스러운 코스프레이는 《마법소녀》 역사에
한 획을 그을 정도로 완성도가 높았다.

다만 그런 만큼 그녀가 당당하게 황야에 서 있는 모습은
한층 더 '환영 같은 느낌'이 농후했는데.

누나는 한마디도 하지 않는 우리가 불안한지, 조금 겁먹
은 표정으로 말을 계속했다.

"지, 지금, 무섭거나 뭐 그런 거 아니거든요! 나, 나, 난
결코 악당한테 굴하지 않아요! 헛된 저항은 안 하는 게 좋
아요오!"

"(악당?……아——)."

새삼 우리들이 지금 하고 있는 꼴을 확인했다. ……확실
히 모두 모래 먼지를 피하려고 거무스름한 두건을 깊이 눌
러쓴 채 걷고 있었으니까, 상당히 수상쩍어 보였는지도 모
르겠다. ……아니, 그래도 지나가는 개가 봐도 마법소녀인
걸 알 것 같은 차림을 한 채, 황야에 우두커니 서 있는 소녀
에게 '수상한 사람' 취급당할 이유는 없는 것 같은데……

어쩔 수 없이 일단 내가 두건을 벗은 뒤 마법소녀와 마
주했다.

마법소녀는 두건을 벗은 내 얼굴을 보자 눈을 끔벅댔다.

"아, 어머? 어린아이? ……핫, 설마 이건 불법 인신매
매——."

얼굴이 새파래지며 덜덜 떨기 시작하는 마법소녀. 나는 성가신 오해를 받기 전에 싱긋 웃으며 말을 건넸다.

"아니야, 누나. 우리는 그냥 여행 중이야. 그러니까 악당이나 뭐, 그런 게 아니라⋯⋯."

최대한 그녀를 진정시키려고 억지로 웃으며 시껄이는 나. 그런 내 모습을 본 마법소녀는 확실히 납득━━━하기는커녕 긴장한 빛이 역력한 얼굴로 내 등 뒤에 있는 동료들에게 요술 지팡이를 겨눴다!

"어린아이를 이렇게까지 훈련시키다니, 어쩜⋯⋯어쩜 이런 비열한 짓을! 더 이상 용서 못해요!"

『아, 아니?!』

무, 무슨 이런 엄청난 착각을!

우리가 엄청 동요하다 문득 정신을 차려보니 어느 사이엔가 하늘 높이 치켜든 요술 지팡이에서 하얀 빛이 나오기 시작했다.

마법소녀는 지금까지와는 완전 딴판으로 돌변, 영리함이 넘치는 얼굴로 담담하게 입술을 움직였다.

"《가람(伽藍)에 울리는 천상의 멜로디, 더러운 몸을 씻을 술잔에 가득한 술, 흘러넘치는━━━단죄의 빛!》"

"헉?! 으어이어이어어이, 이거 실화야, 너?! 너너, 너, 너희들, 어쨌든 모두 그 자리에서 한 발짝도 움직이지 마!"

『?!』

팔디오의 예사롭지 않은 진지한 경고에 우리는 움찔 몸

이 굳어졌다.

다음 순간, 마법소녀의 요술 지팡이가 한층 더 격렬하게 빛나는가 싶더니━━━.

"《아크 레인!》"

━━━상공에서 무수한 빛줄기가 쏟아져 내렸다.

『━━━━━━━━━━━━━━━━━.』

그 빛들은 그대로 땅에 탕 떨어지더니, 딱딱한 지반을 간단히 관통해 수많은 구멍을 만들어냈다.

비처럼 내리는 빛이 잇달아 쏟아져 내렸고 그러고 약 10초 후. 모든 게 끝났을 무렵엔━━━.

『............』

━━━우리 주위는 좀먹은 것처럼 숭숭 구멍이 난 땅으로 변해 있었다.

그 너무도 압도적인 힘 앞에서 우리는 그저 식은땀을 흘리며 꼼짝 못하고 가만히 서 있었다.

마법소녀는 원래 모습으로 돌아가자 다시 탁 우리에게 장난감 같은 요술 지팡이를 들이댔다.

"어때요? 이걸로 아셨지요, 내 실력!"

그 물음에 말없이 꾸벅꾸벅 고개를 끄덕이는 우리들. 확실히 그녀의 실력은 터무니없을 만큼 대단했다. 평소 팔디오의 맥없는 금기마법밖에 접한 적이 없는 건 차치하더라도━━━지금까지 이 세계에서 본 것 중에서도 엄청나게 차이가 나는 마법 공격력. 그녀의 실력은 상당했다.

……아니, 뭐, 지금처럼 방심하고 있는 사이나 주문을 읊는 사이에 공격한다면, 나나 사부라면 한순간에 꼼짝 못하게 할 수도 있겠지만, 그렇지만…….

『(그녀의 팬시한 모습과 실력의 언밸런스……뭔가 엄청 무섭습니다만!).』

나와 사부는 명확하게 설명할 수 없는 공포에 기가 눌려 움직이지 못하고 있었다.

그, 있잖아……아무리 성질이 거칠고 싸움을 잘하는 사람이라도 한창 죽으라고 주술을 걸고 있는 사람한테 싸움을 거는 건 좀 망설여지잖아? 딱 그런 분위기. ……아니, 애초에…….

"아, 저기……누, 누나?"

쭈뼛쭈뼛 말을 걸어봤다. 마법소녀는 온화하게 날 쳐다봤다.

"아. 미안해. 무서웠지? 그래, 그래, 너만 이쪽으로 와."

"음, 음, 그러니까……."

……응, 뭔가 변함없이 오해를 하고 있는 듯했다. 어쨌든 난 고분고분 그녀 곁으로 가서, 다시 오해를 풀려고 웃으며 교섭을 시도했다.

"누, 누나? 저기 말이야, 난 딱히 저 사람들한테 붙잡혀서 조련당한 게 아니라. 우린 서로 합의하에 손을 잡은 동료 사이로……."

"그렇군요. 그런 식으로 말하라고 철저히 교육받은 거군요. 불쌍하게도…….”

뭔가 마법소녀가 불쌍한 눈으로 쳐다보며 내 머리를 쓰담쓰담했다. 역시 정말로 얘기가 안 통했다.

―――그러자 무슨 이유인지 여기서 지금까지 조용히 사태를 지켜보던 사부가 자신의 두건을 획 벗더니 이상하게 안달을 내며 입을 열기 시작했다.

“어, 어이, 거기 천재 마법소녀인지 뭔지 하는 소녀! 토오루를 스스럼없이 만지지 마!”

그 말과 사부의 모습에 마법소녀는 놀라 눈이 휘둥그레졌다.

“어, 어머? 의외로 악당 같지 않은 여성이군요…….”

오. 이건 오해를 풀 기회인지도 모른다. 사부도 그리 판단했는지, 살짝 평소의 평정심을 되찾더니 침착한 태도로 말을 이었다.

“아아, 맞아, 잘 들어, 마법소녀여. 난 세실리아 · 시빌. 신검기사단 기사야.”

“기사, 인가요?”

마법소녀가 눈을 끔벅댔다. ……좋아, 이건 먹힐 것 같다.

사부도 그리 판단했는지, 감정을 억누르며 신중하게 말을 이어나갔다.

“맞아. 그리고 그 아이는 토오루 · 미카미. 난 사정이 있어 그의 호위를 맡고 있어. 왜냐면…….”

사부가 차례차례로 설명하려고 하는데, 지루한 대화가

참기 힘들었는지, 팔디오의 두건 속에서 루우가 불쑥 튀어 나왔다. 그러자…….

"(음? 왜 지금 팔디오, 허둥지둥 두건을 다시 썼지? 이상해)."

나의 작은 의문은 일단 제쳐두고, 루우가 가슴을 펴고 자기소개를 시작했다.

"루우는 루우입니다! 이번 대의 용사이신 주인님 미카미·토오루 님의 사역마입니다요! 한창 많이 먹을 나이이지요! 그리고 엄청 셉니다요!"

사부의 절차를 완전히 무시하고 자기소개를 시작하는 루우. ……뭐, 새빨간 거짓말을 하나 한 것 말곤 딱히 문제되는 발언을 한 것도 아니지.

뭐, 어쨌든 이걸로 마법소녀도 우리에 대한 오해를──.

"아……뭔가요? 즉 거기 있는 최강 기사와 말하는 사역마는 이 토오루 군이 이세계에서 소환된 용사이며 자신들은 세상을 구하기 위해 여행 중이다, 뭐 그렇게 주장하는 거네요?"

『…………。』

아니, 뭐지. 마법소녀 씨, 엄청 의뭉스러운 눈초리로 나와 사부를 보고 있는데. 이건 혹시…….

우리가 소녀의 다음 반응이 어떨지 대충 상상을 하고 있는 가운데, 마법소녀는……실제로 딱 우리가 상상한 대로 반응했다.

"그런 희귀한 조직과 황야에서 하필이면 그것도 우연히 만날 리가 있나요오오오오오!"

『마법소녀가 그런 말 하면 어떡해애애애애애애애애애!』

다시 마법소녀가 싸울 태세로 요술 지팡이를 쥐었고, 애가 탄 사부가 드디어 검을 뽑았다.

뭔가 이제 상황이 엉망진창이 돼버렸다. 이건 포기해야 돼. 이 사람은 요컨대 '벽창호'인 거야. 한 번 굳게 마음을 먹으면 끝, 어설픈 대화론 자기 생각을 바꾸지 않아.

마법소녀가 중얼중얼 뭔가를 읊으면서 날 보호하듯 꽉 끌어당겨 안았다. ……아, 뭔가 부드럽고 좋은 냄새가 나. 살짝 정겨운 느낌도…….

"너……너어어어어어어어!"

그리고 무슨 이유인지 사부가 이 타이밍에서 갑자기 꼭지가 돌았다. 아, 위험해, 이건, 적을 진심으로 벨 때의 눈이야! 게인전 때와 같은 눈빛이야! 왜?! 뭣 때문에?! 게다가 마법 주문을 외고 있는 것 같은데, 이대로 갔다간 어느 한쪽은 확실히———.

"아앗, 정말! 그만둬, 그만둬, 너희들……으아앗! 제기랄, 빌어먹을 녀석들!"

『?』

일촉즉발의 상황에서 갑자기 팔디오가 크게 소리쳤다. 모두가 그를 쳐다보는 가운데, 마법소녀는 의아해하며 불쑥 중얼거렸다.

"? 조금 전부터 말이지요……어쩐지 그 불쾌한 목소리, 어디선가 들은 적이 있는 것 같은……."

"엥?"

마법소녀의 말을 들은 내가 엉겁결에 불쑥 한마디 내뱉었고. 팔디오는……조금 주저하면서도, 그러나 마음을 굳힌 듯 두건을 벗더니 마법소녀와 정면으로 마주 본 채, 검지로 자신을 가리키며 외쳤다.

"나야, 나! 기억하지! 전 클래스메이트 팔디오 · 멜크리우스야!"

"어……. ……잠깐, 으아, 팔디오?! 어, 어째서 당신이?!"

마법소녀가 깜짝 놀라며 그의 얼굴을 말똥말똥 쳐다봤다. ……아무래도 정말로 아는 사이인 듯하다.

후유, 가슴을 쓸어내리는 우리. ……맙소사, 사정이야 어찌됐던 간에 이걸로 겨우 오해가 풀릴 것 같다. 그와 아는 사이가 아니었다면 지금쯤 어떻게 됐을까.

아니, 근데, 정말로 좀 아는 사이 정도가 아니라…….

팔디오는 귀찮다는 듯 머리를 긁적이며 어딘가 쑥스러워하며 말을 이었다.

"뭐, 그, 뭐랄까……그 사건 이후, 처음 보는 건가……오랜만이야, 레이아."

"팔디오……."

두 사람 사이에 흐르는 뭔가 있는 듯한 분위기. ……어이 어이, 이건…….

우리가 흥미진진하게 사태를 지켜보는 가운데. 마법소녀……레이아 씨는———.

———레이아 씨는 지팡이를 단단히 쥐며 소리 높여 외쳤다!

"서, 설마 당신이 인신매매에 관여하다니! 얍얍, 얌전하게 있어!

『진짜 성가셔어어어어어어어어어어어어어어어어어어어!』

마음 깊은 곳에서 터져 나오는 우리의 절규가 모래바람이 휘몰아치는 황야에 공허하게 울려 퍼졌다.

※

마법소녀와 조우하고 나서 약 2시간 후.

우리는 여로에 끼게 된 그녀와 함께 니빌 황야를 횡단 중이었다.

"내 망토, 돌려줘."

등 뒤에서 팔디오가 벌써 몇 번째인지 모를 원망에 찬 말을 내뱉었다.

그러나 뉘 집 개가 짖냐는 듯 아랑곳하지 않은 채, 그에게서 낚아챈 망토를 푹 뒤집어쓴 마법소녀……아니, 레이아 누나는 황야를 걸으면서 우리와의 대화를 속행했다.

"정말로 말씀하신 대로예요, 세실리아 씨. 정말 팔디오가 해댄 찌질한 못된 짓은 만난 그 시점부터 줄곧 일관적이라 오히려 감탄하게 돼요."

"흠흠. 나도 그를 만나고 난 뒤에 생각을 다시하게 됐어. ……내 마음속에서 인류 최악이라는 말의 정의가 크게 바꿨으니까 말이야."

"됐으니까, 내 망토 돌려줘."

등 뒤에서 다시 들리는 팔디오의 목소리. 그러나 레이아 누나는 한층 더 망토를 여봐란듯이 깊숙이 고쳐 쓰고는 우리를 향해 싱긋 웃어 보였다.

"그건 그렇고 토오로 군, 당신들이 지나가서 살았어요. 나 혼자 그대로 있었으면 제아무리 내가 천재 마법소녀라고 해도 아주 살짝 위험했을지도 몰라요."

"아, 아니야, 그건 전혀 상관없는데……하지만 레이아 누나, 왜 이런 곳에서 노상 강도짓을 하고 있었어?"

내 질문에 레이아 누나는 동요하며 시선을 피했다.

"노상강도가 아니에요. ……그저 이 위기 상황을 맞아 아주 조금, 지나가는 사람들한테 옷이나 음식을 우격다짐으로 나눠 달라고 했을 뿐이에요."

"어이, 거기, 누가 봐도 노상강도인 여자. 내 망토, 돌려줘."

등 뒤에서 따지는 소리가 날아들었다. 아무래도 살갗에 닿는 모래 먼지가 꽤나 괴로운 모양이다. 그러나 레이아 누나는 그걸 변함없이 뉘 집 개가 짖냐는 듯 무시하며 우리에게 변명을 늘어놓기 시작했다.

"설마 이런 황야를 선량한 여행객이나 상인이 지나가고 있을 줄은 생각지도 못한 터라 우격다짐으로 어떻게 해보자는 생각을 했을 뿐이죠. 평소의 저로 말할 것 같으면 정말 훌륭한 정의의 마법소녀이거든요. 네네."

"흐——음, 마법소녀, 말이지요……."

루우가 납득이 안 된다는 듯이 중얼거렸다. 그도 어쨌거나 내가 살던 세계의 지식을 가지고 있었기 때문에 '마법소녀'라는 단어에 대한 위화감은 한층 더 컸을 것이다. 당연히 나도 의문의 눈초리를 거둘 수 없었다.

우리의 반응을 보고 레이아 누나는 무슨 일인지 "앗, 맞아요" 하고 뭔가 납득했다는 듯 탁 손뼉을 쳤다.

우리가 의아하게 생각하고 있자, 그녀는 싱긋 웃으며 말하기 시작했다.

"자기소개를 아직 안 했군요."

"? 아니, 팔디오의 지인 마법소녀, 레이아 누나잖아?"

"그게 아니라, 좀 더 정식적인 소개 말이에요. 아직 통성명도 안 했잖아요."

"? 하아, 분명 루우 일행, 레이아 님의 풀 네임은 모르지만……."

나와 루우는 대체 이제 와서 왜 저러나 싶어 서로 얼굴을 쳐다봤다.

우리가 그러는 동안 레이아 누나는 조금 사이를 두더니 새삼 다시 우리에게 자기소개를 했다.

"내 이름은 레이아 · 키사라기. ──선대 용사였던 어머니와 그 동행기사였던 아버지 사이에서 태어난 인간이에요."

"뭐?! 그, 그건, 즉…….."

내가 놀라 눈을 동그랗게 뜨고 있는데 레이아 누나는 상냥하게 웃으며 내게 전했다.

"우리 어머니는 당신처럼 《일본》 사람이에요, 토오루 군."

『뭐어?!』

놀라는 나와 루우의 목소리가 겹쳐졌다. 사부도 소리 내어 말하진 않았지만 감탄한 듯했다.

그리고…….

"됐으니까, 내 망토 돌려줘."

팔디오는 흔들림 없이 같은 반응을 보였다. 레이아 누나는 당연히 무시하며 말을 이었다.

"어머니 말에 따르면 그쪽 세계에선 정의를 위해 마법을 쓰는 여성은 모름지기 이런 차림을 해야 한다는 엄격한 규정이 있다면서요."

『아니.』

나와 루우는 어떻게 반응해야 할지 난감했다. ……아니,

뭐, 확실히 내가 살던 세계에선 마법을 쓰는 소녀(창작의 세계)는 대체로 그런 차림인지도 모르겠지만⋯⋯그건⋯⋯.

레이아 누나는 자신만만하게 가슴을 펴며 말했다.

"그래서 모범적인 마법소녀가 되길 바라는 전 평소에도 이런 차림을 하는 거예요!"

『(착각이 장난 아니게 심해! 아니, 성실한 소녀한테 뭘 가르친 거야, 선대 용사 엄마?!).』

나와 루우는 기가 막혀 말이 안 나왔다. 사부는 어떠냐 하면 "흠, 그런 거였구나" 하며 내가 살던 세계에 대한 지식이 없어서인지 의외로 순순히 받아들였다. ⋯⋯아니, 저⋯⋯.

우리가 오해를 풀어줄까 망설이고 있는 사이에도 레이아 누나는 불끈 주먹을 쥐며 말을 계속했다.

"솔직히 말하면 사실 나도 부끄러워요! 왜냐면 이런 차림 아무리 봐도 이상하잖아요! 내가 안쓰러워요! 딱 어린이용 창작물에 등장할 것 같은 차림이에요! 이게 평상복이라니, 일본 마법소녀라나 뭐라나 하는 애들은 완전히 정상이 아니에요!"

『(본인 감각으로도 이상하다는 걸 알아! 어쩜 이리도 가여울 수가!).』

"실제로 이 스타일을 관철시키기 위해 안경도 안 끼고 있는 탓에 항상 시야는 뿌옇고 무엇보다 이 요술 지팡이! 장난감처럼 보이는 정도가 아니라 정말 거의 장난감 수준인지라 마법발동 보조도구로선 최악 중의 최악, 압도적으로 쓰기 어려워요! 느낌상 내 원래 실력의 반도 발휘 못 하는 것 같아요!"

『(마법소녀가 돼도 아무런 이점도 없네!)』

"그렇지만!"

거기서 레이아 누나는 하늘을 올려다보며 굳게 맹세하듯 지팡이를 치켜들었다.

"난 그래도 이 스타일을 관철시킬 거예요! 왜냐하면 그게…… 그게, 자긍심 높은 용사의 딸로 이 세상에 태어난 정의로운 마법소녀의 책무이니까요!"

"오오!"

"그럼, 망토 벗어. 그런 다음 나한테 넘겨."

망토 없이 몰아치는 모래 먼지를 견디던 팔디오가 궁시렁궁시렁 주절댔고, 사부는 순수하게 감동한 기색으로 손뼉을 짝짝 쳤다. 팔디오는 차치하고 사부 쪽은 기사단에 소속된 자로서 규칙에 얽매여 있으면서도 정의를 위해 투쟁하는 그녀의 의지에 감명이라도 받은 듯했다. ……아니, 레이아 누나의 경우는 원래 전혀 얽매일 필요가 없는 규칙에 본인이 멋대로 얽매여 있는 거지만…….

그런데 나와 루우로 말할 것 같으면…….

"? 아니? 무슨 일 있으세요, 두 사람 다? 혹시……저의 이세계 마법소녀 스타일, 뭔가 잘못됐나요?"

불안스레 물어오는 레이아 누나. 나와 루우는 서로의 얼굴을 쳐다본 뒤……바로 만면에 미소를 지으며 그녀에게 대답했다.

『아니 아니, 그걸로 완벽해(요)!』

말할 수 없다……! 이만치나 치욕과 불운을 견디며 오랜 세월 활동해온 사람에게 실은 그 스타일 완전히 잘못 된 정도가 아니라 솔직히 안쓰럽다는 잔혹한 말 따위, 어떻게 해!

레이아 누나가 "그래요!"라며 신명나게 웃고는 앞을 걸어가기 시작했다.

……이 지점에서 겨우 이 팔디오가 레이아 누나를 친구라 하면서도 '성가셔'라거나 '그리고 귀찮아. 한없이 귀찮아. 끝없이 귀찮아'라고 했던 말의 의미를 이해할 수 있었다. ……이건 확실히……딱히 나쁜 사람은 아니지만…….

그대로 한참 황야를 걸어가다 갑자기 사부가 레이아 누나에게 물었다.

"근데, 마법소녀———아니, 키사라기여. 넌 대체 왜 이런 곳에 있었던 거야?"

"아아, 그건 말이지요…….."

사부의 질문에 잠시 거북해하던 레이아 누나가 대답했다.

"볼일이 있어서 마법도시 룬헤임에 가는 길이에요."

"룬헤임에? 분명 우리도 그 도시로 향하는 도중이긴 하지만……그러나 우린 이 니빌 황야가 《여신의 시련》 여정 속에 포함돼 있기 때문에 지나가는 것뿐이야. 근데, 일반 여행객 입장에선 멀리 돌아가는 데다 그냥 나쁜 경로잖아? 왜 일부러 여길?"

사부의 그 질문에 레이아 누나는 무슨 이유인지 "으──음" 하며 표정이 굳어졌다.

"아……아니, 그, 제 딴엔 꽤 깊이 생각한 끝에 취한 행동이었는데, 설마 했던 터무니없는 약간의 실수 때문에 노상에서 쓰러졌다고 할까요……하지만 어쨌거나 계획한 대로 일이 진행된 기분도 든다고 할까요, 아니, 너무 앞만 내다보다 눈앞에 있는 걸 못 봤다고 할까요……."

『?』

모두 그녀의 사정이 이해가 안 돼 고개를 갸웃했다. 그러나 어쩐지 레이아 누나는 그 이상은 얘기하고 싶지 않는 듯했다. 왠지 힐끔힐끔 뒤쪽의 팔디오 모습을 살피는 것이, 아무래도 하는 짓이 수상했다.

뭐, 어쨌든 우리로서도 딱히 억지로 캐묻고 싶은 건 아니었다.

분위기를 바꾸기 위해 나는 한껏 어린아이다운 천진난만한 목소리로 소리쳤다.

"맞, 맞다! 나, 나, 레이아 누나랑 팔디오 얘기, 듣고 싶어!"

"? 우리 얘기를 말인가요?"

"으, 응! 저기, 있잖아……두 사람은 마법학교를 다녔잖아? 그때 얘기라든지, 애초에 어떻게 알게 됐는지 같은. 뭐, 그런 옛날 얘기해줘."

내 말에 레이아 누나는 바로 고개를 끄덕이며 "좋아요. 뭐, 옛날이라고 할 만큼 오래된 얘기는 아니지만" 하고 먼저 서론을 말하고 나서 얘기를 하기 시작했다.

"그건, 맞다. 약 1년 전 일이에요. 갑자기 미밀 마법학교에 난입한 그, 팔디오 · 멜크리우스가……."

거기서 갑자기 레이아 누나의 목소리가 비장감 넘치는 코멘소리로…….

"나한테서……나한테서 모든 걸 빼앗아간 건!"

『어허?!』

갑자기 두 손으로 얼굴을 감싸며 말을 꺼내는 레이아 누나를 보고, 우린 깜짝 놀랐다! 동시에 등 뒤에서 따지고 드는 격한 목소리!

"너, 말 참 더럽게 이상하게 한다! 아앙! 그리고 이제 그만 망토 돌려줘!"

"이, 이러지 마세요! 당신, 또다시 나한테서 빼앗아갈 작정이에요?!"

그곳엔 황야에서 비열한 얼굴로 미소녀가 입고 있는 옷을 벗겨 가려는 청년이 있었다.

『…………』

나와 사부는 말없이 무기를 뽑아 들었고, 루우는 《강렬한 태양의 은혜》를 던질 태세를…….

"와아, 잠깐만, 잠깐만, 잠깐만! 알겠어! 알겠으니까! 내가 말할게! 내가 미밀 마법학교 시절 얘기를 할 테니까! 근데, 너희들도 이미 알고 있잖아?! 착각이 심한 그 녀석 시점에서 얘기를 들으면 진실 따위 한 푼어치도 안 전해질 거야!"

『………….』

우리는 저도 모르게 서로를 쳐다봤다. ……뭐, 분명 그럴지도 모르겠다.

우리가 무기를 집어넣고, 레이아 누나가 "뭐예요, 그 말투!" 하며 팅팅 부어 화를 내는 가운데, 팔디오는 으이구 내가 못 살아, 하며 얼굴을 긁적였다. 그리고 어쨌든 얘기를 할 테니 모두 어서 가자고 재촉하면서 정말 나른한 목소리로 얘기를 하기 시작했다.

"그건……맞아, 1년 전쯤인가. 부모님 집을 뛰쳐나온 난 한동안 방랑을 한 뒤, 미밀 마법학교에 뛰어들었고, 그러고 만났어. 저 녀석을……."

척 턱을 치켜들어 레이아 누나를 가리키는 팔디오.

"마법학교 개교 이래 최고의 천재라 불렸던 재원, 레이아 · 키사라기를 말이야."

회상 I 자칭 대마도사와《재앙의 마녀》

"……즉 현시점에서 마법은 하나도 쓸 줄 모른다고?"

깍지 낀 손으로 턱을 괴고 있는 정말로 신경질적으로 생긴 중년 여성 면접관의 안경이 번쩍 빛났다. 그와 동시에 옆에서 대기하던 남성 면접관 둘이 앤 뭐지, 하는 표정으로 호들갑스럽게 어깨를 으쓱했다.

깊은 침묵이 흐르는 가운데, 벽시계의 초침 소리만이 공연히 넓은 면접회장에 울려 퍼졌다.

미밀 마법학교 제3회의실.

그곳에서 현재 시행되고 있는 건 전형적인 압박면접이었다. 그것도 수험자의 대응력을 보기 위한 면접이 아니라 명백히, 귀찮은 어정쩡한 입학 희망자의 기를 꺾어 내쫓으려는 악의에 찬 면접.

미밀 마법학교는 여신교회 직영이라는 사회적 위상 때문에 겉으론 누구에게나 문호가 열려 있는 교육기관이었다. 하지만 실제론 경쟁률이 너무 높아 수험 시점에서 이미 극도로 수준 높은 교양지식과 훈련이 요구되기 때문에 사실 아무런 교육도 받지 못한 서민들이 들어갈 여지는 티끌만치도 없었다.

어릴 때부터 좋은 교육을 받고 자란 상류계급, 교회에 탄탄한 연줄을 가진 권력자, 마법사로서 우수한 피를 가진 일족. 그런 사람들이 '관록을 쌓는 수단'으로 입학·졸업하는 학교.

그게 바로 미밀 마법학교라는 건 공공연한 사실이었다.

그러나 그래도 가끔은 성공할지 말지는 해봐야 안다는 기세로 아무런 뒷배도 없이 수험에 참가하는 세상 물정 모르는 사람도 있었다.

그리고 정말로 가끔……아주 희박한 정도가 아니라 아마 백 년에 한 번 정도.

여신교회 직영학교라는 이름값을 하느라 학교가 표면적으로 내세운 체제를 이용해 넉살 좋게도 중도에 입학을 희망하는, 신분조차 불분명한 후안무치한 얼간이가 나타날 때가 있었다. 즉 그게———.

"야아, 쓸 줄 모른다는 표현은 좀 그런데요, 선생님! 이 부분은 역시 쓸 줄 모르는 게 아니라 안 쓴다는 뉘앙스에 가깝지 않을까 싶은데! 그렇지 않나요? 거, 있잖아요, 어쨌든 난, 가까운 미래에 대마도사가 될 남자니까! 우헤헤헤."

『………….』
———이, 팔디오·멜크리우스라는 남자였다.

회의실의 배타적인 분위기 따위 전혀 개의치 않은 채,

중도 입학 희망자 · 팔디오는 상스럽게 웃었다. 평소엔 교편을 잡고 있는 면접관들 얼굴엔 '빨리 평소 업무로 돌아가고 싶다'는 피로감이 번졌다.

팔디오 쪽에서 봤을 때 오른편에 있는 대머리 중년 면접관이 질린 기색으로 그에게 말을 건넸다.

"……멜크리우스 군."

"…………."

그러나 팔디오는 멍하니 눈앞의 여성 면접관 쪽을 본 채 아무 반응도 하지 않았다. 남성 면접관은 뭔가 이상하다 싶어 인상을 쓰면서 다시 물었다.

"? 멜크리우스 군?"

"…………어, 아, 네, 아, 어? 아, 아──, 그거, 나, 말이군요. 나."

"아니, 자네 말고 여기에 누가 있어."

"아, 하하, 그러네요. 네. 음, 전, 멜크리우스입니다!"

『………….』

면접관들이 미심쩍어하며 얼굴을 일그러뜨렸다. ……분명히 가명 같다. 게다가 그걸 가명인 걸 알아차리지 못하게 할 도량조차 없는 데다 가끔 입을 열면 실력도 안 되는 게 큰소리를 친다.

면접관들은 이제 분노를 넘어 기가 막힐 수밖에 없었다.

그런 무언의 시간을 자신에게 주어진 어필 타임이라 착각이라도 했는지, 팔디오는 다시 요설을 늘어놓기 시작했다.

"이야, 욱해서 고향을 뛰쳐나온 것까진 좋았는데, 역시 완전히 혼자 공부하는 건 너무 힘들어서 말이지요. 근데, 고등마술지도서라든지 고대마술독해는 왜 그렇게 터무니없이 비싸요? 사기예요, 사기! 얻을 수 있는 정보량에 비해 가격이 너무 파격적이잖아요! 저는요, 거기서 골동품적으로나 미술적으로나 어떠한 가치도 발견할 수 없었다구요! 나 참, 정말 말이지요."

멋대로 팅팅 부어서 혼자서 분개하는 팔디오에게 여자 면접관은 탄식을 하면서 전했다.

"일반적인 마술지도서는 저렴하게 구입할 수 있지 않나요? 정말 겉만 보고 판단하는 사람들의 안 좋은 습성이에요. 바로 고등마술이라느니 고대마법이라느니 하는, 달콤한 말에 혹해서 달려들어────."

"아아, 아뇨, 저, 현대 범용 마술연구에 관한 건 이미 전부 여기에 들어 있는지라."

『────────────.』

머리를 툭툭 검지로 찌르면서 지극히 가볍게, 특별히 으스대지도 않고 말하는 팔디오. 면접관들은 저도 모르게 할 말을 잃었다. 또 실력도 안 되면서 큰소리치는 놈이 왔나 싶었지만, 그런 것 치곤 본인의 태도가 너무 조용했다.

실제로 팔디오는 특별히 그 부분을 더 깊이 언급하지도

않은 채 말을 이어나갔다.

"그래서 이제부터 더 배우려면 시중에 유통되는 책들 중에서도 특히 희소한 책이나 혹은 국립도서관 같은 곳에서 소장하고 있는 책을 읽을 수밖에 없는데⋯⋯지금 전 돈도 뒷배도 없는 처지라서 말이죠. 자, 그럼, 그런 종류의 문헌을 산더미처럼 소지하고 있을 마법학교에라도 들어가면 되잖아 싶더라구요. 게다가 여기라면 출세한 뒤에 갚아도 되는 후덜덜한 여신교회 장학금제도를 이용할 수 있잖아요. 이러면 정말, 장차 대마도사가 될 제가 입학해줘야 하지 않겠어요?"

『⋯⋯⋯⋯.』

"아, 아니 아니, 사례는 됐다구요? 그야 이 잘난 내가 입학·재학·졸업한 마법학교라면 선전효과야 엄청 나겠지만, 뭐, 그건 재학 중 수업료 면제와 단위면제 및 최상급 기숙사 생활과 모든 소장도서 열람 자유권으로 퉁 치는 걸로 하죠! 아──, 아니, 뭐, 댁네 학교 측에서 꼭 사례금을 추가로 주고 싶다면야 기꺼이 받겠지만 말이죠? 우히히."

『⋯⋯⋯⋯.』

면접관들은 이제 쫓아낼 요량으로 수험생에게 아니꼽게 구는 것도 까먹은 채, 그저 어리둥절하게 있을 수밖에 없었다. ⋯⋯지금까지 고귀하고 지적인 학생만 접해왔던 세 사람의 인생에서 이렇게나 '어이없는 인간'을 본 건 처음인지라, 이제 그들이 알고 있는 온갖 악담을 다 동원해 욕지

거리를 퍼붓더라도 성이 안 찰 판이었다.

　세 사람은 한참 어안이 벙벙해 넋을 놓고 있었다. 하지만 팔디오의 '속사포 넋두리'가 일단락되자 화들짝 정신을 차리고는 허둥지둥 지껄이기 시작했다.

　"어, 어쨌든, 면접은 이제 이걸로 됐어요. 물러가 주세요."

　"오, 역시 미밀 마법학교의 엘리트 선생님! 사람의 재능을 간파하는 게 빠르군요!"

　엄청 기분이 좋아 히죽히죽 웃으며 자리에서 일어나는 팔디오. 그는 의자 옆에 놓아뒀던 너덜너덜한 냅색과 손때가 너무 묻어 거무스름해진 나무 지팡이를 주우면서 일어나자, 면접관들을 향해 다시 한번 웃어 보였다.

　세 사람은 쓴웃음으로 화답했지만, 바로 살짝 초조해하며 대머리 면접관이 덧붙였다.

　"이, 이례적이기 하지만, 합격 여부는 이미 나온 터라 현관 접수처에서 물어주세요. ……일부러 합격 통지 때문에 다시 올 필요는 없습니다."

　"오옷, 그래요! 야야, 역시 멋져! 미밀 마법학교! 그럼, 말씀하신 대로 오늘은 이쯤에서……근데, 아아, 기숙사는 오늘부터 곧바로 들어갈 수 있을까요?"

　완전 들뜬 모습으로 묻는 팔디오. 면접관은 머리에 진땀을 흘리며 대답했다.

　"그, 그렇지요. 합격자라면 지금 당장이라도, 네네."

　"역시! 그럼, 오늘은 나쁘신 와중에 시간 내주셔서 감사했습니――."

하며 퇴실하려던 팔디오는 딱 멈춰서더니 그리고 다시 면접관 쪽을 쳐다봤다.

세 사람이 무슨 일인가 싶어 가슴이 콩닥대는 가운데, 그는……갑자기 내친 김이라는 듯 말을 꺼냈다.

"아, 맞다 맞아, 내가 지금 유일하게 쓸 줄 아는 마법…… 《금기마법》, 일단 여기서 시연해 보일까요?"

『헉――.』

《금기마법》――그건 이제 동화나 전설처럼 전해져오는, 일반적인 마법의 이치를 크게 벗어난 이단의 마법. 만약 그 방법을 밝힐 수만 있다면 분명 현대 마법기술에 대혁신을 일으키겠지만 너무도 재현하기 어려운 영역인지라 연구도 지지부진 진척이 안 되는 미지의 힘.

만약 그런 《금기마법》을 자유자재로 발동시킬 수 있는 자가 있다면, 그 사람은 이제 각국 연구기관이 서로 데려가려고 난리가 나는 정도가 아니라 전쟁의 방아쇠조차 될 수 있을 만큼 희소한 존재다. 그러나…….

면접관들은 '이렇게까지 거창하게 헛소리를 지껄일 수 있는 건 이제 재능인 게야' 따위의 이상한 감탄을 하면서 그걸로 이 젊은이의 마음이 홀가분해진다면야 하는 마음에, 지극히 무례하게 "자, 해보세요" 하고 딱 한마디 던지고는 이제 더 이상 그가 있건 말건 보지도 않은 채, 세 사람이서 담소를 나누기 시작한 바로 그때 일어난 일이었다.

"───《헬파이어!》" "푸훗."

───그가 뭔가를 외치자마자 여성 면접관 입에서 작은 불꽃이 튀어나온 건.

『…………』

그 순간 면접관 셋은 지금까지 보였던 태도에서 일변. 마법학교에서 교편을 잡고 있는 사람───즉 초일류 마법사로서 세세한 곳까지 꿰뚫어 보는 지혜가 넘치는 눈빛으로, 그 명석한 두뇌를 정신없이 돌렸다. ……일견 너무도 하찮은 마법이라 정말 어처구니없이 시시해 보이긴 했다. 그러나 그런데도 마법에 완전 정통한 세 사람은 싫든 좋든 알아차리고 말았다.

───이건 틀림없이 일반적인 마법의 이치에 반하는 마법이라는 걸.

『…………』

"아, 그럼 난, 가볼게요. 감싸했슴다!"

너무 놀라 어안이 벙벙해 있는 세 사람을 본체만체하고는 신나게 휘파람을 불면서 방을 나가는 팔디오.

──그리고 이 면접이 있은 지 약 5분 후.

미밀 마법학교 개교 이래 처음으로 등장한 이례적인 존재……'신원 불명의 중도 입학자'가 탄생했다.

※

"아──, 대마도사 팔디오·멜크리우스입니다. 난 너희들이랑 스펙이 전혀 달라서 이래저래 생각이 많을지도 모르겠지만 뭐, 클래스메이트로서 너무 질투하지 말고 사이좋게 지내주면 좋겠습다. 잘 부탁해. 예──에."

『………….』

교실로 들어가자마자 엄청 뻔뻔스럽게 그리 자기소개를 하는 중도 입학자에게 《특별반》 학생들은 박수를 치는 것조차 잊은 채 그저 기가 막혀 멍하니 있을 수밖에 없었다.

입학 첫날인데도 벌써부터 반에서 제일 단정치 못한 후줄근한 교복. 썩은 물고기를 매개로 사용하는 더러운 진흙술사 같은 눈동자. 예술적이라 할 정도로 떡진 머리에다 되레 오히려 어디 아픈가 싶을 정도로 잔뜩 굽은 등.

수업이 시작되기 바로 전까지 학생들은 '이례적으로 중도입학에 성공한 눈 튀어나올 만큼 대단한 녀석이 오늘부터 온대'라는 소문에 엄청 흥분했다. 하지만 지금 그들 가슴속에 언뜻언뜻 드는 생각은 딱 하나였다.

『(어떤 의미에선 눈 튀어나올 만큼 대단한 녀석이 왔어어어어어어어어어어어어!).』

원래 엘리트 학교인 미밀 마법학교 안에서도 특별히 우수한 학생들만 엄선해 모아놓은 것이 《특별반》. 그런 《특별반》에 앉아 있을 정도로 우수한 학생들에게 팔디오 · 멜크리우스 같은 존재는 컬처쇼크도 정도가 있지 싶을 만큼 생소했다.

교실이 찬물을 끼얹은 것처럼 조용한 가운데, 이 반 담임인 린 · 벨은 깜짝 놀라며 정신을 차리자 허둥지둥 소개를 계속했다.

"나, 나도 자세한 경위는 잘 모르지만, 음──그러니까, 어쨌든 그는 오늘부터 여러분과 함께 공부하게 됐으니까……잘 부탁해요."

선생님의 말을 듣고 나서야 비로소 교실 안에서 짝짝 드문드문 박수 소리가 일었다. 팔디오가 그걸 나른하게 들으면서 목덜미를 북북 긁적이자, 아직 젊은 여선생 린은 쿨럭 헛기침을 하며 뒤쪽 자리를 가리켰다.

"그럼, 멜크리우스 군. 거기 제일 뒤쪽에 비어 있는 자리가 멜크리우스 군 자리예요."

"오우."

선생님에게조차 조심성 없이 아무렇게나 대답한 뒤 하품을 하면서 가리킨 자리로 가는 팔디오. 그는 자리에 앉더니 그대로 철퍼덕 책상에 엎어졌다. 주위 학생들은 알 길이 없었지만, 입학이 결정됐던 어제부터 수업 시작 전까지 팔디오는 줄곧 도서관에 눌러앉아 염원하던 고등 마법서를 섭렵하며 금기마법에 관한 문헌을 찾고 있었던 터라 이미 체력은 한계에 달해 있었다. 옷차림이 너무 형편없었던 것도 그 때문이었다.

린이 조금 어이없어하며 말을 이었다.

"멜크리우스 군. 교과서가 방과 후에나 도착하니까 일단 오늘은 옆에 있는 레이아한테 보여 달라고———."

"아———……딱히 교과서는 됐습니다. 아마 대부분은 이미 아는 내용일 테고, 다소 흥미가 있는 부분은 각 선생님들의 개인적인 해석인데……뭐, 기본적으로 난 잘 겁니다."

말하자마자 팔디오는 책상에 와락 엎드렸다. 그의 이런 행동엔 《특별반》 학생들도 불끈 화가 났지만, 그곳은 엘리트 중에서도 특히 더 성실하게 마법을 익히려는 우등생들이 모인 곳. 역시 정체를 알 수 없는 학생에게 입을 열 사람은 없었다.

———어떤 한 사람을 제외하곤.

"저기, 당신. 그런 태도는 좀 아니지 싶은데요?"

"……아아앙?"

벌써부터 침을 책상에 흥건히 묻히며 자고 있던 팔디오는 돌연 옆에서 들여오는 묘하게 차가운 여자 목소리에 얼굴을 들었다. 두리번두리번 누구인지 찾았더니 아무래도 목소리의 주인공은 옆에 있는 여학생 같았다.

그녀는 예쁜 엷은 분홍빛 긴 생머리를 우아하게 쓸어 올리면서 정말 우등생이 쓸 것 같은 안경을 쑥 올리더니, 진심으로 경멸하는 기색으로 팔디오를 노려봤다.

실제로 그녀는 평소의 팔디오라면 한번 꼬셔보려고 알짱댈 법한 지적인 미소녀였지만, 너무 지친 나머지 성욕이고 나발이고 자고 싶은 욕구가 압도적으로 우세한 현재, 그녀에 대한 그의 첫인상은 '거참, 시끄럽네'였다.

학생들은 물론이거니와 선생님마저 당황해 지켜보는 가운데, 차갑게 빛나는 안경 너머로 여학생이 팔디오를 내려다봤다.

"이례적인 중도 입학자인지 뭔지 모르겠지만 당신, 여기에 마법 배우러 왔지요? 사랑과 정의를 위해서."

"하?"

팔디오는 한순간 설마 이 눈앞의 쿨한 미소녀가 한 말인가 싶어 깜짝 놀랐지만, 바로 다시 활기 없는 눈으로 북북머리를 긁적이며 대답했다.

"······하아······아니, 사랑이라든지 정의라든지 그런 건 잘 모르겠고······뭐, 배우러 오긴 했어."

그가 건성으로 대충 대답하자 여학생은 조금 강경한 말투로 경고해왔다.

"그럼, 정신 좀 차려요. 쉬는 곳이 아니라 배우는 장소예요, 여긴."

"……그래서 더, 지금은 자고 싶은데, 난……."

"……하?"

팔디오의 주절대는 소리를 들은 여학생은 누가 봐도 알 수 있을 만큼 노기 서린 목소리로 반응했다. 그녀의 이런 분노 앞에선 그토록 뻔뻔스럽던 팔디오 역시 조금 겁을 먹고는, 귀찮아하면서도 "아──" 하며 다시금 머리를 긁적였다.

"알겠어, 알겠어. 너……이름이 뭐였더라?"

"……레이아예요. 레이아 · 키사라기."

"아아, 응, 그럼, 레이아."

"헉?! 어, 어째서 갑자기 허물없이 이름을 막──."

조금 동요하는 쿨한 미소녀를 향해 팔디오는 담담하게 말을 이었다.

"레이아, 네가 하는 말은 지극히 당연해. 실제로 난 정말 여기에 『배우러』 왔어. 그러니까 퇴학당하지 않을 정도론 강의에도 나올 작정이야. 어쨌거나 말이야."

"어쨌거나, 라니──."

"하지만 이미 알고 있는 내용의 수업을 듣는 건 완전 시간 낭비야. 그럼, 자야지. 당연하잖아? 배우러 왔으니까. 그 시간을 자는 데 돌리고 자유시간에 자습하는 편이 낫잖아. 뭐, 물론 그게 재미있는 수업이라면 일어나서 착실히 수업을 들을 거야."

"하──! 그, 그건 불성실해요! 배우는 자세가 안 돼 있──."

"그래? 마법 따위 원래 예의 바르게 발맞추고 앉아 배우
는 게 아니잖아? 뭐, 애들이 배우는 기초 중에서도 기초라
할 수 있는 데까지는 그래도 되지만, 어느 정도까지 도달
하면 실력이나 목적에 맞춰 본인한테 필요한 것만 취사선
택해서 배우는 게 마법 아냐?

"그, 그건……."

여기서 처음으로 우등생 레이아는 답변이 궁해졌다. 팔
디오 입장에선 어쨌든 입에서 나오는 대로 적당히 그럴싸
하게 말한 것에 불과했지만, 그녀에겐 아무래도 지금 팔디
오의 논조가 효과적이었던 모양이다. 그는 그걸 잽싸게 알
아차리고는 조금 생각을 한 뒤 말을 이었다.

"그러니까 난 이 학교의 강의가 재미있고……내게 도움
이 된다고 판단하면 바로 일어나서 수업을 들을 거야? 그
걸로 됐잖아, 성실한 학생."

"──흑! 그, 그러든지요, 알겠어요."

그렇게 말하고 나서 레이아는 안경을 쓱 올리며 어딘가
모르게 우월감에 찬 미소를 지었다.

"당신이 지금까지 어디서 뭘 어떻게 배웠는지 모르겠지
만, 이 미밀 마법학교의 하이 레벨 교사진이 가르치는 멋
진 강의에 압도당하길 바라요! 분명 단 1분도 잘 시간 따위
없을 거예요."

"허──, 그거 기대되는데. 자, 어디 실력 좀 볼까."

그건 팔디오에겐 거짓 없는 솔직한 마음이었다. 만약 이 학교에 그렇게 재미있는 수업이 있다면 그도 더 이상 바랄 게 없었다. 기본적으로 게으름의 화신인 팔디오지만 마법 지식에 대한 욕심만큼은 그의 마음속에 있는 3대 욕구 같은 건 가볍게 능가했다. 강의가 재미있으면 당연히 못 잔다.

"그, 그럼, 모두, 사이좋게 지내길……."

조용히 그 말만 하고 린 선생님이 서둘러 교실에서 나갔다. 동시에 다시 바로 책상에 엎드려 색색 숨소리를 내기 시작하는 팔디오와 그걸 불쾌한 표정으로 뚫어지게 바라보는 레이아.

"크……잘 봐둬요. 강의가 시작되면 바로 일어날 거예요."

이렇게 해서 두 사람의 인연은 시작됐지만———.

———결국 이날 수업 중에 팔디오가 일어난 시간은 단 1분도 없었다.

※

이례적인 중도 입학자 팔디오·멜크리우스에 대한 학생들의 기대가 낙담과 경멸로 반전되기까지, 그리 많은 시간은 걸리지 않았다.

어쨌든 그는 최악의 학생이었다.

수업을 제대로 안 듣는 그의 태도는 물론이거니와 평소 대인관계는 최악. 거만하고 사람을 얕보는 듯한 말투에다 다른 사람의 노력을 쓸데없는 짓이라며 곧잘 비웃었다. 그런 한편 귀여운 여학생에겐 필요 이상으로 저자세로 나가다가 자기한테 마음이 없어 보이면 바로 마음이 변해 흥미를 잃어버리기 일쑤. 누구에게도 경의를 표하지 않았고 특히 학원에서 손꼽힐 정도로 우수한 여학생이자 선대 용사의 딸인 레이아·키사라기에게 가하는 수많은 행패는 급기야 일부 학생들 사이에서 '신검기사단에 통보해 감옥에 처넣어야 한다'는 소리까지 터져 나오게 만드는 형국이었다. 누가 봐도 한결같이 칭찬할 구석이라곤 눈을 씻고 찾아봐도 없는 학생. 그게 미밀 마법학교에서 바라보는 팔디오·멜크리우스라는 인간이었다.

　그중에서도 그의 평가를 최악으로 만든 건 실기능력이 완전히 꽝인 점이었다.

　아무리 큰소리치는 인간이라도 거기에 걸맞은 실력만 있다면야 엘리트 학교라고 해도 학생들의 기질이 비교적 건전한 미밀 학교에서 그 정도로 따돌림을 당하진 않는다.

　하지만 팔디오라는 남자는 고등마법은커녕 통상마법……그거야말로 어린아이가 마법을 배울 때 맨 처음 익히는, 초보 중에서도 초보라 할 수 있는 마법조차 제대로 발동시키지 못했다.

　상황이 이렇게 되자 그의 평가는 완전히 결정되어 버렸

다.

『(아마 가당찮은 더러운 방법을 써서 입학했을 거야, 최악의 쓰레기 녀석).』

그게 입학 1주일 후, 팔디오 · 멜크리우스에 대한 학교 안 모든 사람들의 평가였다.

그러나 꼭 그렇게만 보지 않는 사람도 몇몇이긴 하지만 존재했다.

그건 물론 면접 때 보였던 《금기마법》을 아는 아주 극소수의 교사진과 그리고…….

"자, 팔디오, 다음 수업하러 갈 거예요, 일어나세요."

"엥? ……뭐야, 우등생. ……아아, 다음 수업 이동이야……귀찮으니까, 패스…….."

그리 말하며 다시 책상에 엎드리는 팔디오를, 그러나 그녀———레이아는 그의 머리를 당기면서 억제로 깨웠다.

"아야, 아야야야야야! 야, 너! 무슨 짓———."

"일어났네요. 그럼 가요, 팔디오. 이번에야말로 틀림없이 흥미진진한 수업일 거예요."

"아앙? ……레이아, 너, 아직도 그런 말을……."

처음 만났던 1주일 전부터 전혀 변함이 없는……아니, 살짝 허물마저 없어진 레이아의 태도에 팔디오는 저도 모르게 얼굴을 찌푸렸다.

그러나 레이아는 이상한 듯 고개를 갸웃하며 그를 가만히 바라봤다.

"그치만 팔디오, 훈련이나 수업이 재미있으면 바로 일어
날 거잖아요?"

"아니, 그렇긴 한데……. ……너, 내가 그냥 의욕 없는 놈
이라는 생각은 안 들어? 지금까지 전부 잠만 늘어지게 잤
잖아, 나. 처음부터 일어날 생각은 없었던 건지도———."

팔디오가 일부러 천박한 미소를 지으며 그리 말했다. 그
러나 레이아는 "후훗" 하고 품위 있는 미소를 지으며 그 말
을 일축했다.

"그런 생각은 전혀 안 들어요. 왜냐면 팔디오는 착실히
수업을 들으면서 자고 있으니까요. 늘어지게 잤다는 건 거
짓말이에요. 가끔 코를 고는 척도 하지만 거의 자는 둥 마
는 둥 하잖아요?"

"…………."

상상조차 못 한 의외의 말이 돌아온 터라 팔디오는 저도
모르게 할 말을 잃었다.

그러나 레이아는 그가 소스라치게 놀라고 있는 걸 모르
는 것처럼 태연하게 말을 계속했다.

"수업 내용이 재미있으면 착실하게 듣겠다는 약속, 거짓
말이 아니지요. 뭐, 지금까진 전부 잤지만. 하지만 다음 수
업이야말로 틀림없이 재미있을 거예요. 그리고 내가 이길
거예요."

생긋 품위 있게 웃는 레이아의 시선을 팔디오는 엉겁결
에 피했다.

"그 승부, 아직도 계속하고 있었던 거야. ……나 참, 별수 없네……."

레이아의 재촉에 팔디오는 아이고 아이고, 하며 일어섰다. 그는 복도 앞을 걸어가는 레이아의 꼿꼿한 등을 뚫어지게 바라보면서 멍히 생각했다.

"(레이아・키사라기라……. 그저 착각이 심한 고지식한 우등생인가 싶었더니 실제론 얄짤없을 정도로 통찰력이 높아. ……무서운데. 이런 날카로운 발톱을 천성적으로 가지고 있는 녀석이 마법사로선 제일 상대하기 힘든 타입이야)."

자기 일은 제쳐두고 팔디오는 그런 평가를 내렸다.

———그런데 그런 생각을 하고 있던 바로 그때, 두 사람의 눈앞에서 여학생이 청소인지 뭔지 때문에 바닥이 젖어 있는 걸 모르고 와당탕 발이 미끄러졌다.

"앗."

팔디오는 저도 모르게 소리쳤다. 하지만 타이밍이나 거리상, 이건 이제 별수 없이 그녀가 엉덩방아를 찧는 걸 지켜보는 수밖에 없다고 판단한 그 순간———.

"《미풍이여》."

레이아가 중얼거리자마자 여학생의 몸을 포근하지만 강한 바람이 감싸더니 천천히 부드럽게 그녀의 등을 미는 모양새로 일으켜 세웠다.

그러고 그대로 언제 넘어졌냐는 듯 멀쩡하게 원래 자세로 돌아온 여학생은 한순간 무슨 일이 일어났는지 몰라 멀

뚱거렸지만, 우리 쪽에 있는 레이아를 보자, 바로 상황을 알아차리고는 볼이 빨개지면서 연신 고개를 숙였다.

그러나 당사자 레이아로 말할 것 같으면 가볍게 손을 들어 웃었을 뿐, 특별히 그녀와 대화를 나눌 기색도 없이 다음 수업에 참석하기 위해 씩씩하게 걸어가기 시작했다. 그녀에겐 이런 일이 그냥 일상의 일부분이었던 것이다.

레이아의 뒤를 등을 잔뜩 구부린 채 따라가면서 팔디오는 감탄에 겨워 저도 모르게 숨을 내쉬었다.

"(어이 어이, 좀 참아줘, 진짜로…… 저 한순간에 영창&보조도구 없이, 섬세하게 위력의 미세조절까지 마친 마법이라니, 너무 전문적이잖아. ……지금까지 본 실기연습이나 주위 평가에서도 알 수 있지만, 진짜 천재야. 오히려 실력도 지식도 이 학교 교사진 따위 진즉에 능가하고 있어. 수업이 가장 지겨운 건 이 여자 아닐까? 아니, 아아, 그래서 처음 만났을 때 서로 언쟁하다 살짝 말문이 막혔……)."

팔디오가 회상을 하고 있는데 레이아가 의아해하며 돌아봤다.

"? 내 얼굴에 뭐 묻었어요?"

"아아, 아니, 딱히……."

홱 시선을 돌리며 대답하자 그녀는 특별히 신경 쓰는 기색도 없이 다시 앞을 걸어갔다. 팔디오가 감탄한 걸 알 방법이 없는 레이아는 그냥 그대로 즐거워하며 혼자 중얼거렸다.

"후훗, 다음 수업은 분명 실전훈련. 거기서 팔디오는 나의 화려한 마법기술 앞에서 분명 감동해 끊임없이 눈물을 흘리며 회개, 그리고 이렇게 말합니다. 『지금까지 제가 잘못 생각했습니다! 이제부터 마음을 고쳐먹고 레이아 씨와 함께 사랑과 정의를 위해 싸우겠습니다!』 하고. 후, 어쩜 이리도 무자비한 마법소녀일까요. 이 어제의 적을 오늘 친구로 만들어버리는 정의로운 재능, 난 내가 무서워. 내가 《용사의 딸》이 아니라 《위대한 마법소녀》로서 이름을 떨칠 날도 멀지 않았어요!"

"…………."

팔디오는 당장 그녀를 높이 평가했던 자신의 생각을 취소했다.

"(이건, 그거네……재능은 재능이지만 『착각』이 심한 재능이네. 부모가 용사라는 꽤 대단한 배경을 가진 탓인지, 자신이 주인공이라는 생각이 너무 강해. 그것도 사랑과 정의 같은 걸 진짜 진심으로 내세우는 부류. ……위험해, 내가 제일 싫어하는 타입이야)."

첫날 주고받은 대화가 문제였는지, 무슨 연유인지 이 일주일간 학교에서 그녀와 자꾸 얽히게 된 팔디오로선, 앞으로도 그런 생활이 계속될지도 모른다는 상상을 하자 소름이 돋았다.

"(어떻게든 이 녀석 입을 다물게 하지 않으면 일껏 손에 넣은 쾌적한 독서환경이 파탄 나. ……뭔가 좀, 상하관계를 확실히 할 수 있는 좋은 기회가 있으면 좋겠는데……).”

그런 생각을 하면서 그녀를 따라 다음 수업 장소인 중정 훈련장으로 향하는 팔디오.

그리고 그의 소원을 이뤄줄 기회는 의외로 빨리———.

———바로 그 실전훈련 중에 찾아왔다.

※

“아니! 저, 저와 팔디오 말인가요?”

미밀 마법학교 중정 훈련장에 느닷없이 괴상한 소리를 지르는 레이아의 목소리가 울려 퍼졌다. 주위 학생들의 표정에도 동요의 빛이 보이는 가운데, 중년의 남선생 월터 · 힐디스는 자못 음험한 얼굴로 계속 말했다.

“응, 맞아. 뭐, 조 편성에 문제라도?”

“어? 아니, 그치만…….”

말문이 막힌 레이아가 팔디오를 봤다. 그는 뒤에서 남 일처럼 눈을 비비며 멍히 바라보고 있었다.

그녀는 탄식을 하더니 내가 정신을 똑바로 차려야 된다는 생각이라도 했는지, 다시 한번 선생님에게 돌아서서는 항의를 계속했다.

“저기……실전훈련은 실력이 비슷한 사람끼리 조를 편성하는 게 일반적이지요?”

"응, 그러니까, 딱 좋잖아. ……우리 학교에서 손꼽히는 재원인 자네와 소문이 자자한 실력자, 중도 입학자로."

월터가 실실대며 그런 말을 하자, 주위 학생들이 킥킥 웃기 시작했다. 이 정도로 대놓고 갈구면 아무리 정신이 나가 있는 팔디오라도 알 수 있었다.

"(아니, 뭔가 나, 지금 선생님 주도로 공개 린치당하는 건가?)."

팔디오는 어쨌거나 본의 아니게, 막연히 자기 실력이 과소평가 당하고 있는 건 알고 있었다. 하지만 실제로 마법을 못 쓰니까 어쩔 도리가 없었다. 그러나 선생이라는 자가 그걸 알면서도 일부러 학교 제일의 실력자와 겨루게 한다는 건, 즉······.

"서, 선생님, 아무리 그래도 그건———."

착한 학생의 표본인 레이아가 울컥 화가 치밀어 선생님에게 대들려는 참에 팔디오는 필요 이상으로 크게 소리를 치며 둘 사이에 끼어들었다.

"오——, 야아, 역시 월터 선생님! 와우, 이 대단한 눈썰미! 멋져요!"

『?』

선생님, 레이아, 학생들······그 자리에 있던 모두가 무슨 소린지 몰라 눈을 동그랗게 뜨고 있는 가운데, 팔디오는 실실대며 말을 이었다.

"뭐, 내 상대가 되려면 그야 학교 제일의 실력자 정도가 아니면 말이 안 되죠. 아니, 정말 나이스한 지시예요, 월터 선생님!"

팔디오는 날름 혀를 내밀더니 척 엄지를 들었다. 월터는 그 모습에 압도당하면서도 덩달아 실실댔지만———.

"신물이 나, 진짜."

"———하아?"

평소의 그와는 완전 딴판으로 위압감을 풍기며 중얼거리자 한순간 월터가 주춤했다. 그러나 팔디오는 바로 다시 평소의 경박한 표정을 짓더니 재빨리 훈련장 중앙으로 걸어갔다. 그리고 손을 팔랑팔랑 흔들며 말했다.

"좋아, 자아, 빨리 이쪽으로 와서 준비해, 레이아! 선생님이 기껏 지명했으니까 훈련장 딱 한가운데서 멋지게 겨뤄보자구, 어이!"

"아니, 잠깐 팔디오, 당신 무슨 소리를———."

레이아는 당황해 소리쳤지만 팔디오는 그녀에게 딱 얼굴만 돌리더니 씨익 도발하듯 미소를 지었다.

"아아, 이 매치가 무서운 건 오히려 너구나. 졌을 때 리스크가 큰 건 네 녀석이지! 아아, 그래서 저렇게 온 힘을 다해 항의해준 거구나?"

"무슨, 아니거———."

오해를 풀려는 레이아를 팔디오는 무척 차가운 눈으로 노려봤다.

"날 너무 얕보지 마라, 우등생."

"―――윽! 그러니까 아니라고 말하잖아요, 이 배배 꼬인 열등생! 좋아요! 알겠습니다! 확실히 좋은 기회네요, 이건! 질질 끌어왔던 승부, 여기서 확실히 결판내줄게요! 각오하세요!"

화가 난 레이아가 척척 팔디오에 이어 중앙으로 걸어 나갔다.

그녀는 팔디오 눈앞에 서더니 탁 훈련용 지팡이를 들이밀며 선언했다.

"그럼, 이 승부에서 내가 이기면……진지하게 수업을 들어주세요!"

그 말에 팔디오는 한순간 어리둥절해 있다가……바로 웃음을 터뜨리더니 배를 잡고 껄껄대며 "OK, OK" 하고 대답했다.

"이야아, 근데 말이야 너, 정말……. ……감탄했어, 진짜로."

"뭐, 뭡니까, 또 날 바보취급하고―――."

"아니, 반대야. 난 좋아해, 너의 그런 면."

"엣……."

그의 갑작스런 말에 레이아의 뺨이 발그레―――.

"바보는 바보라도 도가 지나친 바보는 보고 있으면 즐겁거든! 크하하하하!"

"윽, 바보취급하고 있어어어어어어어어어어어어어!"

―――발그레를 넘어 단숨에 빨갛게 빨갛게 빨갛게 물

들었다. 물론 화가 나서 생긴 체온 상승 때문이다.

월터가 허둥지둥 두 사람 주위에 전투 훈련용 방어 결계를 치자마자 레이아가 속공으로 주문을 읊기 시작했다.

"《지키고, 치유하고, 빼앗는 파랑! 아쿠아 볼!》"

변함없이 그녀가 극한까지 단축된 주문을 외자, 허공에 약 20개는 됨직한 물방울이 생겨나더니 술사 주위를 떠다녔다.

"(치사하긴……)."

실제로 그녀가 사용한 마법 자체는 중급 정도 되는 난이도지만 그건 어디까지나 '157개의 음절이 만들어내는 정식 주문을 통해' '물방울을 딱 하나' 생성할 때의 기준이다. 그걸 약식으로 20개라니……이제 괴물이라는 단어로도 쉽게 표현하기 어려운 기량이었다.

게다가…….

팔디오 정도가 아니라 에워싸고 있는 학생들이나 선생님까지 어안이 벙벙해 있는 가운데, 레이아는 훈련용 지팡이로 팔디오를 가리키며 외쳤다.

"《━━래피드 · 샷!》"

"우엑?! 진짜 뭐야, 너?!"

그리 외치면서 팔디오는 쏜살같이 달리기 시작했다! 동시에 그가 지나가는 지면에 마치 병기처럼 물방울이 굉음을 내며 떨어졌다.

팔디오는 힘이 빠져 비틀대면서도 간신히 전부 다 피하

고 나서, 쌕쌕 숨을 헐떡이며 레이아를 바라봤다.

"도……도가 지나치잖아, 너! 바보 아냐! 초장부터 병열 처리&복합응용을 얼마나 하는 거야! 클래스메이트한테 할 짓이야, 그게!"

"조절하고 있으니까 괜찮아요! 맞더라도 기껏해야 뼈가 으깨지는 걸로 끝나요!"

"조절한 게 그 위력이라니, 무슨 소리야?!"

내친 김에 말하면 본래 아쿠아 볼이라는 마법은 그냥 겉 모습처럼 부드러운 물방울이 마법사 몸 주위에 떠다니기 만 하는……극히 평화롭고 쓰임새가 적은, 오히려 일상용 적인 측면이 강한 온화한 마법이다. ……잘못 쓰더라도 공 격 마법은 아니다.

레이아는 지팡이를 다시 잡더니 대담하게 팔디오를 응 시하며 도발했다.

"하지만 이걸로 아셨지요? 진지하게 안 하면 당신, 다친 다고요?"

"아앙? 그러니까 말했지만 나, 현대의 시시한 범용마법 따위 쓸 마음, 요만큼도———."

"거짓말이지요."

가로막듯 단언하는 바람에 팔디오는 엉겁결에 말을 멈 췄다. 그러자 주위에 있던 클래스메이트 사이에서 야유하 는 소리가 날아들었다.

"맞아, 맞아. 안 쓰는 게 아니라 못 쓰는 거지!"

그 말에 와자지껄 웃음소리가 일었다. 굴욕스럽기 짝이 없는 상황에 그 태연하던 팔디오도 바짝 조바심이 나 저도 모르게 레이아를 매섭게 노려보지만……당사자인 레이아로 말할 것 같으면 클래스메이트들과는 완전 딴판으로 그를 경계하며 의심하는 눈초리로 노려보고 있었다.

"……정말로 당신은 마법을 전혀 쓸 줄 모르는 거예요?"

그 진지한 눈빛에 팔디오는 살짝 마음이 동했지만, 해줄 수 있는 건 익히 해왔던 그 대답뿐이었다.

"아아, 네 말이 맞아. **지금의 난** 현대 마법을 전혀 쓸 줄 몰라."

"그건 무슨……."

여전히 끈덕지게 물고 늘어지려는 레이아에게 팔디오는……씩 얄밉게 웃으며 도발해 보였다.

"거기다 네 녀석 같은 천재(웃음)님이 쓰는 마법 따위 없어도 뭐, 어떻게든 되거든!"

"──큭! 또다시 당신은……그런 식으로 날 바보 취급하고 있어어어어어어어어어어!"

다시 격앙하며 전투태세로 돌아온 레이아. 팔디오는 단순하기 그지없는 그녀의 모습에 딱 한순간 미소를 보이더니 이번엔……지급된 훈련용 지팡이마저 그 자리에 휙 내던졌다.

『?!』

그 자리에 있던 전원이 그의 기행을, 눈을 부라리며 쳐다봤다. 팔디오는 변함없이 사람을 살짝 바보 취급하는 것처럼 웃으며 말했다.

"내친 김에 또 하나 내게 불리한 조건을 추가할게, 슈퍼 천재 마법소녀 씨."

"크으! ~~!"

이 말엔 그 온화하던 레이아도 완전히 꼭지가 돌았다. 실눈을 뜨며 등을 꼿꼿이 펴고선 마치 완전히 지팡이와 한 몸이 된 것처럼 청렴하고 빈틈이 없는, 일류 검객을 연상시키는 공격 자세를 취했다.

"《무구한 낙원, 악에 물든 저승, 혼돈의 대지. 해와 달과 별은 다 같이 빛나고, 해와 달과 별은 다 같이 지켜보며, 해와 달과 별은———다 같이 멸망시킨다!》"

"크흐! 기, 기다려 레이아! 그건———."

피가 솟구칠 정도로 바짝 열이 오른 그녀가 읊어대는 주문이 얼마나 심각한지 깨달은 월터는 서둘러 제지하려고 끼어들었다. 하지만 이런 상황에서 결계로부터 의식을 떼어놓을 수도 없는 노릇이라 그냥 엄청 당황하며 허둥대기만 했다. 선생님의 당황하는 모습과 그곳에 점점 더해지는 범상치 않은 기운에 지금까지 실실대며 열등생 린치를 지켜보고 있던 클래스메이트들도 갑자기 술렁대기 시작했다.

그도 그럴 터.

"(이 착각 심한 직진녀……! 직격당하면 분명 다치는 걸로 끝나지 않을 초고등 마법을 읊기 시작했어!)."

아마 그녀에겐 팔디오를 죽이려는 생각은 없을 것이다. 그저 불성실한 반 친구의 흐리멍덩한 눈을 깨우려고 그녀 나름대로 온 힘을 다해 실전훈련에 임하려는 것뿐이리라. 그건 성실한 우등생으로서 실로 모범적인 행동이라 할 수 있다.

다만 한 가지 오산한 게 있다고 하면.

그녀의 잠재능력은 다른 사람들과는 차원이 다른 레벨이라 마법 위력 또한 전혀 웃고 넘길 수준이 아니라는 것.

레이아의 지팡이에서 일곱 색깔의 빛이 뿜어져 나오는 걸 보면서 팔디오는 그만 아뿔싸 싶어 완전히 풀이 죽었다.

"(아, 아니, 위험해, 내 딴엔 승산이 있다고 보고 도발했는데……예상했던 위력보다 20배는 강한 것 같다?! 이거, 자칫하면 삼류 선생의 결계 따위는 손쉽게 깨버리고 이 자리에 있는 사람 정도가 아니라 훈련장 밖에까지 대규모로 피해가 발생할지도 몰라……)."

팔디오의 얼굴에서 싸악 핏기가 가셨다. 이 시점에서 '진짜 위험이 느껴질 땐 무리하지 말고 피하면 돼'라는 선택지가 사라져버렸다. 즉…….

팔디오는 콧물을 흘리며 벌벌 떨면서도 단단히 자세를 가다듬더니 본격적으로 싸울 태세를 갖췄다.

"(내가 뭐라도 안 하면, 두 사람 다 범죄자가 될 지도 몰라아아아아아아아!)."

예사롭지 않은 분위기를 간파한 학생들이 알아서 슬슬

피하기 시작하고, 팔디오가 각오를 정한 그 순간.

드디어 레이아가 마법을……발동시킨다!

"《포톤 세이드!》"

그녀의 지팡이에 모인 일곱 색깔의 빛이 한 줄기 백색 빛이 되어 팔디오를 향해 발사된다!

대상을 꿰뚫어 태워버리는 마법 포톤 세이드.

빛을 다루는 마법이라는 건 기본적으로 에너지 효율이 극히 나쁘다. 그래서 보통은 검지만한 크기의 광선이 옷 표면을 가볍게 그을리게 할 정도의 귀여운 공격마법이다.

그러나 레이아라는 희대의 마법소녀가 온 힘을 다해 사용한 현재, 그 마법 위력은…….

"어이, 어이……좀 참아줄래."

팔디오의 온몸을 덮고도 남을 굵직한 울트라 레이저 빔이 되어, 대기를 태우고 땅을 원통형으로 파내면서 곧장 다가오고 있었다.

신화를 상기시키는 압도적인 파괴의 빛.

유일하게 다행인 점은, 방대한 질량 때문인지 진행속도가 지극히 느려 사람이 잔달음질하는 속도로 다가온다는 것이려나. 하지만 그렇기에 더욱더 분명히 그 공격력은 절대적. 팔디오가 피하면 우선 틀림없이 결계를 부수고 벽을 관통해 학교를 파괴……아무리 그래도 학교 전체를 둘러싼 결계까지는 넘지 못할 것 같지만, 그 과정에서 학생 중에 부상을 입는 사람이 나와도 이상하진 않다.

"아아아아앗, 제기라아아아아알!"

팔디오는 머리를 거칠게 쥐어뜯고 긁적이더니, 눈물이 그렁그렁한 눈으로 광선을 받아들이듯 두 손을 펼쳐 앞으로 내밀었다.

거기서 겨우 흠칫 돌아가는 상황을 알아차린 레이아가 허둥지둥 외쳤다.

"뭐, 뭐 하는 거예요, 피해요, 팔디오!"

"뭐 하는 거냐니, 그건 내가 할 소리야, 이 민폐 천재야 아아아아아아아아아아아!"

소리를 지르면서도 팔디오는 마음을 정하고 광선에━━━손을 힘차게 찔러 넣었다.

『━━━━━━━━━━━━━━━━헉!』

이 모습엔 레이아는 물론이거니와 월터나 도망치던 학생들마저 엉겁결에 발을 멈추며 돌아봤다.

자살행위. 정상적인 판단력이 결여된 완전한 폭거. 그 자리에 있던 모두가 그렇게 생각했다.

실제로 팔디오는 광선에 손을 찔러 넣은 순간 비명을 질렀다!

"크아……아이이이이이이이이이이이이이이이이이!"

"팔디오!"

레이아가 울먹이는 목소리로 소리쳤지만 그녀에겐 이제

그를 구할 방법이 없었다. 한번 발사한 공격마법은 몇몇 예외를 제외하곤 사용자의 제어를 받아들이지 않는다.

이래저래 하는 사이에도 팔디오는 파괴의 빛 속에서 팔부터 잠식당해갔다.

『＿＿＿＿＿＿＿＿＿＿＿＿＿＿＿＿＿.』

그 자리에 있던 모두가 팔디오의 소멸을 각오한 채 눈을 돌린 그 다음 순간.

"＿＿＿＿이야아아아아아아아아아아아아아아아아아압!"

"아니."

팔디오의 섬광 같은 기합소리와 함께 파멸의 빛 마법 포톤 세이드는＿＿＿.

＿＿＿그 자리에서 격렬하게 튀더니 수많은 가는 광선으로 변하며 흩어졌다. 그리고 결계에 부딪힌 광선은 녹아버리고 땅에 떨어진 광선은 탄 자국만 남긴 채……사라져 갔다.

『＿＿＿＿＿＿＿＿＿＿＿＿＿＿＿아니?』

그 자리에 있던 모두의 입에서 엉겁결에 그런 소리가 새어 나왔다. ……이미 사태는 종료돼 있었다. 마치 처음부터 그런 마법 따위 발동하지 않은 것처럼 훈련장은 쥐 죽은 듯이 조용했다.

팔디오는 털썩 땅에 주저앉더니 눈물이 그렁그렁한 눈

으로 손을 후후 불면서 궁시렁궁시렁 투덜댔다.

"――나 참, 나대지 좀 마, 레이아! 너, 아무리 그래도 이건 너무 지나쳐! 덕분에 살짝 화상 입었잖아, 멍청아!"

"아니……살, 살짝 화상?"

마법의 본래 위력을 생각한다면 피해상황이 경미한 터라 모두 입을 쩍 벌리고 말았다.

도망치다 혼비백산이 된 클래스메이트 하나가 불쑥 말했다.

"어, 어떻게……."

그 질문에 팔디오는 딱히 돌아보지도 않은 채 여전히 계속 손을 불면서 거칠게 대답했다.

"아앙? 저런 건 당연히 마법 구성요소를 휙휙 섞어서 술식 구성력장을 무너뜨리기만 하면 되는 거잖아?"

"? 무슨 소리를……? ……아니……애초에 마법 못 쓰잖아……."

또다시 어디선가 들려온 소리에 팔디오는 탄식하며 대답했다.

"뭐――, 확실히 현재 난, 마법을 못 쓰지, 네네, 죄송합니다요. 하지만 마법 발동까지 가지 않아도 되는 역장조작쯤은 나 같은 녀석도……생물이라면 누구나 할 수 있어. 그럼, 이제 이따금 술식에 간섭해 가볍게 기능에 문제를 일으켜주면, 그게 확산되면서 상황종료."

팔디오는 쫙 손을 펼쳐 보이며 대충 설명을 끝냈다. 그러나 그 자리에 있던 모두는 그의 말을 20%도 이해하지 못했다.

『…………』

"아──, 뭐, 레이아는 고지식한 우등생이라 마법도 순수하고 엄청 모범적이어서, 처음 보는 데도 이 정도로 잘 막아낸 거긴 하지. 그래도 역시 위력이 위력인 만큼 쫄았어, 진짜로. 아──, 힘들…….."

완전히 파김치가 된 모습으로 그 자리에서 푹 쓰러지는 팔디오.

그런 그를 주위의 학생들이 말없이 지켜보는 가운데.

월터는 결계를 풀면서 완전히 얼이 빠진 모습으로, 선생으로서가 아니라 한 사람의 마법사로서 어안이 벙벙해 중얼거리고 말았다.

"어처구니없는……그런 마법이론……전혀 들은 적이 없어……!"

제2장 대가의 미궁

"그래서 훈련장 사건으로 난 조금 좋은 평가를 받게 됐고. 반대로 엄청난 재능을 발휘한 결과, 학생이나 시민을 미수라곤 하지만 제대로 위험에 노출시킨 레이아는《개교 이래 최고의 재원》이라는 평에서 180도 변해서, 《재앙의 마녀》로 불리는 처지가 된 거야. 레이아가 나한테 모든 걸 빼앗겼다나 뭐라나 하며 덤비는 이유가 바로 이거지…… 싶어."

『………….』

"? 어이?"

황야를 걸어가면서도 팔디오의 과거 얘기를 딱 끊기 적당한 부분까지 들은 우리들. 그러나 그의 말엔 어떤 반응도 못 하고 있었다.

그도 그럴 터. 어쨌든 이 여행에서《시시한 악당 팔디오》의 모습밖에 못 본 우리 입장에서 보면, 과거 얘기 속의 그의 모습은———.

『(뭐……뭔가 팔디오, 엄청 잘난 사람 같아?!).』

———그건 우리들로선 도저히 받아들일 수 없는 얘기였다. 실제로 팔디오는 큰소리치기 좋아하는 인간이라서 이건 꽤 '미화'됐을지도 모른다고 잠시 생각했고. 그러나

그가 한창 과거 얘기를 늘어놓고 있을 때 그의 옆을 걷고 있던 레이아 누나는 다소 말을 보태기는 했지만, 얘기의 큰 줄기에 대해선 일절 딴지를 걸지 않았다.

그렇다는 건 즉, 지금 얘기한 건 역시 거의 사실…….

나나 사부, 루우가 아무리 해도 마음속으로 정리가 안 돼 당황해 입을 다물고 있는 가운데.

레이아 누나가 뾰로통하게 볼을 내민 채, 긴 트윈테일을 흔들며 팔디오 쪽을 향해 불만스레 말했다.

"역시 지금 생각해도 납득이 안 돼요! 물론 그런 마법을 쓴 내가 제일 잘못했지만, 그렇기로서니 왜 그 사건 하나로 팔디오 쪽은 평가가 좋아지는 거죠! 거의 공범이었잖아요!"

"힛힛힛, 변함없이 멍청해, 넌! 우등생과 열등생은 득점 배율 필터가 전혀 다른 법이야! 껄렁한 애가 강아지한테 상냥하게 굴면 그 행동만으로 평가가 확 좋아지는 거랑 같은 이치야! 크크크! 이러니까 못된 척하는 걸 그만둘 수가 없어!"

뭔가 팔디오가 엄청 우쭐대며 최악의 논리를 늘어놓고 있었다. ……음, 무슨 말 하는지는 알겠는데, 하지만 팔디오가 못된 척한다는 건, 딱히 일부러 하는 게 아니라 정말로 비열한 '천성'이 졸졸 새어 나오는 것뿐인 것 같은…….

그러나 팔디오의 도발적인 발언을 들은 레이아 누나는 그 자리에서 미친 듯이 발을 동동 구르며…….

"크윽, 분해요!"

자신의 감정을 가감 없이 표현했다.

"……정말로 발을 동동 구르며 입으로 『분해』라고 말하는 사람, 나, 처음 봤어……."

"그러네……."

"그러네요……."

나, 사부, 루우는 그녀의 너무도 솔직한 모습에 어떤 의미에선 감탄했다. 팔디오가 진심으로 재미있다는 듯 피식 웃었다. 그의 온화한 표정을 보고……난 엉겁결에 레이아 누나처럼 솔직하게 내 생각을 말했다.

"팔디오는 레이아 누나를 좋아하는구나."

『뭐————————.』

그 말에 두 사람은 같이 볼이 새빨개지며 몸이 굳어졌다. 사부와 루우가 히죽 심술궂게 웃는 가운데 먼저 경직된 몸을 풀며 팔디오가 크게 헛기침을 해댔다.

"에헴! 이 꼬맹이가 무, 무슨 소리를 하는 거야. 잘 들어, 난 이 녀석을 적이나 애물단지라 생각했지, 여자라고 생각해본 적은 5번 정도밖에 안 돼!"

"의외로 의식하고 있었네!"

"아니야! 그것도 실기훈련 중에 속옷이 보이거나 의외로 글래머러스한 몸매라 느껴졌을 때나, 뭐 그런……주로 성적인 의미로밖에 생각 안 했어!"

"넌 어린아이한테 무슨 소리를 그렇게 당당하게 하는 거야!"

돌연 등 뒤에서 나온 사부가 톡 그의 머리를 쳤다. 팔디오는 머리를 문지르더니 바로 변명을 이어갔다.

"어쨌든 말이야! 나와 이 녀석 사이에 사랑이라느니 애정이라느니 하는 달콤한 감정은 말이야———."

"뭐? 아, 아니……."

그의 말에, 그가 한 가지 착각한 걸 알아차린 난 엉겁결에 쓴웃음을 지으며 끼어들었다.

"나, 그냥 친구로서 좋아한다는 의미로 말했는데……."

『아.』

팔디오와 레이아 누나의 시간이 멈췄다. ……그대로 두 사람은 한참 멈춰 서 있더니……이번엔 조금 전과는 살짝 다른 의미이지만 결국은 볼이 새빨개졌고, 얼굴을 손으로 감싼 채 휙 서로를 외면했다.

히죽히죽 웃던 루우가 두 사람 사이를 떠다니며 찬물을 끼얹었다.

"이야, 이야, 팔디오는 의외로 순정남이군요."

"시끄러, 이 털뭉치! 그런 거 아니라고 했잖아! 이! 이!"

"와아, 그만하십쇼! 루우의 털을 쥐어뜯어 펑키한 스타일로 만들지 마십쇼오!"

눈물이 그렁그렁한 눈으로 날개를 파닥대며 도망가는 루우를 팔디오가 필요 이상으로 화를 내며 악착같이 쫓았다.

한참 두 사람의 요란스러운 짓거리를 지켜보다 문득 신경이 쓰이는 일이 있어 난 그에게 물었다.

"저기 팔디오. 레이아 누나랑 어떻게 만났는지는 알았는데 말이야. 결국 마법학교는 왜 그만둔 거야? 반년 만에 졸업할 수 있는 학교였던 거야?"

내가 질문을 하자 팔디오는 악착같이 루우를 쫓던 걸 멈추고는 대답했다.

"아아, 그건 아니야. 미밀 마법학교 고등과는 기본적으로 3년제야. 난 1학년 학기 중에도 비교적 후기에 중도 입학했는데 결국엔 한 달 정도 다니다 퇴학당했어."

그 말에 무슨 일인지 레이아 누나가 움찔 어깨를 떨었다. ……아니, 혹시 살짝 곤란한 질문을 한 건가?

나도 모르게 표정이 굳어지고 있는데, 상황을 전혀 알아차리지 못한 루우가 촐랑대며 팔디오에게 시비를 걸었다.

"어차피 별 쓰잘데없는 문제라도 일으켰겠지요."

그의 심술궂은 말에 팔디오는 "시끄러" 하며 욕설을 퍼붓더니 빨간 머리를 북북 긁적이며 귀찮은 듯이 토로했다.

"뭐, 선생님을 때렸으니까 확실히 문제를 일으키긴 한 거지만……."

그 말에 루우가 "어럽쇼?" 하며 응수했다.

"루우는 영락없이 여자 문제라 생각했는데, 뭔가 의외로 폭력적인 대답을 하시는군요."

"아아, 뭐 그렇게 됐어. 나 참, 그게 말이야, 교회 녀석들이———."

팔디오가 그대로 자연스럽게 왜 퇴학당했는지에 대해

말하기 시작했고, 레이아 누나가 왠지 조금 표정이 굳어지는 가운데.

돌연 앞서가던 사부가 소리를 질렀다.

"그 얘긴 다음에 하지, 멜크리우스."

"아앙? 뭐야, 세실리아, 이 나의 과거 따위 흥미 없습니다요, 하는 뭐 그런 거냐———."

"아아, 물론 그런 것도 있지만, 좀 달라."

트집을 잡는 팔디오를 대충 받아넘기면서 사부는 우리 쪽으로 돌아봤다. 그리고 쓱 앞쪽을 손가락으로 가리켰다.

우리는 사부가 가리키는 방향을 봤지만, 격심한 모래 먼지 때문에 시계는 몹시 혼탁했다.

그래도 꾹 참으며 그대로 한참 뚫어지게 쳐다보고 있자……모래 먼지가 부드러워지면서 동시에 서서히 그 구조물의 윤곽이…….

"……우와!"

피라미드를 거꾸로 세워놓은 것 같은 정말로 불가사의한 데다 비정상적인 거대 건축물이 모습을 드러냈다.

멍하니 있는 우리를 보며 사부는 어딘가 만족스러운 듯한 미소를 지으며 말했다.

"두 번째 시련———《대가의 미궁》에 도착했어."

※

"……거대한 드릴?"

그 구조물──《대가의 미궁》을 보고 난 뒤 바로 내 입에서 튀어나온 감상이 이 말이었다.

메마른 대지를 향해 거대한 납빛의 사각추가 푹 박혀 있다. 게다가 그게 천천히 돌고 있는지라 정말 거대한 드릴 같은 형상이었다.

레이아 누나도 포함해 우리 다섯은 그걸 멍하니 올려다보면서 가까이 다가갔다. 그리고 사각추의 그림자에 접어들 만큼 접근했을 때 난 한 가지, 내가 받은 첫인상에 오류가 있다는 걸 깨달았다.

끝부분이 땅에 박혀 있는 게 아니라 오히려 1미터 정도 떠 있는 상태였던 것이다.

이 부분에선 난──나도 모르게 엄청 흥분했다!

"신, 신기해! 뭐야, 이거 엄청 멋져! 그치?!"

으아, 으아, 시끄럽게 떠드는 나. 그러나 모두 정말 장단을 안 맞춰줬다.

나는 그래도 온몸으로 흥분을 표하며 모두에게 동의를 구했다.

"이거 미니어처 같은 걸 만들어서 책상 위에 띄워놓고 싶지 않아?! 그치?!"

그런 내 질문에 대한 모두의 리액션은──.

『(아아, 올바른 어린아이다운 감성이군……).』

―――라는 생각이라도 하는 것 같은, 진심 어린 뜨뜻미지근한 쓴웃음이었다.

"근데, 이거, 어떻게 안에 들어가?"

뾰족한 끝부분 근처까지 걸어가 톡톡 벽면을 두드려보는 팔디오. 그걸 들은 사부가 "아아" 하며 설명하기 시작했다.

"멜크리우스, 우선 이 떠 있는 거대한 사각추 바로 아래로 쭈그리고 들어가 봐."

"어? 아, 아아……이렇게 말이야?"

사부의 말대로 고분고분 뾰족한 끝부분 아래로 들어가는 팔디오. 머리 바로 위에서 거대한 사각추가 돌고 있는 상황인지라 그의 얼굴에 살짝 긴장감이 어렸다.

"그럼, 그대로 바로 위를 올려다봐. ……뭐가 보여?"

"오, 오우? 그거야 당연히……거대한 사각추의 뾰족한 끝부분이 내 미간을 겨냥해 바로 위에서 빙글빙글 돌고 있다고 할까, 엄청 심장에 나쁜 광경인데…….."

"그렇구나. 미안하지만 한참 그대로 있어줘."

"아, 아아……."

팔디오는 꿀꺽 침을 삼키며 대답했다. ……확실히 저건 옆에서 보기만 해도 상당히 무서웠다. 모서리 공포증이 있는 사람이 아니더라도 한동안 그대로 있으면 정신이 망가지지 않을까 싶을 정도였다.

"토오루 일행은 이쪽이야."

그렇게 말하고 나서 사부는 이번엔 우리를 인도하며 걸

어가기 시작했다. 떠 있는 거대한 사각추 아래를 통과, 팔디오 옆을 지나 처음 들어왔던 방향과는 반대되는 쪽으로 나왔다. 그대로 조금 걸어갔더니 앞쪽 지면 위로 긴 장대 같은 물체가 나와 있는 게 보이는 터라 옆까지 가봤다.

그건 내 가슴 높이 정도 되는 육각형 기둥이었다. 그 형상과 색깔을 보고 《결단의 미궁》에서 문을 여닫던 방법을 떠올린 난, 막연한 짐작으로 사부에게 말했다.

"여기에 내 손을 얹으면 되는 건가?"

"예리한데. 명답이야, 토오루."

상냥하게 웃어주는 사부.

나는 세 사람이 지켜보는 가운데, 두 번째이기도 한 터라 특별히 주저하지도 않은 채 육각형 기둥 상부에 내 손을 얹었다.

다음 순간━━.

〈두우웅━━.〉

육중한 소리와 함께 딱 사각추의 회전이 멈췄다. 놀란 팔디오가 "으악" 하고 어쩐지 처량하게 소리를 질렀지만, 사부의 지시를 지키고자 줄줄 비지땀을 흘리면서도 아래에서 사각추를 계속 뚫어지게 쳐다봤다.

이래저래 하는 사이에 다시금 사각추에 변화가 생겼다. 하부 측면의 일부가 천천히 장방형으로 벌어지더니 납빛 계단이 우리를 맞듯이 앞으로 뻗어 나왔다.

조금 기다리다 완전히 계단이 완성되자, 사부가 "흐음"

하며 만족스레 고개를 끄덕였다.

"아무 탈 없이 기동한 듯해서 무엇보다 기뻐. 그럼, 갈까, 토오루, 루우, 레이아."

"응!" "네입니다요!" "네에!"

모두 모험을 할 것 같은 예감에 가슴이 설레, 웃는 얼굴로 고개를 끄덕이며 사부를 따라갔다.

넷이서 한창 계단을 올라가고 있는데, 팔디오가 변함없이 사각추의 정점 바로 아래에서 얼굴에 방울방울 비지땀을 흘리면서 큰소리로 물어왔다.

"어, 어이, 세실리아! 난 이제 움직여도 돼?! 설마 너희들이 시련을 수행하는 중에 나만 줄곧 이대로 있으라는 건아니겠지?!"

그의 비통한 외침에 사부는 "아아, 이제 됐어" 하고 무뚝뚝하게 대답하고는 그대로 여담처럼 툭 말을 이었다.

"별 의미 없거든, 그 작업."

"제기라아아아아아아아아아아아아아아아아알!"

공포스런 공간에서 구르듯 빠져나온 팔디오가 피눈물을 흘리면서 우리를 쫓아 계단을 부랴부랴 올라왔다! 그대로 그는 사부의 멱살을 잡으며 외쳤다.

"무슨 생각이야, 이 녀석!"

그 질문에 사부는 특별히 동요하는 기색도 없이 담담하

게 대답했다.

"그건 내 쪽에서 할 말이야, 멜크리우스. 대체 무슨 생각으로 저런 위험한 곳에서 거대한 사각추의 예리한 끝부분 따위를 계속 뚫어지게 쳐다본 거야? 제정신으로 할 수 있는 짓이 아니야⋯⋯."

새파래진 얼굴로 자기 몸을 감싸며 부르르 떠는 사부. 팔디오가 외쳤다.

"네 녀석이 보고 있으라고 했잖아아아아아아아아아아아아아아아아!"

"내, 내 지시라서 충실하게 수행했다는 건가. ⋯⋯흐음, 곤란한데. 네 녀석의 나에 대한 그 이상한 호의, 진심으로 기분 나빠. 토할 것 같은 마음을 금할 길이 없어."

"뭐야, 그 어이없는 착각은! 전혀 호의 따위가 아니거든! 보통은 그런 상황에서 사정을 다 아는 것 같은 녀석이 말짱한 얼굴로 지시하면, 그야 당연히 지시한 대로 움직이지!"

"그래? 그럼⋯⋯좋아, 『손』."

약간 두근대는 기색으로 지시하는 사부. 그러나 팔디오는 그 손을 딱 뿌리치며 고함을 질렀다!

"안 해?! 아니 애초에, 이 상황에서 왜 그 지시가 통할 거라 생각해?! 바보 아냐?!"

"흐음⋯⋯그렇구나⋯⋯그럼, 다음은⋯⋯."

"아니, 『그럼, 다음은』은 또 뭐야! 이제 와서 네 녀석의 지시 따위, 하늘이 두 쪽 나도 들을 게 못 되지———."

다음 순간 사부는 재빠르게 검을 뽑아 들어 팔디오의 목 덜미에 들이댔다. 그리고 눈동자를 예리하게 빛내며 말했다.

"손."

"멍멍."

지체 없이 팔디오가 손을 내밀었다. ……팔디오…….

그런데 어쨌든 이 한 사건으로 팔디오가 얌전해진 터라, 초심으로 돌아간 우리는 다시 사각추 안으로 들어갔다.

"근데, 좁은데요."

들어서자마자 레이아 누나가 말했다. 분명 그곳은 상당히 비좁은 공간이었다. 사각추 하부 정점 부근이니까 당연한 얘기겠지만 천장 역시 낮았다. 모두가 들어서자마자 자동적으로 입구가 닫혔고 이후 압박감은 더 심해졌다.

다행히 《결단의 동굴》처럼 벽면에 새겨진 기하학적 무늬가 빛나고 있어 광원은 확보됐지만, 그래도 어두침침한 건 변함이 없었다.

조금 기다려봤지만 유적 관리인 〈아울〉의 안내방송이 도통 시작되지 않는 터라 우리는 사각추 방을 탐색해봤다. 하지만 방바닥 한가운데가 검은 육각형인 것 말고는 특별히 별다른 점은 없었다. 내가 그 육각형 위에 올라가기도 하고 만져보기도 했지만 반응은 무.

모두 난처해하고 있는데, 루우가 문득 뭔가를 깨달은 듯 "으, 그러고 보니" 하고 레이아 누나 쪽을 봤다.

"뭔가, 어쩌다 보니 레이아 님을 우리 모험에 휘말리게 했습니다요."

『아.』

그 말을 듣고야 비로소 우리도 깨달았다. ……마, 맞다. 팔디오와 레이아 누나의 과거 얘기를 들으면서 걷다 보니 어느새 《여신의 시련》에도 도착해버린 터라, 무심코 그대로 멍하니 함께 움직여버렸다.

우리가 쳐다보자 레이아 누나가 "아, 괜찮아요" 하며 웃었다.

"오히려 감사할 정도예요. 실제로 《여신의 시련》 내부에 들어올 수 있는 기회 따위, 그리 자주 있는 일은 아니니까요. 마법 지식 탐구를 목표로 하는 사람 입장에선 더할 나위 없는 행운이에요. 그렇지요, 팔디오?"

"어? 아, 아아, 그렇……지."

"? 아아, 그러고 보니 당신은……."

그의 어쩐지 동요하는 듯한 반응을 보고 레이아 누나는 뭔가를 알아차린 듯 표정이 어두워졌다. 두 사람의 기묘한 반응에 우리는 저도 모르게 고개를 갸웃했다. ……그러고 보니 일전의 《결단의 동굴》 때도 팔디오는 조금 눈치가 이상했던 것 같기도 하고.

그러나 그는 우리가 의아한 눈빛으로 쳐다보는 걸 알아차리고는 애써 평소처럼 행동했다.

"뭐, 《결단의 동굴》을 본 바로는 그리 고상하지 않아, 이 시련."

그 말에 루우가 둥실둥실 날면서 응답했다.

"그렇지요. 과학·마법기술 자체엔 눈이 휘둥그레지지만 내용이 내용인지라."

그 말에 레이아 누나가 어리둥절해하며 입을 열었다.

"여러분도 같은 생각이에요?"

"? 무슨 뜻이야?"

"저, 어릴 때 아버지와 엄마한테 몇 번이고 세상을 구한 여행담을 해달라고 졸라댔는데, 무슨 일인지 매번《여신의 시련》얘기만은 중요한 부분일 텐데도, 뭔가 아쉬워하는 기색으로 줄여서 말했던 것 같아요."

『아…….』

저도 모르게 입을 맞춰 신음소리를 내는 우리들. 레이아 누나의 얼굴에 초조함이 어렸다..

"뭐, 뭐예요, 그『내가 잘 알지』하는 반응! 신경 쓰여요!"

"아니, 뭐……음, 아마 레이아 누나도 분명 여길 나갈 즈음엔 이런 분위기가 될 거라 생각해, 응."

"아하하, 설마. 난 불철주야 마법 연구에 여념이 없는 천재 마법소녀라고요? 이런 절호의 연구기회를 여러분이나 우리 부모님처럼 떨떠름하게 생각할 리 없잖아요."

자신만만하게 가슴을 펴는 레이아 누나. ……음, 뭐, 그 기개는 좋지만 말이야.

우리 대화가 일단락된 참에 벽면에 새겨진 기하학적 무

닉에서 나오던 빛이 조금 강해졌다. 그리고 동시에 바로 윙 하는 무언가 움직이는 소리가 실내에 울려 퍼지기 시작했다.

얼마 뒤, 기다리고 기다리던 시련 관리자―――아울의 목소리가 울려 퍼졌다.

〈―――《대가의 미궁》에 오신 걸 환영합니다, 순결한 《심판자》여.〉

지난 시련에서 들었던 것과 판박이인 건조한 여성의 목소리.

이 '그럴싸한' 상황에 레이아 누나가 흥분해 소리를 질렀다.

"와아, 엄청나요, 여러분! 역시 《여신의 시련》! 얘기로 듣던 것보다 훨씬 더 신비해요!"

『……그러네.』

"왠지 급격히 흥이 떨어지셨어?!"

레이아 누나가 의아해하는 가운데, 아울의 목소리가 이어졌다.

〈이번 시련은 심판자와 그 동행자 여러분이 매번 어떤 《대가》를 바쳐야만 다음 층계로 가는 길이 열리는 구조로 돼 있습니다.〉

그 설명에 팔디오가 항의하며 소리쳤다.

"어이, 좀 기다려! 설마 토오루뿐만 아니라 우리 동행자까지 그《대가》라나 뭐라나 하는 걸 지불하는 거야?"

《《심판자》와 함께 여기에 발을 들여놓은 자는《심판자》의 소유물 중 하나로 간주되기 때문에《심판자》의 의향에 따라선 그럴 수도 있겠지요.》

"내, 내가 토오루의 소유물이라고? 어이, 어이, 좀 참아줄래, 그런 취급받는 거면 나, 이 시련 패스할 거야, 잘 있어."

방 한가운데에서 등을 돌리는 팔디오.

《하나라도 시련 통과를 빠뜨린 자는 최종적으로《성역》으로 들어가는 입장 허가가 나오지 않습니다만, 그래도 괜찮으시겠습니까?》

"하아, 그게 뭐 어쨌다고, 난———."

거기까지 팔디오가 기세 좋게 떠들고 있는데 레이아 누나가 불쑥 중얼거렸다.

"《성역》말이지요……아아, 분명 엄마 얘기에 의하면 그곳엔 엄청 돈이 되는 보물 같은《신공물》이 굴러다닌다던데……."

"좋아, 너희들, 모두 팔 하나쯤 바칠 준비는 된 거지! 간다아!"

팔디오가 늠름하고 우렁차게 외치며 우리 앞에 섰다.

모두 어이가 없어 할 말을 잃고 있는 가운데, 루우가 레이아 누나에게 작은 소리로 말을 건넸다.

"역시 팔디오를 잘 다루십니다요."

"행동기준이 알기 쉬우니까요, 팔디오는. 살짝 부러울 정도로."

부드럽게 웃는 레이아 누나. 음, 역시 이 사람, 엄청 좋은 사람이다.

"근데, 레이아 님은 괜찮으신가요? 《결단의 동굴》을 통과하지 않은 이상, 이제 와서 루우 일행의 시련에 동행한들 《성역》으로 가는 입장 허가는 나오지 않습니다요?"

"아아, 됐어요, 그건. 시련 내용은 가르쳐주지 않았지만 《성역》 안 모습에 관해선 엄마한테서 자세히 들었으니까."

"아아, 보물이 굴러다닌다는……."

"그건 새빨간 거짓말입니다만."

천연덕스럽게 팔디오에게 들리지 않게 조심하면서 그런 말을 하는 누나. 앞에 한 말 철회!

"태생적으로 악녀시군요!"

루우가 엉겁결에 외치자 거기서 아울이 처음으로 그녀의 존재를 알아차린 것처럼 반응을 보였다.

《《결단의 동굴》엔 동행하지 않았던 존재가 한 명 추가된 것 같군요. 당신은———.》

거기까지 말하다 음성이 뚝 끊어졌다.

무슨 일인지 생각하고 있는데……그때까지 건조했던 아울의 목소리에 감정 같은 것이 섞여들었다.

〈당신은……설, 설마, 선대 용사, 칸나·키사라기의 딸, 입니까……?〉

85

"? 어, 아, 네, 그런데요……."

아울답지 않게 왠지 당황하는 기색이라 레이아 누나가 어리둥절해하며 대답했다.

우리도 어안이 벙벙해 있는 가운데 아울은……어쩐지 겁을 먹은 듯 말했다.

〈……오오, 신이시여…….〉

『(《여신의 시련》이 신께 기도를 한다고?!).』

모두 같이 너무 놀라 어안이 벙벙해하면서도 난 엉겁결에 레이아 누나에게 물었다.

"누, 누나 엄마는 어떤 사람이었던 거야?"

"음? 당연히 진심으로 존경할 수 있는 멋진 엄마지요? 다만……교회 사람들은 《역대 최고의 약체이자 최고로 불길한 음흉 용사》라 불렀던 것 같지만요."

"뭐어?!"

"실제로 신체능력은 역대 용사 중에서도 최고로 약했었나 봐요. 엄마 왈, 『여기가 일본에 있을 때보다 훨씬 더 피곤해』였나, 뭐 그랬던 것 같아요."

"그런 용사가 존재해?! 아니, 그래도 돼?! 괜찮은 거야, 그거?!"

돌이켜보니 난 지금까지 전적으로 용사의 신체능력에 의지한 채 모험을 해온 것 같아 깜짝 놀랐다. 사부가 이마에 식은땀을 흘리며 대답했다.

"실제로 선대 용사의 여행이 성공한 건 사실이지만 말이야……. 다만 그 사람됨이나 여로 내용에 대해선 무슨 이유인지 다른 역대 용사와 비교해 봐도 압도적으로 기록정보가 적어서……."

사부의 말을 들은 레이아 누나가 "그건 그럴지도 몰라요" 하고 덧붙였다.

"엄마는 기본적으로 거의 모든 여행을 《비공식적인 기술》을 구사해 완수했다고 했으니까요. 아마 교회를 곤란하게 하는 나쁜 행동도 아주 많이 했던 게 아닐까요."

생글생글 웃으며 자랑스럽게 그런 말을 늘어놓는 레이아 누나.

대조적으로 아울은 변함없이 겁을 먹은 듯한 목소리로 아련히 뭔가를 생각하는 것처럼 중얼거렸다.

〈칸나·키사라기 말이지요……. ……. ……후우.〉

『(아아, 분명 올바르게 시련을 완수했던 게 아니야……).』

〈……결정했습니다. 지금부터 《여신의 시련》, 30% 더 엄격하게 진행하겠습니다.〉

『(선대 용사, 무슨 쓸데없는 짓을 한 거야!).』

만난 적도 없는 칸나·키사라기 씨에게 짜증이 폭발하는 우리들. 엉겁결에 레이아 누나를 보자 그녀가 잔뜩 주눅이 들어 있을──거라 생각했는데, 대체 아울의 태도를 어떻게 받아들이면 저렇게 되는지, "역시 엄마는 위대한 용사였어요" 따위의 말을 중얼거리며 눈을 반짝반짝 빛내고 있었다.

어이없어하며 팔디오가 덧붙였다.

"참, 레이아 아버지는 그 여행의 동행기사였는데, 원래 그렇게 강하지도 않은 분이 거친 일을 거의 혼자 떠맡는 꼴이 돼버려서, 정말 딱하게도 고생만 죽도록 하신 성실한 분이셨대."

『아아……그렇구나…….』

왠지 레이아 누나의 성격이 왜 저런지 엄청 이해가 될 것 같았다. 아버지에게 물려받는 고지식함과 엄마에게 물려받은 야비함, 거기에다 '선택받은 자'라는 양념이 더해져 이런 성격이 된 듯하다.

왠지 분위기가 늘어지고 있는 참에 아울이 다시 분위기를 전환했다.

〈그럼, 시련을 개시함에 있어, 이 《대가의 미궁》에 대해 다시 한번 설명 드리겠습니다. 이곳은 《대가》를 지불해야만 앞으로 갈 수 있는 미궁입니다.〉

"미궁이라는 건, 가는 길이 계속 미로로 돼 있다는 거야?"

내 질문에 아울이 부정했다.

〈아니오. 애초에 미궁과 미로는 정의가 다릅니다. 상세한 설명은 아쉽게도 생략하겠지만, 요는 길이 구불구불 복잡하지만 결국 외길인 게 미궁, 막다른 곳이나 분기점 등이 있는 게 미로입니다.〉

"허어, 그렇구나. 그럼, 미궁은 애는 먹지만 앞으로 가면 되는 거네?"

〈잘 이해하셨습니다, 토오루・미카미. 말씀하신 미궁의 정의처럼 이 시련 역시『길을 헤매는』일은 없습니다. 지극히 단순한 층계구조를 중앙의 승강 장치를 이용해 이동하기만 하면 됩니다.〉

아울이 말하자마자 방 중앙의 검은 육각형 패널에서 마법진 같은 원형의 기하학적 무늬가 쓱 떠올랐다. 아무래도 저 위에 올라타면 다음 층계로 갈 수 있는 듯하다.

하지만 육각형 패널의 무늬는 잠시 떠올랐다 다시 잠잠해져버렸다.

〈물론 장치 기동엔 조건의 완수──즉 상응하는 대가가 필요합니다. 거래가 성립할 때에 한해서 승강 장치는 기동합니다. 즉 이 미궁에서 계속 헤매게 되는 건 방향이나 지나가는 길이 아니라『앞으로 나아갈 의지』, 그 자체입니다.〉

그 어딘가 협박하는 듯한 설명에 모두 저도 모르게 숨을 삼켰다.

팔디오가 볼을 실룩실룩 떨면서 물었다.

"그, 그 대가인가 뭔가 하는 건, 당연히 이 미궁을 완수했을 때 돌아오는 거지?"

그의 질문에 아울은 잠시 생각할 시간을 가진 뒤, 천천히 회답했다.

〈돌아오는 것도 있고 돌아오지 않는 것도 있다는 것만, 지금은 말해두지요.〉

"뭐야, 애매하잖아, 어이."

〈……선대까진 좀 더 확실히 조건을 설명해드렸지만, 칸나・키사라기의 얘기를 듣고 이번엔 시련의 관리자로서 헛소리를 늘어놓을 틈을 주지 않는 방향으로 시프트를 정했습니다. 이해해주세요.〉

『(정말 쓸데없는 짓을 했어, 선대 용사!).』

다시 흘낏 레이아 누나를 다 같이 노려보지만, 왠지 그녀는 칭찬받은 아이가 겸손해하는 것 같은 표정을 짓고 있었다. ……뭐야, 이 사람의 기분 나쁜 긍정적인 사고.

〈층계 수는 다섯. 따라서 대가를 바쳐야 하는 것도 다섯 번입니다. 바친다・안 바친다의 판정에 관해선 제 쪽에서 당신들의 의견을 총합하거나 다수파의 의사를 참작하겠습니다. 또한 어떤 층계에선 전투행위를 요구한다는 것도 마음에 새겨두세요.〉

"상당히 엄격한 시련이네……. ……하지만 뭐, 할 수밖에 없으니까, 알겠습니다."

내 말에 사부, 루우, 레이아 누나가 고개를 끄덕였고 팔디오도 꽤 늦긴 했지만 떨떠름하게 참가 의사를 표했다.

모두의 의사 표시를 확인한 후, 아울은 즉시 시련을 개시했다.

〈그럼, 첫 번째 대가요구입니다. ──『성인 남성 10명 분』에 해당하는 『전투력』을 바치세요.〉

『‥‥‥‥‥그렇게 나오는구나.』

　모두 저도 모르게 신음 소리를 냈다. ‥‥‥왜냐하면 이 미궁에서 이후 '전투행위'를 강요당한다는 설명을 들은 직후였던 터라. 뭐, 완수 후엔 돌아올 종류의 대가이겠지만‥‥‥.

　아울이 설명을 덧붙였다.

　〈자세한 수치 배분을 말하면 성인 남성 평균을 『100』으로 하는 수치 산출 방식으로, 10명 분──즉 『1000』 포인트 분의 전투력을 요구합니다. 지불은 여러 사람으로 나눠서 해도 문제없습니다. 당연한 얘기지만 생명에 지장은 없으니까 안심해주세요.〉

『흠흠.』

　〈그럼‥‥‥어느 분부터 얼마나 징수할까요?〉

『우선 팔디오(멜크리우스)의 전투력 100%로.』

　"어이, 이봐 너희들 왜 바로 답하고 난리야!"

　모두 입을 맞춰 모 대마도사를 손가락으로 가리키자 쇼크를 받은 팔디오가 우리를 향해 소리쳤다. 하지만 때는 이미 늦었다. 아울의 〈알겠습니다〉라는 소리에 따라 방 전체가 연한 붉은 빛으로 빛나기 시작했다. 호응하듯 팔디오의 몸에서도 빛이 났고 그러고 그가 신음하며 그 자리에 무릎을 꿇은 참에 빛이 사라졌다. 징수가 끝난 모양이다.

　한참 방안 가득 고요함이 감돈 뒤 아울의 안내방송이 울려 퍼졌다.

〈전투력을 『2』, 징수했습니다.〉

『…………너무 쓰레기잖아…….』

저도 모르게 머리를 감싸는 우리들에게 팔디오가 비틀 대면서도 격렬하게 따졌다.

"너희들 뭐라고 지껄였어?! 뭐, 뭐라고 지껄인 거야! 아무리 수치가 낮아도 그렇지, 멋대로 사람의 힘을 받쳐놓고선 그런 취급은 너무 하잖아―――."

〈……나머지 전투력 『1000』을 바치세요.〉

"너도 천연덕스럽게 끝자리 버리는 거 아니거든, 아울! 쳇, 누굴 끝자리 취급이야!"

팔디오가 꽥꽥 시끄럽게 굴지만 우리는 우리대로 낙담을 숨기지 않았다.

아니……『2』라니……애초부터 기대하진 않았지만 그래도 『2』라니…….

어쩔 도리가 없어 우리는 넷이서 의논을 시작했다. 우선 루우가 말을 꺼냈다.

"한데 어떻게 할까요? 아마도 3000 정도는 전투력이 있을 루우가 가볍게 바쳐도 되는데……."

평소처럼 허풍을 떠는 루우의 말에 나와 사부는 "네네" 하고 흘려 넘겼지만……그러나 레이아 누나는 그 말에 눈을 반짝반짝 빛내며 반응했다.

"그래요! 그거 엄청난데요, 루우!"

"어?"

"그럼, 부탁드려요!"

"어? 아, 아니 루우는 그……."

"어서!"

"…………."

…………. ……뭔가 루우가 말없이 훌쩍훌쩍 울며 내 가슴에 날아들었다.

레이아 누나가 고개를 갸웃했다.

"어머? 루우 씨? 저, 어서, 그 멋진 전투력을 바쳐주세—."

"웃자고 하는 얘기를 죽자고 덤비는 성격 파탄자 레이아 누나! 뭐야?! 천성인 거야?!"

내가 루우를 안으면서 노려보자 나름 나이가 많은 마법 소녀는 당황하며 중얼거렸다.

"아니, 제 눈에도 루우 씨, 아무리 생각해도 그런 전투력은 없어 보였지만……본인이 강하게 주장하니까, 그럼, 어디 한번 믿어보자는 마음이었을 뿐인데……."

"으흐……?!"

뭐야, 이 사람! 악의가 없다?! 악의가 없는데도……너무 공격을 잘 한다!

등 뒤에서 간신히 휘청휘청 일어선 팔디오가 깊게 탄식을 하면서 "그런 녀석이야, 그 녀석은……" 하고 중얼거렸다.

여하튼 제대로 전투력을 올려 바치지 않으면 얘기가 진행이 안 된다.

우등생 레이아 누나가 배려하는 마음에 "제가 바칠까요?" 하고 제안해줬지만, 팔디오가 '2'였던 걸 생각해보면 아무래도 마법 관련 능력을 전혀 평가 안 해주는 눈치인지라 별 의미는 없을 것 같았다.

그렇다면······.

"나나 사부가 바쳐야 할 것 같은데······어떻게 할까?"

"그러네······."

사부는 잠시 생각한 뒤에 내게 돌아섰다.

"어쨌든 내가 바치는 게 무난할 것 같은데. 여기가 기본적으론 《심판자》를 시험하는 시설인 이상, 토오루의 힘은 가능한 한 보존해야지."

"아──, 맞아, 그럴지도."

사부의 말은 지극히 당연했다. 우리가 고개를 끄덕이자 바로 그 즉시 사부의 징수가 시작됐다.

사부는 무릎까지는 꿇지 않았지만 몸에서 힘이 빠져서인지 한순간 핑그르르 휘청거렸다.

징수가 끝나자 아울이 안내방송을 했다.

〈──네, 『1000』 포인트 분의 징수가 완료됐습니다. 승강 장치를 기동합니다.〉

그 말과 동시에 방 한가운데서 마법진이 빛나기 시작했다. 다음 층으로 향하기 전에 난 사부 옆으로 다가가 얼굴을 들

여다보며 물었다.

"사부, 괜찮아."

내가 걱정하자 사부가 조금 힘든 표정을 지으면서도 미소로 응답했다.

"음, 아아, 아무렇지도 않아. 꽤 권태감은 들지만……송두리째 징수당한 느낌도 아니야. 멜크리우스와는 달리 난 아직 여유가 있는 듯해."

승강 장치까지 단 몇 초 걷는데도 헉헉 숨을 헐떡이며 레이아의 어깨를 빌리고 있는 팔디오를 쳐다봤다. 분명 그와 비교하면 사부는 괜찮은 것 같지만…….

"그럼, 우리도 갈까, 토오루."

"아, 으, 응."

난 애매하게 고개를 끄덕이며 먼저 가는 사부의 등을 바라봤다. 그리고 내 가슴팍의 셔츠 자락을 꽉 움켜잡았다.

"(안 돼……사부가 힘이 빠져 나른해하면……아무래도 생각이 나버려……)."

날스에서 일어난 한 사건이 머리를 스쳤다. 어쨌거나 내 딴엔 마음을 정리했다고 생각했는데……역시 완전히 정리되진 않았던 모양이다.

"? 무슨 일 있으세요, 주인님?"

먼저 마법진으로 향하던 루우가 내 쪽을 돌아보며 말을 건넸다. 나는 그 말에 고개를 저으며 "으으응, 아무것도 아니야!" 하고 대답한 뒤 방 중앙으로 향했다.

내가 도착하자마자 마법진은 더 세차게 빛났다. 그리고 부웅, 하는 기동음을 내며 육각형의 마법진 패널은 떠오르기 시작했다.

"으아악?!"

팔디오가 깜짝 놀라 벌벌 떨면서 패널이 서서히 떠오르는 걸 확인하더니 허둥지둥 천장을 체크했다. ———그러자 어느 사이엔가 천장엔 뻥 큰 구멍이 뚫려 있었다.

우리를 태운 하늘을 나는 패널은 그대로 구멍에 빨려 들어가듯 위로 올라갔고, 그리고 완전히 다 올라간 그 끝엔…….

"조금 전과 같은 형태의……그러나 조금 넓은 방 같군요."

루우가 주위를 둘러보면서 중얼거렸다. 패널이 주위 바닥과 같은 높이까지 도달하자 그때까지 뚫려 있던 구멍이 닫혔고, 마법진은 빛을 잃고는 평범한 육각형 패널로 돌아왔다.

흥미진진한 기색으로 방안을 탁탁 걸어가면서 레이아 누나가 중얼거렸다.

"그렇구나, 이렇게 상층부를 향해 순차적으로 올라가는 건가요?"

"피라미드를 거꾸로 한 형태니까 그야 뭐, 위로 가면 갈수록 방도 넓겠지."

팔디오가 개방감에 쭉 기지개를 켜면서 대답했다. ……그러고 보니 정사각형 방엔 변함없이 아무것도 없었다.

우리가 우두커니 넋을 잃고 서 있는데 이번엔 바로 아울의 안내방송이 시작됐다.

〈그럼, 두 번째 대가요구입니다.〉

긴장하고 있는 우리들에게 아울은 담담하게 대가를 요구해왔다.

〈───누군가 한 명, 『자제심』을 바치세요.〉

『그럼, 팔디오(멜크리우스)로.』

빛의 속도로 대답하는 우리들. 팔디오가 다시 절규했다!

"어이, 너희들, 적당히───."

〈수리할 수 없습니다. 그에겐 애초에 뺏어갈 만한 자제심이 없습니다.〉

"뭐야! 뺏어가, 자제심! 오늘 밤 그 목소리 떠올리며 야한 상상할 거야, 관리자 씨이!"

팔디오가 꽥꽥 소리쳤다. ……아아, 정말이다, 이미 없었다, 자제심.

어쩔 도리가 없는 터라 우리는 다시 넷이서 검토. 레이아 누나가 재빨리 제안해왔다.

"그럼, 이번에야말로 제가───."

『그건 안 돼, 절대로.』

지금까지 시끄럽게 떠들고 있던 팔디오를 포함, 모두가 정색을 하며 부정했다. 레이아 누나는 어리둥절해 멀거니 있었지만, 우리는 모두 이마에서 땀을 배어났다. 왜냐면…….

『(가만히 있어도 엄청 위험인물인데 거기다 자제심까지 없앨 순 없지!).』

그게 모두의 공통적인 견해였다. 이런 장소에서 엄청난 위력의 마법을 연발하면 당해낼 재간이 없다.

그러면 남은 선택지는 나, 루우, 사부 세 명이지만…….

"흠……조금 전에도 말했지만 토오루가 대가를 바치는 상황은 적극 피하고 싶어. 그러면 나나 루우라는 얘긴데……."

거기서 모두가 루우에게 시선을 돌렸다. 루우는 팅팅 부어서 화를 내기 시작했다.

"뭐, 뭐죠, 그『여긴 누가 봐도 너잖아』같은 시선은! 루우가 자제심을 잃으면……그건 정말 난리도 아닐걸요! 무시무시할걸요!"

"예를 들면?"

"예를 들면……음, 그러니까……그렇군요. 루우가 지금 하고 싶은 일은 전부 해버릴 거니까……분명 사역마의 사명 따위 잊어버리고, 주인님 서포트도 게을리하고, 전투도 건성건성 하고, 식량은 있는 대로 먹어치우고, 털이나 가다듬다 낮잠 자고, 가볍게 저공비행으로 산책하고, 멋 부리다 저녁에 뭘 먹을까 생각하겠지요."

『……평소랑 같잖아?』

나, 사부, 팔디오의 반응에 루우는 "?!" 하며 진심 놀라움에 찬 표정으로 응답했다……왜 그렇게 뜻밖이라는 표정을 짓는 거야, 이 사역마는…….

어쨌든 거의 만장일치로 루우로 정하려던 참에 아울이 주의를 줬다.

《사역마》는 이미 우리 쪽에서 제공한 여행 지원 시스템인지라 다시금 대가를 떠맡기는 건 불가능합니다. 양해해 주세요.》

"아, 그렇구나. 과연. ……하지만 자, 그렇다면…….."

거기서 모두의 시선이 사부로 향했다. 그녀는 탄식하면서 아이고 이런, 하는 표정으로 어깨를 움츠렸다.

"뭐, 별수 없네. 다행히 난 전투력이 떨어졌어. 무슨 일이 생겨 미쳐 날뛰더라도 토오루가 있으면 문제없이 대처해주겠지. ……물론 아무리 자제심을 잃었기로서니 동료를 상처 입히고 싶은 마음 따위 티끌만치도 없는 이상, 그런 일은 없겠지만. …………아아, 아니, 멜크리우스만은 충동적으로 찌를지도 모르지만……뭐, 그 정도라면 특별히 문제없겠지?"

『응.』

"어이, 이봐, 웃기고 있어."

팔디오가 이러쿵저러쿵 정신없이 지껄여댔지만, 어쨌든 이걸로 대가는 정해졌다.

모두의 의사표시를 들은 아울이 징수를 실행했다.

방 전체가 이번엔 파랗게 빛나고 시작했고, 사부의 몸 역시 빛에 둘러싸였다. 그러고 몇 초 후.

빛이 잦아들자마자 아울의 안내방송.

《『자제심』 징수가 완료됐습니다. 승강 장치를 기동합니다.》

첫 번째 층처럼 우리를 태우고 왔던 마법진 패널이 빛나기 시작했다. 지금 당장이라도 다음 층에 가고 싶지만 그 전에…….

우리는 조용히 사부의 모습을 살폈다. 그러자 자제심을 잃은 사부는…….

"? 뭐 하는 거야? 빨리 다음 층으로 가자구."

『아, 아니?』

의외로 평소와 다름이 없었다. 우리는 헛물을 켰지만 뭐, 사부는 근본적으로 성실한 사람 같으니까 예상 외로 이게 다인가보다 하고 납득했다. 팔디오는 경계하며 조금 그녀에게서 떨어졌지만, 사부는 그를 봐도 "왜 그래, 멜크리우스? 가자" 하며 담담하게 반응할 뿐 특별히 덤빌 것 같지 않았다.

"……자제심이 있을 때가 차갑다니, 어떻게 된 거야…….."

"츤데레 아닐까요."

"설마. 그렇다면 지금 나, 녀석한테 안겨도 문제없는 거잖아!"

그런 말을 하자마자 팔디오가 상스러운 표정을 지은 채

손을 거미발처럼 움직이며 스멀스멀 사부에게 다가간 그 순간───.

───팔디오의 목이 날아갔다.

…………

……라는 환각을, 그 자리에 있던 모두가 한순간 공유할 정도로 무시무시한 살기가 사부에게서 뿜어져 나왔다.

"정말 진짜로 죄송했습니다."

그리고 정신을 차려보니 팔디오가 온 힘을 다해 바닥에 이마를 박은 채 무릎을 꿇고 있었다. 무릎 빨리 꿇기 세계 선수권 대회가 있다면 우승은 따놓은 당상인 스피드였다!

레이아 누나가 꿀꺽 침을 삼켰다.

"……평소 세실리아 씨한테 자제심이 있어서 다행이에요, 팔디오."

"아아……없었다면 나, 의외로 첫 만남 단계에서 사정없이 난도질을 당했다는 건가…….."

어쨌든 사부가 '사실은 츤데레'라는 설은 완전히 사라졌다. 라기 보단 새 장르 '츤살'의 등장이었다. 평소엔 일본어로 톡톡 쏜다는 의미인 츤츤, 이따금 진짜 살기 발산. …… 너무 무섭다.

기운을 차려 다시 방 한가운데로 향하는 일동. 팔디오 일행이 패널에 올라탄 걸 확인하고 나서 마지막에 나도 발을 내디디려고 한 그 순간……무슨 일인지 사부가 나를 향해 손을 내밀었다.

"그럼, 갈까, 토오루."

"아니? 아, 응⋯⋯."

무슨 의미인지 이해를 못했기 때문에 어쨌든 그녀의 손은 무시하고 패널에⋯⋯.

"⋯⋯아니, 사부?"

"갈까, 토오루."

⋯⋯무슨 일인지 통과시켜주지 않았다. 완고하게 내게 손을 내밀고 있다. 상황을 지켜보던 모두가 멍해 있는 가운데, 난 조금 생각하다⋯⋯그리고 아무래도 손을 잡으라는 것 같아 쭈뼛쭈뼛 사부의 손을 잡았다. 그러자───.

"(파아아아아아아아앗!)"

"우앗?!"

사부가 갑자기 얼굴에 웃음꽃을 피웠다. 이렇게 기뻐하는 사부, 본 적이 없어!

다른 사람들도 어안이 벙벙한 가운데, 사부는 무슨 일인지 내 손을 끌어당기더니 들뜬 모습으로 걷기 시작했다. 게다가 콧노래까지 부르는 형국. ⋯⋯엄청 신이 나 있다!

모두 살짝 긴장하는 가운데 나와 사부도 패널 위에 올라 탔다. 마법진이 기동, 쓰윽 떠올라 다음 층으로 가는 중에도 사부는 내내 내 손을 꼭 잡고는 엄청 기분이 좋아 보였다.

"(???????)"

음, 음 그러니까? 이건⋯⋯뭐야? 자제심을 잃은 영향⋯⋯이지? 그, 그치만 뭘 하고 싶은 거지, 사부는. 누군가와 손을 잡고 싶었나?

패널 위에서 레이아 누나가 소곤소곤 팔디오에게 물었다.

"……저기, 팔디오. 세실리아 씨는 그, 혹시 그렇고 그런……."

"아아, 그렇고 그런 거야."

"……아, 그래요……그렇구나……."

뭔가 날, 나이도 먹었으면서 주책맞게 마법소녀 차림인 여자가 연민에 찬 눈으로 쳐다봤어.

의미도 모른 채 사부와 손을 계속 잡고 있길 몇십 초. 다음 층에 도착한 우리는 또다시 조금 넓어진 방으로 들어갔다.

〈그럼, 세 번째 대가요구입니다.〉

아울의 안내방송이 시작됐다.

〈───누군가 한 명, 『말』을 바치세요.〉

우리가 말뜻을 파악하지 못하고 있자 아울이 설명을 계속했다.

〈『말』을 징수당한 자는 주위 사람들과 원만한 의사소통을 할 수 없게 됩니다.〉

"말을 못 하게 된다는 거야?"

〈징수당하는 건 어디까지나 의미를 가진 『말』뿐인지라 울음소리나 신음처럼, 소리를 내는 것 자체는 가능합니다.

말을 하려고 할 땐, 의미를 가지지 않는 소리로 바뀝니다.〉

"으음……뭐, 뭐든 간에 어쨌든 대가를 지불할 사람은……."

내 입에서 말이 떨어지기 무섭게 그 자리에 있던, 한 사람을 제외한 모두가 자칭 대마도사를 손가락으로 가리키며 말했다.

『팔디오(멜크리우스)로.』

"좋아, 전쟁이다, 너희들————."

변함없이 자신을 막 대하는 동료들에게 팔디오는 손가락을 우두둑 우두둑 꺾으며 선전포고를 했지만, 특별히 박력은 없는지라 어물쩍 시간이 지나가 버렸다. 그 사이에 아울이 〈잘 알겠습니다〉 하는 소리와 함께 무자비하게도 그로부터 『말』을 징수해갔다.

그리고 예의 발광 현상이 끝난 뒤, 팔디오는 진심으로 화가 난 기색으로————.

"……메에에에에에에에에에에에에에에에에에에."

『울었어어어어어어어어어어어어어어어어어어어?!』

그의 입에서 나온 염소 울음 같은 소리에 우리는————
웃지 않고는 배길 수 없었다.

자세심이 없는 사부가 그를 바보 취급하며 미친 듯이 웃는 가운데, 우리도 각자 얼굴을 돌려 배를 잡고 웃었다. 팔디오는 그 광경을 분한 듯 뚫어지게 바라보다 그러고……
울었다.

"…음머어어어어어어어어어어어어어어어!"

당연히 우리는 폭소를 터뜨렸다. 눈가에 눈물까지 맺혔다. ……아, 재밌다. 이제 이 정도로 쉬운 시련이라면 아무 문제 없이 OK.

〈참, 다음 층계로 가려면 승강 장치 위에서 패스워드를 말해야 되는데, 그건 오직 팔디오만 알고 있습니다.〉

『뭐어어어어어어어어어어어어어어어어어?!』

갑자기 전해진 충격적인 사실에 저도 모르게 절규하는 우리들. 그러나 아울은 변함없이 냉정하게 말했다.

〈조금 전 징수를 할 때, 그의 뇌에 직접 새겨졌습니다. 그런 이유로……『말』을 잃은 그로부터 어떻게든 패스워드를 알아내서 다음 층계로 가는 것까지가 이번 시련입니다.〉

"그런 건 먼저 말해야지! 팔디오를 좀 봐! 우리가 실컷 웃은 탓에 이제 완전히 삐져서 마음을 닫아버렸잖아!"

내가 그리 말하며 손가락으로 가리킨 곳엔, 입을 삐죽 내밀고 팔짱을 낀 채 딴 델 보고 있는 팔디오의 모습이.

〈……그리 말한들 그건 여러분의 과실이지……. ……에헴. 어쨌든……다음 층에서 기다리고 있겠습니다. 그럼.〉

"아, 도망쳤어!"

뚝 아울의 안내방송이 끊어졌다. ……제기랄! 뭐야! 이런 설명은 징수 전에 해야 하는 거 아냐?! 진짜……. ……아니, 뭐, 웃은 건 우리들이 나빴지만 말이야.

어쨌든 패스워드를 어떻게든 알아내지 못하면 얘기가 진행이 안 된다.

루우가 팔디오 앞에서 작은 손을 삭삭 비비며 노골적으로 비위를 맞췄다.

"우아, 팔디오? 그……잘못했어요, 웃어서. 근데……그, 가능하면 패스워드를 알려주시면 감사하겠습니다만……."

"…………."

루우의 말에도 뾰로통하니 아무 대답도 하지 않는 팔디오. ……아아, 완전 입 여는 게 싫은 눈치야. 엄청 힘들겠어, 이거.

자제심을 잃은 사부가 검을 들이대 보지만, 이번만은 의외로 고집을 피우며 토라져 있는 팔디오. 그의 태도를 보고 사부가 명백히 조바심을 내자 이건 위험하다 싶어 내가 그녀를 껴안았다. 사부의 얼굴이 새빨개지며 비실비실해진 건 잠시 제쳐놓자. 자, 이제 모두 어떻게 해야 좋을지 몰라 교착상태에 빠진 가운데, 레이아 누나가 어쩔 도리가 없다는 듯 그의 앞에 나섰다.

그녀는 자기 허리에 손을 얹더니 떼쓰는 아이를 달래는 누나 같은 말투로 팔디오를 다그쳤다.

"팔디오. …………저의 착각이었을까요?"

"?"

고개를 갸웃하는 팔디오에게 레이아 누나는 진지하게 말했다.

"당신은 천성적으로 불성실한 최악의 변태지만……."

"…………."

팔디오의 이마에 쫙 핏줄이 섰다. 그러나 그래도 누나는 겁먹지 않고 당당하게 말을 이었다.

"『마법지식 탐구』에 대해서만은 누구보다도 진지하다고 평가한 건……저의 착각이었을까요?"

"!"

"그런 당신이 이 너무도 귀중한 체험장인《여신의 시련》을 그런 바보스런 태도로 망치다니, 농담이 지나치잖아요? ……날 너무 실망시키지 말아주세요, 팔디오."

"…………."

거침없이 쏟아내는 그녀의 말에, 역시 쇼크를 받은 기색으로 고개를 숙이며 분한 듯 주먹을 쥐는 팔디오.

우리가 조마조마해하며 지켜보는 가운데……팔디오는 좀처럼 본 적이 없는 진지한 얼굴로 레이아 누나를 돌아보더니, 꾸벅 고개를 끄덕이면서 대답했다.

"개굴."

"아하하하하하하하하!"

그 순간 배를 잡고 미친 듯이 웃는 레이아 누나! 얼굴이 새빨개지며 부들부들 떠는 팔디오. ……진지하게 한 설득이 전부 소용없어졌다.

아니, 뭐, 어쨌든.

그러고 나서 다시금 15분 정도를 들여 팔디오를 설득,

그의 울음소리에도 익숙해진 우리는 다시 그로부터 패스
워드를 알아내려고 매달렸다.

"우선 제스처로 알아내는 게 빠르지 않을까?"

내가 그렇게 제안하자 모두 같이 수긍했다. 그러나 단
한 사람, 팔디오 본인만은 그다지 내키지 않는 듯했다.

"왜 그래? 제스처가 부끄러워?"

"짹짹."

무슨 일인지 참새소리를 내며 고개를 가로젓는 팔디오.
……웃으면 안 된다.

내가 곤혹스러워하고 있는데 루우가 번쩍 생각이 난 듯
물었다.

"혹시 제스처로 전하기 어려운 단어인 걸까요?"

"! 크아앙 크아앙!"

코끼리 울음소리를 내며 격렬하게 고개를 끄덕이는 팔
디오. ……웃, 웃으면 안 된다.

사부가 끙끙거렸다.

"하지만 그렇게 되면 이제 전해 들을 수단이 없어."

"크응……."

"좋아, 그럼, 우선 멜크리우스를 토막 내볼까."

"냐냐냐냐냐냐냐?!"

지금 소리는 이해했다. "바보 아냐, 네 녀석은?!"이다……
아니, 이런 소리를 이해한들 어디다 써먹겠어! 패스워드를
알아내야 해.

어쨌든 대안도 떠오르지 않는 터라 하여간 팔디오에겐 제스처를 하게 했다.

그러자 그는 조금 생각한 뒤……이상한 동작을 하기 시작했다.

"멍멍, 멍멍?"

무슨 일인지 천장을 가리키는 팔디오. 그리고 나서 두 손으로 상자를 왼쪽에서 오른쪽으로 옮기는 듯한 동작을 했다.

레이아 누나가 "저요" 하며 우등생처럼 손을 들었다.

"2층에 누군가가 이사를 왔다!"

"………부힝……."

"어머, 뭐지, 그냥 딱 짧게 울었는데도 확실히 정답이 아니라는 것과 거기다 날 어처구니없이 바보 취급하는 뉘앙스가 전부 한방에 전해져왔어요."

레이아 누나 침묵. 팔디오는 다시 한번 같은 동작을 반복한 후 이번엔 거기다 무슨 일인지 그 자리에 벌러덩 눕는 동작까지 추가했다.

그걸 본……사부가 회답했다!

"알겠어, 가능한 한 편하게 죽여줄게."

"히힝! 히히히히힝! 히힝!"

말 울음소리는 그렇다 치고 눈물이 그렁그렁한 눈으로 내 뒤로 온 걸 보면, 대충 하고자 하는 말의 뜻은 전해져왔다.

……그러니까 패스워드를 듣지 못하면 의미가 없다니까.

자제심이 없는 사부를 잘 달랜 후 다시 한번 팔디오에게 제스처를 하게 했다.

천장을 손가락으로 가리킨다. 빙 뭔가가 한 바퀴 이동하는 동작. ……취침.

나는 잠시 생각한 뒤……딱 떠오른 단어를 말했다.

"……밤?"

"! 마마마─────────────────────자!"

그 순간 팔디오가 이제 동물의 울음소리가 아닌 정도가 아니라, 약간 말처럼 들리는 소리를 질렀다. 아무래도 정답이라 말하는 듯했다.

우리는 반신반의하면서 마법진 위에까지 올라와……대표로 내가 그 패스워드를 말해봤다.

"밤."

그 순간 기동을 시작하는 마법 패널. 우리는 서로 마주보며 성공의 기쁨을 나눴다. 다만…….

"빨뿐적!"

팔디오의 말투는 이전 시련을 완수했어도 딱히 원래로 돌아오진 않는 듯했다. ……아니, 지금 '발본적'이라고 했지? 맞지?

사정이야 어찌됐든 간에 다음 층계에 도착한 우리는 한층 더 넓어진 방을 걸어 나갔다. 그리고 조금 기다렸더니 아울의 안내방송이 시작됐다.

〈그럼, 네 번째 대가요구입니다.〉

긴장해 등을 쭉 펴는 우리들에게 아울은 담담하게 전했다.

〈──『있을 곳』을 징수합니다.〉

『있을 곳?』

우리가 의아해하며 말하자마자 돌연 방바닥이나 벽, 천장 등, 몇 곳이 빛나기 시작했다. 무슨 일인가 싶어 상황을 지켜보고 있는데……빛 속에서 불쑥 마물들이 모습을 드러냈다.

『아니?!』

이유도 모른 채 어쨌든 임전태세를 취하는 우리들에게 아울은 담담하게 말을 남겼다.

〈이제부터 30분 후에 승강 장치가 기동합니다. 그때까지 여러분들은……끝없이 생겨나는 《유사마물》의 맹공을 막아내 주세요. 이상입니다. 그럼, 무운을 빕니다.〉

『갑자기 시련이 너무 본격적이야! (부히부히부힝!)』

모두 저항하며 소리쳤지만 때는 이미 늦었다. 묻고 자시고 할 것도 없이 대량의 마물들이 잇달아 우리를 향해 덮쳐왔다.

어쨌든 다섯 명이 등을 맞대고 모여 다가오는 마물들을 오는 족족 요격했다. 사부의 힘이 약해진 현 상황에선 내가 전부 어떻게든 처리해야 된다는 생각에 고군분투했지만, 역시 사방에서 공격을 당하는 중이라 여러 사람을 지키는 건 무리가 있었다.

승냥이 형태의 마물, 곰 형태의 마물, 거대한 곤충 형태의 마물 세 구를 연속으로 재빨리 격퇴했지만 바로 벽에 새로운 둥근 빛이······마물 생성 게이트가 열려 있는 걸 확인한 난 혀를 차며 모두에게 외쳤다!

"어, 어쨌든 방구석으로! 그곳이라면 물리치기 쉬우니까!"

내 경고를 들은 우리 무리는 이동하기 시작했다. 하지만······.

"으아아, 주인님!"

돌연 루우가 한심하게 소리를 지르는 터라 내가 요괴형 마물의 막대기 공격을 폴니르 로드로 받아넘기면서 돌아봤더니, 바로 우리가 향하던 벽에서 복수의 마물이 기어 나오고 있었다.

"으흐······『있을 곳』을 빼앗는다는 건 이런 거였어!"

가까스로 시련의 진짜 의미를 깨달았다. 아무래도 여기에 『안전지대』 따위는 없는 듯했다. 벽에 등을 기대면 그 벽에서 그냥 마물이 줄줄 튀어나왔다. ······어쩜 이리도 고약할까!

나는 허둥지둥 루우 일행의 지원에 나서려 했지만 현재 상대하고 있는 요괴형 마물이 묘하게 강해 좀처럼 손이 비지 않았다.

"으히히히히히?!"

정신없이 이리저리 싸우고 있는 와중에 드디어 루우에게 승냥이 형태 마물 둘이 덤벼━━━든 그 순간.

"하아아아아아아아!"

기합소리와 함께 루우 앞으로 튀어나온 사부가 한 마물의 배를 검으로 가르고 다른 마물의 얼굴을 냅다 차 날려, 간단히 마물들을 물리쳤다.

그 자리에 있던 모두가 『약해졌던 거 아닌가……』하며 멍해 있자 사부는━━━씨익 흉악한 미소를 지으며 방 전체에 울려 퍼질 만큼 광기에 찬 웃음을 터뜨렸다.

"흐하하하하하! 겨우 남자 10명 분의 전력이 잘려나갔다고 이 세실리아 · 시빌을 넘어선 줄 알았냐, 이 썩어빠진 몬스터놈들아아아아아!"

『(어, 어어어어어어어어?!)』

광전사 버서커로 변한 사부가 대체 어디가 약해진 거야 하는 생각이 들 정도로 민첩하게 움직이며 잇달아 마물을 격퇴해갔다. 전투 스타일은 대체로 평소의 사부와는 어울리지 않는, 폭력적이고 조잡한 데다 품위라곤 손톱만큼도 없는 전술……검보다 주먹과 발로 격퇴한 숫자가 더 많은 형국이었다.

솔직히 내가 나설 기회는커녕 싸울 마물을 대주는 것조차 버거운 광란의 전투 광경을 멍하니 넋 놓고 보고 있는데, 돌연 날 돌아보는 사부와 눈이 마주치고 말았다.

긴장해 엉겁결에 꿀꺽 침을 삼키는 내게……이번엔 사부, 눈이 날카롭게 빛나는가 싶더니만 앞도 안 보고 여우형 마물을 뒤꿈치로 내리치더니 성대하게 튀는 피를 맞으면서 엄청 즐거워하며 물었다.

"토오루! 엄청나지, 나! 그치, 그치! 칭찬해줘, 토오루?!"

"어? 아, 으, 응……엄, 엄청나, 응."

동요하면서도 어떻게든 그 말만은 해주자 사부는 확 어린아이처럼 얼굴을 빛냈다.

"그, 그래! 엄청나구나! 좋아, 난 힘낼 거야, 토오루! 더, 더, 마물을 쓰러뜨릴 테니까! 보고 있어, 토오루! 그리고……나중에 머리를 쓰다듬어주면 아주 기쁘겠어!"

"뭐? 아……으, 응, 알겠어, 쓰다듬는 정도는 딱히 전혀……."

"!"

그 순간 사부는 '싱그으으으으으으으읏', 최고로 행복해 보이는 미소를 짓더니 그 얼굴을 한 채로 즐겁게 수많은 마물을 도살하기 시작했다.

우리는 그 광경을 멍하니 지켜보면서 저도 모르게 부르르 몸을 떨었다.

『(평소 성실한 사람이 자제심을 잃으면 무서워어어어어어어어어어어어!).』

늘 아무 생각 없이 보던 사부가 얼마나 자기 통제에 엄격한 성숙한 인간이었는지 뼈저리게 느꼈다. ……사부가 마음껏 살육을 저지르는 현장을 보고 있자니 그런 느낌이 절로 들었다……. 왠지 미안해, 평소의 사부…….

그녀의 본성에 놀라 깨기는커녕, 오히려 뭔가 슬퍼졌다.

우리는 가능한 한 사부가 고삐 풀린 망아지처럼 날뛰는 걸 보지 않으려고 애쓰며, 다시 각자 요격을 시작했다.

그렇게 10분쯤 지나자 초반의 고전이 거짓말인 것처럼 꽤 전투에 여유가 생겨났다.

물론 변함없이 나와 사부가 중심이 돼 밀려오는 적을 쳐내고 있지만, 팔디오와 루우도 타고난 두뇌와 빠른 발을 구사해 헐레벌떡 도망 다니며 우리에게 짐이 되지 않도록 있는 힘껏 자기 몸을 지키고 있었다.

무엇보다도 레이아 누나의 마법 지원이 엄청 든든했다. 왜냐하면 그녀 혼자라도 화력이 높은 건 두말할 것도 없었으니까———.

"?!"

———그리고 그런 생각에 잠겨 있는 사이에도 등에 기분 나쁜 기척이 느껴져 내가 허둥지둥 돌아보려고 한 그 순간…….

"《섬광이여!》"

레이아 누나가 짧은 주문을 다 읊자마자 내 등 주위에서 작은 스파크가 일어났다. 그러자 뒤에서 덤벼들려던 마물이 눈이 부셔 멈칫했고, 난 대응할 시간을 벌 수 있었다. 그리고 잇달아———.

《그 칼날을 휘감는 건 불꽃의 축복!》"

사부가 얼음 거인을 처리하는 데 조금 애를 먹고 있자 그녀의 검에 불꽃을 휘감아줬고, 사부는 그 마법의 힘을 이용해 손쉽게 거인을 태운 후 검으로 벴다.

그런 식으로 우리 전투를 보조하면서도 팔디오나 루우에게 돌발적 위기가 닥쳤을 땐───.

《주위를 덮는 건 자갈의 폭풍!》"

단순하게 작은 돌이나 모래가 주위에서 소용돌이를 일으키는 경미하지만 주문이 짧은 방어마법을 읊어, 나와 사부가 지원하러 달려갈 약간의 시간을 벌어주었다.

즉───.

『(뛰어난 마법사가 뒤에 있는 건 정말 싸우기 편해!).』

───나와 사부의 입에서 저도 모르게 하아, 감탄의 소리가 새어 나왔다. 그러고 있는데 어쩐지 우리 표정을 재빠르게 관찰한 팔디오가 소리를 쳤다.

"니 뇨써들, 쩡사적인 므법사눈 끄내주니 어저니 크런 새각하고 이써지!"

변함없이 전혀 뜻 모를 단어였지만 어쨌든 상황적으론 '이 녀석들, 정상적인 마법사는 끝내주니 어쩌니, 그런 생각하고 있었지!' 하는 뭐, 그런 뉘앙스는 이해할 수 있었다.

"아니, 딱히……." "정상적인 마법사는 끝내주는데."

내가 말을 아끼고 있건 말건 자제심이 없는 사부는 자기 생각대로 말했다.

팔디오가 분개했고 루우가 그걸 참으라고 달래는 중에 우리는 전투로 돌아왔다.

사실 정상적인 마법사가 끝내주니 어쩌니 하는 것보다 레이아 · 키사라기라는 마법사가 특별히 유능하다는 건 나도 사부도 피부로 느끼고 있었다.

어쨌든 그녀는 가려운 곳을 긁어준다. 그런 정도가 아니라 우리의 한 수 앞을 읽어냈고, 모든 보조가 너무도 적확했다. 유감스러운 점이 있다면…….

"아앗, 어쩜 이리도 유능한 마법소녀일까요, 난! 역시 대단해요!"

그걸 자기 입으로 말하는 사람이 있을까. ……마법사는 자신만만한 사람이 아니면 안 되는 법칙이라도 있나? 뭐, 그녀의 경우는 팔디오와 달리 정말로 유능하니까 허풍쟁이는 아니지만……아니, 솔직히 재수가 없긴 하다. 정말로 뛰어난 만큼 오히려 귀엽지가 않다.

뭐, 이래저래 어쨌든 우리는 처음 생각했던 것보다 꽤 무난하고 담담하게 시련을 완수……지옥의 30분을 견뎌냈다.

승강 장치가 기동하기 무섭게 서둘러 거기에 올라탔다.

그리고 다음 층계에 도착하자 우리는 참았던 숨을 단숨에 토해내며 털썩 그 자리에 주저앉았다.

"하아……. 뭔가 이렇게 시련다운 시련은 처음이었어."

"진짜 그렇습니다요. 게다가 이거 하나면 또 모르겠는데 『전투력』과 『자제심』을 빼앗은 뒤 싸우라니, 아무리 그래도 너무 엄격한 거 아닐까요."

루우의 푸념에 레이아 누나가 쓴웃음을 지었다.

"아——……그거, 우리 엄마 탓인지도 몰라요."

"그리고 보니 아울 님이 말했었지요, 이번부터는 엄격하게 한다나 뭐라나 하면서."

그런 얘기를 하면서 모두 숨을 가다듬고 있는데, 한발 먼저 회복한 사부가 벌떡 일어서 내 앞까지 오더니 오도카니 웅크리고 앉았다.

내가 "?" 하며 고개를 갸웃하고 있는데 사부는 어린아이처럼 볼을 통 내밀었다.

"…………쓰다듬어줘."

"어……."

좀처럼 본 적이 없는 사부의 볼멘 얼굴에 정신이 쏙 빼앗긴 난, 순간적으로 말뜻을 이해 못 해 멍하니 허둥대고 있었다. 그런 내게 사부는 거기다 볼까지 붉히면서 계속 말했다.

"토오루가 쓰다듬어준다고 했어."

"뭐……아, 으, 응! 그랬지, 그랬어."

나는 허둥지둥 일어나, 웅크리고 앉은 사부의 머리를 쓰다듬었다.

"……♪"

내 손놀림에 맞춰 머리를 이리저리 움직이며, 고양이처럼 그르렁그르렁 행복하게 웃는 사부.

『………….』

나뿐만 아니라 뭔가, 그룹 모두가 민망해했다. ……뭐, 뭐야, 이거. 나, 얼굴이 새빨개졌는데. 정, 정말로 무서워, 평소 성실한 인간이 자제심을 잃은 상태!

한참 사부를 쓰다듬으면서 어쩌면 좋을지 몰라 당황하고 있는데, 딱 좋은 타이밍에 아울의 안내방송이 시작됐다.

〈그럼, 마지막 대가요구입니다.〉

살았다 싶어 사부를 쓰다듬던 손을 멈추는 나. 사부는 노골적으로 뚱하니 볼을 내밀며 불만스런 표정을 지었지만, 어쨌거나 상황은 이해한 모양으로 여하튼 말썽을 피우진 않았다.

우리가 후유 가슴을 쓸어내리는 가운데……아울은 마지막 대가를 말했다.

〈────《심판자》의『목숨』을 받겠습니다.〉

"까불고 있어."

아울이 조건을 제시한 다음 순간 사부가 낮은 비수를 품은 목소리로 위협했고, 루우와 팔디오는 노기 서린 눈빛으로 날 보호하듯 앞으로 나섰다.

내가 허둥대며 동요하는 가운데, 레이아 누나가 생긋 웃으면서도……그러나 그 미소 뒤에 숨어 있는 불쾌감을 다 감추진 못한 기색으로 아울에게 물었다.

"아울 씨? 그건 무슨 의미인가요? 설마 정말로 용사의 목숨을 뺏을 거라곤 생각지 않지만, 적어도 거기에 상당하는 뭔가를 요구한다는 거지요? 이, 순진무구한 어린아이를 상대로."

〈예리한 통찰력이군요, 레이아ㆍ키사라기. 역시 칸나ㆍ키사라기의———.〉

"바보가 아니니까요."

아울의 말이 끝나기도 전에 레이아 누나가 탁 막아서며 말을 이었다.

"안 그래도 우리 세계에는 지켜야 할 아무런 의리도 없는 용사님을 억지로 이세계에 소환해 가혹한 여행을 강요하고 있는 상황이죠. 『시험한다』라고 하는 단계에서 이미 뭐가 그렇게 잘났는지 묻고 싶을 정도인데, 거기다 수명을 몇 년 줄이는 건지 생명력을 빼앗는 건지 모르겠지만 『목숨』이라 칭하는 걸 바치라니———."

거기까지 단숨에 말한 뒤, 레이아 누나는 차가운 눈으로 공중을 노려보며 말했다.

"———대답에 따라선 저, 엄마보다 더 문제를 일으킬 것 같아요."

〈………….〉

목이 바짝 마를 것 같은 긴장감이 그곳을 가득 메웠다.

……솔직히 얘기의 중심인물인 내 입장에선 다른 사람들만큼 감정적이진 않았다. 오히려 나의 최종 목적을 달성하

기 위해서라면 지금 당장 죽지 않을 정도의 수명이나 생명력이라면 바쳐도 된다는 각오를 하고 있지만……역시 그런 말은 할 수 없었다.

나는 어쨌든 억지로 웃으며 아울에게 물었다.

"음, 음음음, 그러니까, 그래서 저……실제론 구체적으로 뭘 요구하는……거야?"

내 질문에 분위기가 한층 더 찌릿 긴장됐다. ……아, 곤란해. 이거, 아울의 대답에 따라선 이 사람들……진심으로 이 유적을 박살 내버릴지도 몰라. 세계의 운명이라든지, 그런 전후 사정은 전혀 생각지 않고. 그냥 오직 날 위해서.

일촉즉발의 분위기 속에 아울은……그래도 담담하게 의외의 대답을 했다.

〈내가 이번에 《심판자》한테 요구하는 대가——『목숨』이라는 건, 즉『기억』을 말합니다.〉

"기억?"

내가 되묻자마자 팽팽하던 긴장감이 조금 누그러졌다.

아울은 〈맞습니다〉 하고 계속 말을 하더니, 드디어 대가의 상세한 내용을 얘기했다.

《《심판자》의 요 약 1시간분의 기억——이 《대가의 미궁》 안에서 했던 모험의 기억을 전부 바치세요.〉

『?!』

그 말에 우리는 동요를 감출 수 없었다. 루우가 파닥파닥 날면서 물었다.

"루우 일행의 기억도 바쳐야 하는 건 아니지요?"

〈네. 가져가는 건 어디까지나 《심판자》의 기억뿐입니다.〉

"……게다가 겨우 요 1시간 정도의 기억 말이지요?……."

〈네. 다만 이 대가는 시련 완수 후에도 돌려주지 않습니다. 그렇다고 주위에서 잃은 기억의 얘기를 해주는 것까지 금지하는 건 아니기 때문에, 당신들이 걱정하는 것처럼 이후 그의 삶에 큰 지장을 초래하는 그런 대가는 아닐 겁니다.〉

"그건……그런데……."

어떻게 판단해야 할지 몰라 모두가 날 뚫어지게 쳐다봤다.

조금 생각해봤지만 애초에 좀 더 무거운 대가도 받아들일 각오를 했던 나로선, 그렇게 고민할 일도 아닌데 싶어 아울에게 대답했다.

"괜찮아, 딱히."

"토오루."

사부가 나무라듯 날 돌아봤다. 다른 사람들도 역시 걱정스런 눈빛이었지만, 난 거기에 미소로 응답했다.

"괜찮다니까. 모두 처음에 『목숨』이라고 하니까 너무 무겁게 생각한 것뿐이야. 그, 있잖아, 잘 생각해보면 자제심이나 있을 곳이나, 뭐 그런 거랑 무게감은 그다지 차이가 없는데?"

"그건……그럴지도 모르지만……하지만 난……."

사부가 여전히 망설였다. 평소의 사부와는 달리, 내가 조금이라도 뭔가를 희생하는 게 아무래도 납득이 안 되는 모양이었다. 난 다시 한번 설득했다.

　"게다가 이 여행은 세상을 구하는 여행이고, 마지막엔 소원을 이뤄주잖아? 그걸 생각하면 이 정도 대가는 싸게 치는 거야. 그치?"

　『………….』

　나의 그 말에 모두 간신히 마지못해 물러났다.

　나는 다시 아울에게 선언했다.

　"응, 그럼, 바칠게, 대가. 준비 다 됐어, 아울."

　〈알겠습니다. 그럼―――대가를 징수하겠습니다.〉

　아울이 그리 말하자 내 몸이 빛나기 시작했다. 그러고는―――.

　　　　　　　　　　　　　　　　　―――아니, 생각한 것보다 넓은 방인데.

　나는 외견을 보고 상상했던 것보다 상당히 실내가 넓어 보여, 당황하며 모두를 돌아봤다.

　"저기, 확실히 보기보다 넓은데! 우리 역피라미드형 거의 맨 아랫부분에서 들어왔는데! 이상해. 저기, 모두 그렇게 생각―――."

　『………….』

　"하, 지?"

아무래도 날 쳐다보는 모두의 시선이 이상했다. ……아니, 뭐지? 우리가 들어왔던 입구가 없어. 이건 대체…….

"주인님……정말 이 미궁에서의 기억을?"

"? 무슨 얘기야, 루우?"

의미를 알 수 없는 질문에 내가 고개를 갸웃하자, 모두 서로 쳐다보더니……그리고 레이아 누나와 루우가 간략하게 현재에 이르기까지의 경위를 설명해줬다.

말하기를 아무래도 난 시련의 일환으로 요 1시간 정도의 기억을 직접 바친 모양이다.

……솔직히 사실 아무것도 생각나지 않았다. 내 입장에선 《대가의 미궁》에 발을 들여놓은 다음 순간이 지금 상황인 터라.

그 외에도 현재 사부가 자제심을 잃었다느니, 팔디오가 말을 빼앗겨 웃기는 상황이 됐다느니 하는 얘기를 들었지만……역시 전혀 와 닿지 않았다. 이래저래 하는 사이에 갑자기 방 중앙의 육각형 패널 위에서 마법진처럼 보이는 빛이 떠올랐다.

"와아, 뭔가 엄청나, 모두! 어머, 좀 봐! 신기해! 뭐지, 저거!"

『…………。』

"?……아……."

모두의 반응이 느린 걸 보니 아무래도 저 발광현상은 모두가……기억을 잃기 전 나도 경험했던 모양이다.

나는 왠지 겸연쩍어 얼버무리듯 입을 열었다.

"음, 음, 그러니까, 어쨌든 얘기를 듣자니 이걸로 시련은 끝난 거지?"

그 물음엔 우리가 아니라━━오랜만에 듣는 아울의 목소리가 대답했다.

〈맞습니다. 거기 있는 마법진에 올라타면━━.〉

"와아, 아울! 오랜만이야!"

〈……네, 오랜만이네요, 토오루·미카미.〉

무슨 일인지 목소리에 조금 생기가 없는 아울. 하지만 조금 사이를 두고 나서 다시 평소의 담담한 어조로 말을 계속했다.

〈거기 있는 마법진에 올라타면 최하층까지 돌아가 여기서 나갈 수 있습니다. 《심판자》 이외의 분들은 그걸 이용해 돌아가주세요.〉

"메에에에!"

팔디오가 갑자기 괴상한 소리를 질렀다. 무슨 일인지 싶어 깜짝 놀라고 있는데 아울이 거기에 응답했다.

〈안심해주세요. 『전투력』『자제심』『말』은 여기를 나가자마자 자동적으로 본래 상태로 돌아옵니다. 그럼━━.〉

아울이 거기까지 말한 순간 난 빛에 둘러싸였고, 그런 다음……정신을 차렸을 땐 나만 익숙한 둥근 공간에 떠 있었다. 《결단의 동굴》에서도 체험했던, 유적의 핵심구역으로 《심판자》만 전송되는 시스템이리라.

잠시 동안 멍해 있는데 저번처럼 아울이 노고를 치하하는 말을 건넸다.

《《심판자》여. 우선 완벽하게 《대가의 미궁》을 돌파한 걸, 진심으로 축하드립니다.》

"고마워, 아울. ……그렇지만 지금 내 입장에선 들어오자마자 완수했다는 통고를 들은 거나 다름없어서 달성감도 뭐도 없지만……."

〈그래도 당신은 확실히 이 시련을 완수했습니다. ……이제는 이 세상에 존재하지 않는 이 1시간 동안의 당신이.〉

"…………."

그 너무도 미묘한 표현에 난 엉겁결에 입을 다물었다. ……이제는 존재하지 않는, 이 1시간 동안의 나. ……루우 일행의 말에 의하면 마지막 대가는 처음엔 『목숨』이라 표현했다고 하는데……과연, 조금은 그 의미가 이해될 것 같다.

"……이 《대가의 미궁》을 완수한 난……이제 어디에도, 없어……."

조금 전에 모두가 날 보던 슬픈 눈동자. 그리고……또 다른 사부의 모습을 떠올렸다.

〈『목숨』을 잃으면 어떤 일이 생기는지 조금이나마 이해하셨습니까?〉

"뭐?"

나는 화들짝 놀랐다. 혹시 아울은……역시 내 목적을?

〈자, 《심판자》여. 《결단의 동굴》에서도 경고했지만, 앞으로 이 공간에서 말하는 얘기는————.〉

"아, 응, 기억해. 다른 사람한테 얘기하면 안 되는 거지?"

〈말씀하신 대로입니다. 당신이 정보를 유출할 경우, 즉시 강제송환이라는 페널티가 가해지는 걸 잊지 마시길.〉

"응. 그래서……이번에 나한테만 하는 얘기라는 건?"

어서 뒷말을 하라고 재촉하자, 아울은 잠시 침묵한 뒤다시 내게 질문을 해왔다.

《《심판자》여. 당신이 있던 세계와 이 세계의 차이는 뭐라고 생각합니까?〉

"뭐? 뭐야, 그 질문. 그런 거, 너무 많아서……."

나는 그녀가 뭘 묻고 싶은지 몰라 당황했다. 아울은 조금 설명을 덧붙여줬다.

〈대충 대답해도 됩니다. 결정적으로 다르다고 느낀 요소를 들어주세요.〉

"음, 그러니까, 그건……."

나는 잠시 생각한 뒤 쭈뼛쭈뼛 대답했다.

"……역시 마법과……그리고 마물, 이려나."

어쨌든 결정적으로 다른 건 그 두 가지였다. 신에 관해선내가 살던 세계에서도 믿는 사람은 엄청 많으니까. 생각했던 대로 내 대답이 만족스러웠던 모양으로, 아울은 〈그렇지요〉 하며 상냥하게 응답한 뒤 말을 계속했다.

〈그럼, 각각의 요소에 대한 소감을 묻겠습니다. ……마

법을 어떻게 생각합니까?〉

"뭐? 어떻게라니……음, 그러니까……엄청 편리하다?"

〈그럼, 마물은 어떻습니까.〉

"음……반대로 엄청 폐를, 끼쳐."

〈그렇지요.〉

그 말을 끝으로 아울이 잠시 침묵했다 ……뭐지, 이 침묵의 시간은.

조금 뒤 다시 아울이 화제를 바꿔서 질문했다.

《심판자》여. 당신은 《가호절》과 《신무절》에 대해 알고 있습니까?〉

"아, 응……일단은…….."

기억은 흐릿했지만 이전 사쿠야가 설명했을 때를 떠올리며 대답했다.

"분명 여신님 덕분에 마법의 힘이 상승해 마물이 얌전해지는 게 《가호절》이고, 반대로 여신님이 잠들면서 마법이 약해져, 마물이 난폭해지거나 힘이 커지는 게 《신무절》……이었지, 아마?"

윗사람에게 질문하는 것처럼 조심스럽게 묻자, 아울은 상냥하게 〈정말 잘 파악했습니다〉 하고 대답해줬다. 내가 후유 가슴을 쓸어내리고 있자……아울은 다시 화제를 바꿨다.

〈이 시련의 이름을 기억하십니까, 《심판자》여.〉

"? 《대가의 미궁》이잖아?"

〈맞습니다. ……그럼,《대가》란 뭘까요?〉

뭐지, 이거. 나, 오랜만에 국어 수업이라도 듣고 있는 건가.

"음, 그러니까……지, 지불, 같은 건가? 얼마 안 되는 용돈을 내어주고 달달──한 과자로 잠시 행복을 얻는다……뭐, 그런?"

이마에 삐질삐질 땀을 흘리면서 대답했더니……이거 역시 아울은 칭찬해주었다.

〈잘 알고 계시는군요. 보상, 혹은 목적을 달성하기 위해 잃어버리는 것. 그게 대가.〉

"……하아……."

아울이 하고자 하는 말이 전혀 이해가 안 돼, 멍하니 정신을 놓고 있는 나.

〈……그럼, 이 세계에서 마법이라는 편리한 힘의 원천은 대체 뭘까요?〉

"뭐? 그야, 여신님……."

《《심판자》여. 이 세계엔 자기 입에 맞는 무궁무진한 힘 따위 없습니다. 삼라만상 모든 것에 각각 동일하게 대가는 부과됩니다. ……자, 그럼, 그 전제 위에 다시 한번 묻겠습니다. 마법이라는 당신의 세계에서 보면 위화감은 있지만 편리한 힘의《대가》는, 대체 어디에서 징수되는 거라 생각하십니까?〉

그 조금 어려운 질문을 들은 난, 분명 이건 중요한 질문이다 싶어 열심히 생각했다.

"음, 그러니까……대가는 동일한 가치의 것을 지불해야만 성립하니까……으——음, 이상한 힘의 대가는……역시 이상한 거여야 하나?〉

〈요컨대 그건, 뭘까요?〉

"뭐? 그러니까……내 관점에서 보면 이 세계의 이상한 요소는 마법과——."

거기까지 말한 난 겨우 흠칫 놀라며 깨달았다. ……아니? 즉 그건…….

〈…………..〉

아울이 지켜보는 가운데 지금까지 흘린 땀과는 조금 다른 성질의 땀을 흘리기 시작하는 나. ……도저히 생각하고 싶지 않은 일이지만……하지만……아울이 일부러《가호절》과《신무절》얘기를 사전에 내게 재확인한 것도 같이 생각해보니……그건 역시……그런…….

그 '기분 나쁜 상상'으로 인해 고동소리가 빨라지는 가운데, 아울은 명확한 답은 하지 않은 채 말을 계속 했다.

〈이《대가의 미궁》에서 뭘 요구했는지 동료들한테 들으셨나요?〉

그 질문에 난 루우가 한 설명을 필사적으로 떠올리며 순서대로 대답했다.

"……『힘』『자제심』『말』『있을 곳』……거기다『목숨』……."

〈…………..〉

아울은 아무 대답도 하지 않았다. 나는 그 침묵에 기분 나쁜 뭔가가 느껴져 그녀에게 물었다.

"저, 저기, 그, 그건 즉, 이 세계 사람들은 마물로부터——."

〈난 누구의 편도 아닙니다. 답을 찾는 건 당신입니다. 《심판자》여.〉

"!"

여기서 처음으로 《심판자》라는 이름의 의미가 뭔지, 왠지 알 것 같은 기분이 들었다.

———그러자 돌연 내 몸이 빛나기 시작했다. 아무래도 미궁 밖으로 나가는 모양이다.

아직 듣고 싶은 얘기가 더 있는데……하며 내가 어쩌면 좋을지 몰라 눈을 이리저리 굴리고 있었더니 아울은 지금까지와는 달리 이상하게도 부드러운 어조로 말을 걸어왔다.

〈《심판자》여. 이전에도 말했지만 본래 모든 책임은 우리에게 있습니다. 당신은 정말로 아무 관계도 없는 방문객일 뿐입니다. 그러나 그러니까 더욱……그 눈을 단단히 떠서 맑은 눈동자로 진실을 확인……그리고 언젠가 판정을 내려주시길 바랍니다.〉

"…………뭐에 대해서, 말이야?"

빛이 더 강해지는 가운데 사라져가는 내 질문에 아울은……분명히 대답했다.

〈———그 대가는 본래, 누가, 어떤 식으로 지불해야 하

는지.〉

"헉!"

아울의 그 말과 동시에 한순간 격렬하게 빛이 빛났고 그러고———.

"주인님!"

———정신을 차려보니 난 어느새 유적 밖에서 동료들에게 둘러싸여 있었다.

우선 내 몸에 이상이 없다는 것과 변함없이 아울과 나눈 대화는 발설 금지라는 취지의 말을 전했다.

모두 약간이긴 하지만 기억을 **빼앗겨버린** 날 걱정해줬지만……하지만 내가 평소처럼 건강한 걸 알아차리자 어딘가 안심한 듯한 기색으로 웃어주었다.

어쨌든 시련을 완수한 이상, 계속 황야에 머물 이유도 없었다.

우리는 날이 저물기 전에 황야를 **빠져나가려고** 다시 여로에 올랐다.

……다른 사람들과 같이 한참 걸어가다 난 혼자 역피라미드 형인《대가의 미궁》을 돌아보며 생각했다.

"(아울의 마지막 말……한순간 내 목적에 대해 말하는 줄 알았어)."

형의 목숨을 구하기 위해 내 목숨을 대가로 바치려는 계획을 세운 내게……다짐을 해둔 건가, 하고. 내 생각이 지나친 걸까.

"(게다가……마법과 마물……《가호절》과 《신무절》……
그리고 《심판자》라……. ……뭔가 책임감을 가질 필요는
없다고 했지만 맡기 싫은 역할이 돼버렸어)."

지금까진 내가 여신님 곁에 당도하면 그걸로 모두 행복
해진다고 생각했다.

사실 그건 틀린 말이 아니었다. 《신무절》이 끝나고 《가호
절》이 시작되니까 당연히 생활이 편해지고 행복해질 거다.

──인간은.

"(……마물이 우리를 습격하는 것도 그 부분과 무슨 관
련이 있는 건가……)."

……아아, 안 돼. 왠지 머리에서 김이 나올 것 같아!

내가 혼자서 감정을 주체 못 해 쩔쩔매고 있는데―앞에
서 가던 동료들이 무슨 일인가 싶어 날 돌아봤다.

그 중에서 팔디오가 크게 손을 흔들며 말을 건넸다.

"어──이, 토오루, 뭐하는 거야, 빨리 와! 겨우 정상적
으로 말하게 된 이 잘난 내가, 네 녀석이 잃어버린 1시간에
대해 설명해줄 참인데! 고맙게 생각하고 착실히 들어!"

"뭐야, 그거, 강요하는 것 같은데."

난 뾰로통하니 볼을 내밀면서 그들을 봤다.

"…………"

자칭 대마도사에 최강기사, 털뭉치 사역마에 마법소녀
라는 일견 엄청 제각기인 사람들이, 그래도 지금은 생글생

글 웃으며 사이좋게 날 기다리는 모습이, 내 눈에 확 들어
왔다.

"……그래."

결코 어떤 결론이 난 게 아니다. 아울의 난해한 얘기를 제
대로 내가 이해했는지도 솔직히 의문스럽다. 하지만————.

"미안, 미안! 지금 갈 거니까 내가 잃어버린 기억과 거기
다 또 팔디오와 레이아 누나의 과거 얘기도 들려줘!"

————앞으로도 모두와 함께라면 분명……분명 언젠가
는 최고의 답을 발견할 수 있을 거다.

그런 예감을 마음속으로 하면서 난 모두를 따라잡으려
고 다시 달리기 시작했다.

회상 II 금기마법과 이단심문

"즉 당신은 마법이라는 힘의 진짜 원천은 여신님이 아니라 마물에 있다는 건가요?"

미밀 마법학교 제4도서실 구석에서 레이아가 책상에 팔꿈치를 괸 채 어이없어하며 말했다.

팔디오는 그녀에게 시선 한 번 주지 않은 채, 극히 마니아 취향의 마도서가 꽂혀 있는 책장을 이리저리 살피면서 "아아" 하고 대답했다.

"적어도 여신님이라는 의미 불명의 선의적인 존재보다는 믿음이 가잖아?"

"……진심으로 말하는 거예요?"

레이아가 노골적으로 의아해하면서 다시 물었다. 팔디오는 훌훌 넘겨보던 마도서를 서가에 돌려놓자, 한탄하면서 레이아를 돌아봤다.

"근데, 너, 뭐야. 난 딱히 우등생과 토론할 생각은 없거든. 으이구, 귀찮아. 네 녀석이 교과서를 신봉하고 있다면 그걸로 됐어……부탁이니까 상관 마."

언짢은 얼굴로 노려보자 레이아는 조금 동요하며 시선을 피했다.

"뭐, 뭐, 어때서요, 방과 후에 반 친구한테 말 거는 게 무

137

슨 문제라고?"

"그건 그렇지만……너, 왜 요 며칠 매일 나한테 오는 거야. 뭔가 볼일이라도 있나 싶으면 결국 그냥 잡담 수준이고. 덕분에 쓸데없이 네 가정환경이나 사상을 자세히 알게 돼버렸잖아."

"뭐, 뭡니까, 좋, 좋잖아요, 나에 대해 알게 돼서."

"……하아, 저기 말이야, 난 방과 후에 보는 바와 같이 책을 찾느라 바쁘거든. 잘 알잖아?"

말을 하면서도 새 책을 손에 쥐는 팔디오에게 레이아가 조금 안달하며 대답했다.

"당, 당신한테 특별히 흥미 있는 거 아니거든요! 착각하지 말아 주실래요?!"

"착각이고 자시고 귀찮게 따라다는 건 사실일 텐데. ……근데, 정말 뭐야? 말했지만 고지식한 우등생님이 나한테 뭔가 배울 생각이라도 한 거라면, 그거 완전히 빗나갔거든. 워낙 난 보통사람하곤 확연히 다른 대천재라서 말이야."

"……뭐, 분명 마물이 마법의 근원이라고 말하는 걸 보니 확연히 다른 사람과 다른 것 같긴 합니다."

레이아의 말에 팔디오는 발끈하며 돌아봤다.

"어이, 야, 뭐야, 그 말투. 이 생각엔 뒷받침할 데이터도 있거든. 예를 들면 밤낮으로 대량의 마법이 사용되는 도시부 주변에 서식하는 마물은 명백히 시골이나 변방의 마물에 비해 약하잖아?"

팔디오의 논리를 듣고 레이아는 "흐음" 하며 한번 생각해봤지만, 곧바로 의연한 태도로 대답했다.

"아니요. 그건 반대지요. 마물의 힘이 약한 장소니까 사람이 많이 정착해 사는 거예요."

"크……곧바로 아픈 곳을……. ……하, 하지만 이 논리라면《신무절》과《가호절》의 관계성이나《슈 · 로커》때 마물이 가는 경로에도 일정한 해석이―――."

"희망적인 관측을 기반으로 억지로 이유를 갖다 붙인 망상적인 이론으로밖엔 들리지 않는데요. 그건 상세한 통계나 자료의 제시와 함께 마법학회에서 당당하게 증명할 수 있는 건가요?"

"……아아, 정말! 그러니까 난 논의를 하고 싶은 게 아냐! 으이구, 시끄러!"

팔디오가 격앙하자 레이아가 신기하게도 의기소침해져 고개를 숙였다.

"죄송해요……."

아무래도 그 대단한 우등생도『괴짜인 반 친구를 귀찮게 따라다니며 그가 뭘 주장하는지 알아낸 뒤, 정론으로 논파』해버린 치사스럽기 짝이 없는 현 상황에 대해선 조금 반성할 마음이 생긴 것 같다.

"아아, 아니……."

그렇다고는 하나 항상 강경하던 레이아가 순순히 사과

를 하자, 팔디오도 어떻게 대해야 할지 난처해졌다. 머리를 긁적이며 한 번 깊게 탄식한 후 조금 볼을 붉히며 말을 꺼냈다.

"……아니……뭐……나도 나빴어……. ……그……틀리지 않았어, 네 주장. 너무 완벽한 반론이라서……그만 안달이 났어. 이번엔 내가 세련되지 못했어."

팔디오가 양보하자 레이아는 갑자기 일어서 팔디오에게 바싹 다가갔다.

"아니, 그, 그치만, 팔디오의 생각은 엄청 재밌어요! 항상 깜짝 놀랄 만큼 참신해서 나, 아주 좋아해요!"

"오, 오우, 땡큐……."

"아……."

정신을 차려보니 팔디오와 레이아는 얼굴이 딱 붙을 정도로 가까워져 있었다.

서로 허둥지둥 몸을 떼어냈다.

……잠시 팔디오가 책을 꺼내 보기 시작했고 이어 오롯이 페이지 넘기는 소리만이 그곳에 울렸다.

레이아가 쿨럭 헛기침을 하더니 다시 말을 꺼냈다.

"그건 그렇고, 팔디오는 용케도 독학으로 거기까지 지식을 익혔네요? 제 경우는 용사의 자식이라 핏줄이나 아버지 인맥 덕분에 교회의 지원을 받아 마법을 배웠는데……. ……혹시 전혀 그렇게 안 보이지만 사실은 어디 명문가 태생인가요?"

"전혀 그렇게 안 보인다는 말은 좀 쓸데없는 것 같은데. 뭐, 적중한 건 아니지만 전혀 틀렸다고도 할 수 없어."

팔디오는 페이지를 넘기면서 씁쓰름한 표정을 지었다.

"그런 고귀한 태생인 건 아니지만……원래 마법지식에 특화된, 영재교육을 받는 환경 속에서 자라긴 했어. 게다가 나 스스로도 태생적으로 마법에 대한 흥미가 강해. 그래서 어릴 적엔 오로지 자나 깨나 마법지식·기술만 파고들었어."

"……기술?"

레이아가 다시 묻자 팔디오는 한순간 '아뿔싸' 하며 후회했지만……엎질러진 물이라는 심정으로 마음을 정한 뒤 설명을 계속했다.

"아아, 네가 어렴풋이 짐작한 대로 나도 예전엔 일반적인 마법을 쓸 줄 알았어. 그건 정말 농담 삼아 하는 말이 아니라……신동이라 해도 무방할 만큼 뛰어났어."

굳이 신이 나서 으스대지도 않고 담담하게 말하는 팔디오. 레이아 역시 의심을 품지도 않은 채 수긍한 다음 한층 더 깊이 파고들었다.

"……그럼, 왜 지금은?"

"…………."

책을 넘기던 손을 멈추더니 그만 입을 꼭 다물어버리는 팔디오. 레이아가 조금 당황해 화제를 바꾸려는 참에…… 그는 띄엄띄엄 얘기를 했다.

"……《신공물》 때문이야……."

"뭐?"

팔디오는 떠올리고 싶지 않은 기억을 더듬어갔다. ……마을 근처에서 발견한 유적, 어린아이의 호기심, 불길한 경보음과 이상동작, 그리고…….

"……어떤 《신공물》……여신의 시련과 비슷한 유적형의 장소에 발을 들여놓았는데 말이야. 그 결과 작은 사고가 생겼고 난 이렇게 돼버렸어."

"이렇게 됐다니……마법을 못 쓰게 됐다는 거예요?"

"아아……."

거기서 팔디오는 굳었던 표정을 풀며 익살스런 얼굴로 레이아를 돌아봤다.

"정말, 미칠 것 같았어. 마법만이 장점이자 삶의 목표이자 존재의식이었던 꼬맹이한테서 하필이면 그 마법을 빼앗아 가버린 거야? 너무 바보 같아서 도리어 웃음이 나왔어, 진짜로."

"팔디오……."

레이아의 눈에 동정의 빛이 어렸다. ……본래 이런 동정 어린 눈빛이 참기 힘들어 팔디오는 지금까지 자신의 과거 얘기를 애써 안 했는데, 이상하게도 레이아는 불쾌하지 않았다. 걸어가는 길이야말로 극과 극이지만, 그녀와 자신의 처지에 동질감이 느껴지는 구석이 있어서일까.

그러나 필요 이상으로 불쌍한 취급을 당하면 기분이 나

쁘다. 팔디오는 장기인 시시한 악당처럼 웃으며 말을 이었다.

"그렇게 되니까 아버지나 주위 사람들한테 난, 이제 가치 없는 쓰레기밖에 안 된 거지. 뭐, 내 입장에서도 거기서 좋든 싫든 곪은 종기가 터진 것처럼 개운해졌고……이젠 이렇게 사는 거야."

"그렇군요……. ……뭐, 어느 집이든 문제는 있지요."

생각했던 것보다 더 선선하게 대답하는 레이아를 보고 팔디오는 조금 기뻤지만 그걸 표현하는 건 또 아니꼬워서 히죽 심술궂게 웃었다.

"그럴지도. 용사의 딸이자 《재앙의 마녀》 씨."

"흑, 그 호칭만은 쓰지 말아주세요……."

"우하핫, 기분 좋다."

털썩 부끄러운 듯 책상에 엎드리는 레이아를 보고 팔디오는 오랜만에 진심으로 기분 좋게 웃었다.

방과 후의 도서실에 부드러운 저녁 해가 들이비치고 있었다.

※

"근데, 아무리 그래도 너무 엄격한 거 아냐, 학생 출입 제한."

학교를 나와 기숙사로 향하는 길에, 부지 전체를 둘러싸

143

듯 쳐놓은 거대한 결계를 보더니 넌더리를 내며 팔디오가 중얼거렸다.

옆에서 걷고 있던 레이아는 우등생답게 "그래요?" 하며 고개를 갸웃했다.

"희귀한 마도서를 숱하게 보관하는 시설로선 당연히 해야 될 조치라 생각하는데요."

"업자나 견학생 같은, 그런 외부 사람은 의외로 어렵지 않게 출입하잖아."

"그들은 본래 학교 심층부엔 들어올 수 없으니까요. 마도서 반출이나 여기서 얻은 지식의 무단유출을 의심할 필요가 없지요. 하지만 학생은 달라요."

"야, 야. 너무하네. 자기 학교 학생을 전혀 신용 안 한다는 거잖아. 나 참……덕분에 이 나의《입학 첫날 재미있어 보이는 마도서만 물색한 뒤 삼십육계 줄행랑한다는 계획》이 좋났잖아."

"전 지금, 새삼 저 결계의 유용성을 확인했어요."

곁눈질로 팔디오를 노려보는 레이아.

팔디오는 서툰 휘파람을 불면서 모른 체하더니 "그치만, 말이야" 하며 말을 이었다.

"사실 가장 큰 목적이었던《금기마법의 마도서》를 한 권도 발견 못 한 걸 보니, 장서에 편향이 너무 심해, 여기."

"금기마법?"

"아."

다시 방심해서 입을 잘못 놀려버렸다. 팔디오는 아무래도 레이아 앞에선 이상해지는 모양이다. 그녀가 흥미진진한 기색으로 목을 길게 빼고 들여다보는 가운데 팔디오는 조금 주저했다. 그러다가 귀찮은 일은 재빨리 끝내버리자는 결론을 내리고는, 품에서 학생 휴대용 소형 지팡이를 꺼내더니 불쑥 레이아를 향해 살짝 휘둘렀다.

"《헬파이어》"

"히이잇."

그 순간 레이아 입에서 푸우, 작은······정말로 작고 귀여운 불이 뿜어져 나왔다.

그녀는 한순간 트림이라도 한 것처럼 손으로 입을 가리며 부끄러워했지만, 바로 사태를 이해한 듯······눈동자를 반짝반짝 빛내며 팔디오에게 바싹 다가왔다.

"엄, 엄청나요! 엄청나요, 팔디오! 지금 건 그거지요! 현대에선 거의 재현 불가능하다고 여겨지는 이단의 마법──금기마법이라는 녀석이지요?!"

"잠깐, 어이, 목소리가 너무 크잖아, 멍청아!"

생각한 것보다 격렬한 리액션을 보고 당황해 허둥지둥 레이아의 입을 막으러 나서는 팔디오. 주위를 두리번두리번 둘러보자 몇몇 이쪽을 보는 사람의 모습은 보였지만, 모두 그런대로 떨어져 있다. 들릴 거리는 아닐 거라고 믿고 싶지만 조금 의심스러웠다. ──그런데.

"우아." "으아."

돌연 소나기가 주위 일대를 덮쳤다. 비 자체는 불과 몇 초 만에 그쳤지만, 강수량은 꽤 된 터라 팔디오도 레이아도 흥건히 젖고 말았다. 살갗에 달라붙는 교복이 기분 나빴다. 하지만 덕분에 자신들을 주의 깊게 보던 사람들은 뿔뿔이 흩어져 가버렸다.

팔디오는 후유 가슴을 쓸어내렸다. ……왜냐하면 여기 입학할 때, 면접관이나 이사장으로부터 금기마법에 대해선 입도 뻥끗하지 말라고 단단히 주의를 들었기 때문이다.

사실 '금기'라는 말이 붙을 정도로 교회는 이 마법을 정말로 기피했다. 사용가능한 인간이 거의 없기 때문에 그렇게 공식적으로 문제시하진 않았지만, 이런 명문 마법학교 안에서 대대적으로 들키는 날엔 교회가 어떻게 움직일지 알 수 없었다.

다행히 면접관이나 이사장은 그걸 잘 알고 있었다…… 라기 보단 사실은 '금기마법을 연구하고 싶다'는 지식욕이 넘치는 유형의 사람이었던 터라 도움이 됐다. 그러나 당연히 학교 안엔 열성적인 교회 신자도 있는지라.

사전에 그리 협박당한 팔디오 역시 학생들로부터 부당한 평가를 당하면서도 금기마법 건만은 밝히지 않으려고 노력해왔지만……좀처럼 하지 않던 방심을 한 결과가 이 상황이었다.

다행히 레이아는 팔디오의 태도를 보고 사정을 어렴풋이 짐작해준 듯했다. 꾸벅꾸벅 몇 번이나 고개를 끄덕이는 터라 팔디오는 아이고 됐다 싶어, 입을 막고 있는 그녀의 손을 치웠다.

레이아는 다소 주위를 경계했지만, 그래도 흥미는 가시지 않는 모양으로 팔디오에게 딱 몸을 붙이고는 작은 목소리로 계속 질문을 해왔다.

"어째서 팔디오는 금기마법을 쓸 수 있는 거예요?"

"아, 아니, 자세히는 나도 몰라."

팔디오는 레이아의 부드러운 감촉이나 머리카락에서 풍기는 과일향 같은 냄새에 취해 허둥대며 대답했다.

"유적에서 있었던 사건 이후에 마법을 잃은 꼬맹이였던 난, 죽을 각오로 힘을 되찾으려고 했는데 말이야. 그때 우리 동네 학교 도서실에서 우연히 발견한 금기마법의 마도서에 적혀 있던 이……《헬파이어》만은 무슨 일인지 쓸 수 있었어. 솔직히 왜 그런지는 나도 몰라."

"그럼, 혹시 다른 금기마법도……."

"아아, 쓸 수 있을지도 몰라……라기 보단 쓸 수 있을 것 같아. 이것도 왜 그런지는 모르지만 이상하게도 그런 『느낌』이 들어. 그래서 난 마을을 뛰쳐나와 내가 마법을 잃은 사건의 진상을 찾는 김에 금기마법의 마도서를 찾고 있었던 건데……."

"그래서 마법을 못 쓰는데도 이 학교에. 그렇구나, 팔디오 같은 사람이 입학할 수 있었던 것도 이걸로 이해가 됐어요."

"뭔가 바보취급당한 것 같지만 알아줘서 고마워. 근데, 이 건은……."

"알고 있어요, 발설금지지요? 절 믿어주세요. ……이 반 친구의 작은 비행조차도 선생님한테 고자질하는 걸로 유명한, 정의감 넘치는 고지식한 우등생인 절, 꼭 믿으시고 죄다 털어놓으세요!"

"내가 한 얘기, 지금 여기서 싹 다 지울 거야!"

콧김을 거칠게 내뿜으며 다가오는 팔디오. 그러나 레이 아는 바로 "농담이에요" 하며 생긋 웃었다.

"저 역시 사람. 이런 재미있을 것 같은 안건———이 아니라, 소중한 반 친구의 일인데 배신할 리 없잖아요."

"뭐지? 넌 때와 상황에 따라선 날 이용할 만큼 이용한 끝에 의외로 태연하게 버릴 것 같은 기분이 들어."

"자자, 팔디오. 해적선에 탔다 생각하고 마음 단단히 먹고 있으세요!"

"명백히 범죄에 가담시키려는 거 아냐! 날 어쩔 작정이야!"

"……뭐, 나쁜 짓은 안 시켜요, 네네."

"그런 말 진짜 하는 녀석은 처음 봐! 게다가 절대로 좋은 일은 안 시킬 거잖아!"

"농담은 제쳐두고, 어차피 학생을 에워싼 결계가 막고 있는 학교예요. 여기에서 쓸데없는 트러블을 일으키고 싶은 학생 따위, 아무도 없을 거예요."

"……《재앙의 마녀》씨가 할 말은 아니지……."

"……그러니까 그 말만은 하지 말아달라니까요……."

탁 어깨를 떨구는 레이아를 보고 팔디오는 껄껄 웃었다.

……뭐, 실제로 그녀가 발설할 것 같진 않았다.

조금 안심한 팔디오는 화제를 돌리자 싶어 다시 결계 쪽을 쳐다봤다.

"근데, 이곳 학생들은 가끔은 마을에서 놀고 싶지 않을까."

"그런 불만의 소리는 전혀 들리지 않는데요."

"……그야 모두 성실하고 아주 괜찮은 아이들인 건……."

축 어깨를 늘어뜨리는 팔디오. 그러나 레이아는 표정 하나 바꾸지 않은 채 물었다.

"사실은 당신도 알고 있잖아요? 미밀 마법학교 같은 고등 전문학교까지 와서 마법을 배우려는 사람에겐 여기야말로 최고의 놀이터예요."

"……뭐, 모르는 바는 아니지만……."

입을 삐죽 내미는 팔디오를 보고 레이아는 끽끽 웃었다.

"하, 하지만 있잖아, 여자는 말이야. 가끔 교복이 아니라 멋도 한번 부리고 싶어지는 거 아냐?

"당신이 여자에 대해 말하다니 가소롭기 그지없지만, 뭐, 분명 그건 그래요. 저도 빨리 입어보고 싶은 옷은 있으니까요."

고지식한 우등생이 그런 대답을 하는 게 너무 의외인지라 팔디오는 무심코 그만 "허어" 하며 레이아를 쳐다봤다.

"너한테도 그런 여성스런 면이 있었구나."

"바보 취급하지 마세요. 전 아주 여성스럽다는 말을 들어요. 아버지랑 엄마한테서."

"응, 네 부모님이 나란히 딸바보라는 것만은 알겠어. ……근데? 어떤 옷을 입고 싶은 거야, 넌. ……아, 어차피 그거지. 아주 대놓고 난 유능한 마법사요, 하는 듯한 중후한 느낌의 로브 같은, 그런———."

팔디오의 그릇된 추측을 단호히 차단하듯 레이아는 엄청 진지한 표정으로 안경을 빛내면서 딱 말했다.

"아뇨, 하늘하늘한 핫핑크 드레스예요. 머리 모양도 트윈테일로 하고 싶어요."

"———하아?"

그녀의 지금 성격이나 기질하고는 완전히 극과 극인 비주얼 이미지를 제시하는 바람에 팔디오는 당황했다. 하지만 이건 레이아가 자기 딴엔 웃기려고 던진 말이라 해석한 그는, 쓴웃음을 지으며 응답했다.

"그, 그거참, 꽤나 낯간지러운 모습인데, 아, 하하……."

"저도 그렇게 생각해요."

"———뭐어?"

발그레 얼굴을 붉히며 고개를 숙이는 레이아에게 팔디오는 이제 어떻게 반응해야 할지 도통 알 수가 없었다. ……그러나 어쩐지 웃기려고 한 말은 아닌 듯했다.

이마에서 삐질삐질 땀이 배어나오기 시작한 팔디오에게 레이아는 불끈 주먹을 쥐면서 말을 이었다.

"그래도 원래《유니폼》이란 그런 거라고 생각해요. 처음 엔 기능성을 추구하는 디자인을 취하지만, 시대가 바뀜에 따라 그 의도는 점점 엷어지면서 완전히 형체만 남게 되지요. 하지만 그렇기 때문에 일종의 품위의 상징으로 남아, 그걸 몸에 두르는 자에게 자긍심을 가지게 해요. 그게《유니폼》이 아닐까요. 그래서 더욱더 전 굳이……굳이 저의 감성과는 완전 딴판이지만 언젠가 반드시 그걸 맵시 있게 입어보자고 결심했어요!"

"하, 하아."

마치 스스로 되뇌이듯 도도하게 설명하는 레이아.

팔디오가 멍해 있자, 그녀는 화들짝 정신을 차리며 허둥지둥 꾸벅 머리를 숙였다.

"죄송해요, 얘기가 완전 뒤죽박죽 됐어요."

"뭔 소린가 했거든. 완전히 정신줄 놓고 있어, 너. ……뭐, 딱히 뭘 입든 자유지만."

애초에 그 부분을 깊이 언급할 마음 따위 추호도 없었던 팔디오로선 그리 말하며 적당히 얘기를 일단락 지었다.

문득 하늘을 올려다보자, 공중에 엷게 그려진 결계 너머로 별이 깜빡깜빡 빛나기 시작했다. 빨리 돌아가지 않으면 기숙사에서 준비해주는 저녁식사를 놓치고 만다.

여학생 기숙사와 남학생 기숙사로 갈라지는 곳까지 온

151

참에 팔디오는 흘긋 레이아를 쳐다봤다. 그리고 "아……"
하며 머리를 긁적이면서 말을 꺼냈다.

"뭔가……미안해, 항상. 너까지 그, 늦게까지 붙잡아두
고 있어서……."

본래 늘 자기가 원해서 따라다니는 레이아에게 사과할
이유 따위 팔디오에겐 없을 텐데, 어쩐지 오늘은 미안한
마음이 자꾸 들었다. ……그녀 덕분에 방과 후가 평소보다
즐거웠기 때문일까.

레이아는 팔디오의 기특한 행동에 눈이 동그래지더니 킥
킥 품위 있게……그러나 어딘가 짓궂게 웃으며 대답했다.

"나 참, 진짜 어중간한 분이시군요, 당신이라는 사람은.
욕지거리만 노상 하는 문제아는 어디로 갔나요? 착한 본
성이 드러났는데요?"

"크……으, 시끄럽거든! 가, 가슴 만질 거야, 나!"

"후훗, 시시한 악당처럼 구는 것도 어쭙잖군요."

웃으면서 장난치듯 팔디오에게서 도망쳐, 여학생 기숙
사 쪽으로 어린아이처럼 휘청대며 달리기 시작하는 레이
아. 팔디오가 분해하며 끙끙대는 가운데, 그녀는 빙글 얼
굴만 돌린 채 진심어린 미소를 지으며 말을 건넸다.

"그럼, 내일 또 봐요, 팔디오!"

"글쎄, 수업 재미없으니까 땡땡이칠 가능성이 높지 않
을까!"

"내일 또 봐요!"

다짐하듯 그렇게 말하고, 레이아는 가벼운 발걸음으로 여학생 기숙사를 향해 갔다.

팔디오는 한참 동안 그 뒷모습을 눈으로 좇다……한숨을 쉬며 불쑥 중얼거렸다.

"내일 또 봐, 요……. ……몇 년 만이지, 저런 말을 들은 건……."

팔디오가 마법을 잃자마자 급변했던 고향 사람들의 태도를 떠올렸다. 개중엔 무슨 일이 있어도 우린 영원히 친구라고 말했던 인간도 있었다. 실제로 팔디오도 능력이 있고 없고에 따라 친구 관계가 변하는 일 따위, 창작물 속에 나오는 얄팍한 인성의 등장인물들만 하는 짓인 줄 알았다.

그러나 현실은 냉혹했다. 가치 있는 능력이 상실된 인간을 남들이 얼마나 무시하고 그리고 업신여기는지. 팔디오는 신물이 날 정도로 뼈저리게 느꼈다. 그래서 진지한 교류는 '득보다는 실이 많다'는 교훈을 배웠고, 그 이후 필요 이상으로 대놓고 타산적인 속물처럼 굴게 됐다. 그 교훈 자체는 지금도 역시 틀린 말이라고는 생각지 않는다. 예전 자신이 성실하기 짝이 없었던 때보다 지금이 자유로운 데다 별문제 없이 즐겁게 살고 있다는 느낌이 있다. 그래도…….

"(역시 앞에서 대등하게 친구처럼 지껄여주는 녀석이 있는 건……기쁜 일이야……)."

레이아가 사라져가던 여학생 기숙사 쪽을 쳐다봤다.

······그녀뿐만이 아니다. 여기서 마법을 배우는 학생들은 결코 지금의 팔디오에게 호의적이진 않지만, 그래도 그들의 가치 기준은 지극히 알기 쉬워 기분이 좋았다.

실력 없는 사람은 철저하게 두들겨 패지만, 뛰어난 사람에겐 순순히 경의를 표했다. 고향 사람들과 달리 팔디오의 실기능력이나 태도는 바보 취급해도 지식이나 기술에 대해선 확실하게 한 수 위로 봐줬다. 그게 이곳에서 지내는 현재의 팔디오에겐 말할 수 없이 좋았다.

남학생 기숙사로 걸어가면서 팔디오는 조금 전 일을 되새겨봤다.

"(내일 또 봐요, 라고. ······별수 없지 뭐, 자, 재미없는 수업도 들어주러 가볼까)."

그런 생각을 하면서 팔디오는 밖에까지 맛있는 저녁밥 냄새가 솔솔 풍겨 나오는 기숙사로 달려가기 시작했다.

············.

설마 그 이후 바로 선생님을 때려서 퇴학을 당할 줄은 꿈에도 생각지 못한 채.

※

어느 날 정오. 팔디오는 선생 월터 · 힐디스의 호출을 받고 촉매준비실로 갔다.

마도배합실과 인접한 그곳은 비좁은 창고로도 쓰이는 터라, 그 방 책상 위엔 먼지가 수북한 의문스런 마법 촉매가 어지럽게 널려 있고 실내엔 퀴퀴한 곰팡이 냄새가 물씬 났다.

팔디오는 월터가 권하는 대로 비걱대는 낡은 의자에 앉자 방안의 작은 창을 흘끗 보면서 넌지시 그에게 물었다.

"좀 덥지 않나요?"

팔디오는 나름 다소 말투에 신경을 써가며 말했지만 그게 마음에 안 들었는지, 월터는 안경을 고쳐 쓰며 "그래?" 하고 말했다. 그러고는 애매하게 웃기만 할뿐 전혀 환기를 시킬 기미가 없었다.

성실하게도 그는 마도배합실에서 촉매준비실로 이어지는 문을 등 뒤로 팔을 돌려 꽉 닫고 들어온 터라 공기는 한층 더 밀폐됐다. 먼지가 수북한 좁은 방에 남자 둘이 있는 상황이 너무 불결하게 느껴져 팔디오는 진심으로 맥이 풀렸다.

"(어차피 또 설교나 뭐 그런 거겠지만 오늘은 자존심 따위 전부 버리고 여하튼 납작 엎드려 있어야지. 주위가 너무 지저분해)."

혹시 정말로 문제아를 훈계할 의도로 이 방을 선택한 걸까. 그렇다면 팔디오는 평소 월터라는 인간을 '연줄로 교사가 된 전형적인 무능한 선생'이라고 했던 자신의 평가를 재고해야 할 것이다.

작은 책상을 사이에 두고 건너편에 월터가 앉았다. 나무 의자가 삐걱대는 소리. ……그대로 잠시 정적.

정면에 앉은 뒤로 특별히 무슨 말을 하는 것도 아닌 월터를 보며 팔디오는 당황했고, 별수 없이 자기 쪽에서 먼저 말을 꺼냈다.

"아, 저기, 월터 선생님? 음……오늘은 대체 그……무슨?"

팔디오의 질문에 월터는 무슨 일인지 한순간 어리둥절해 눈을 동그랗게 뜨더니……그러나 바로 뭔가를 얼버무리듯 식은땀을 흘리며 숨도 쉬지 않고 지껄여댔다.

"아, 아아, 그러네, 응. ……팔디오 군, 요즘 상태는 어때?"

"하아? 상태……말입니까? 음……학교생활엔 익숙해졌나, 뭐 그런 질문인가요?"

"아아……뭐, 대충 그런 질문이야."

"아니……뭐, 익숙해졌습니다만……."

"그렇구나."

"네."

그 말을 끝으로 딱 대화가 멈췄다. 팔디오도 엄청 혼란스러웠지만, 그 이상으로 월터의 모습도 이상했다. 그의 이마엔 무슨 일인지 구슬 같은 땀방울이 어렸다.

"(심각하게 할 얘기라도 있……나?)."

팔디오는 그리 예측해봤지만 그 뒤가 전혀 보이지 않았다. 설령 그게 팔디오의 성적이나 수업태도에 대한 잔소리 및 벌에 관한 얘기라 할지라도 왜 월터 측이 필요 이상으로 긴장해야 할까?

아니, 애초에 월터는 팔디오의 담임도 아니었다. 수업시간 때야 얼굴을 보지만 그가 딱히 진로 상담교사를 맡고 있는 것도 아닌지라 점점 더 그에게 불려온 이유를 찾을 수 없었다.

"……교우관계는 순조로운가. 레이아하고만 친한 것 같던데."

팔디오의 눈도 보지 않은 채 월터가 그런 질문을 해왔다. 솔직히 팔디오는 그 섬세함이 결여된 질문에 다소 불쾌감을 느꼈지만 빨리 말을 끝내려고 대화를 진전시킬 여지가 없는 애매한 말로 응답했다.

"글쎄요, 뭐라고 할까, 그냥저냥 지내는 사이예요."

"……그렇구나."

그 말을 끝으로 다시 대화가 멈췄다. 보니 월터는 슬쩍슬쩍 벽시계나 창밖을 쳐다보고 있었다. 재빨리 그 모습을 관찰하던 팔디오는 도박과 실험을 겸해 갑자기 핵심을 찔러봤다.

"누가 오는 걸 기다리나 봅니다, 선생님?"

"뭐?! 아, 아, 아니……."

노골적으로 동요하더니 탁 소리를 내며 의자에서 일어서는 월터. 팔디오는 내심 '빙고' 하며 빙긋이 회심의 미소를 지었지만, 그러나 겉으론 지극히 온화한 미소를 월터에게 지어 보였다.

"도착이 늦어지나 보네요? 그 누군가. 그럼, 오나 안 오나 보고 오셔도 됩니다. 아니, 보고 와주시면 감사하겠습니다. 저도 그, 듣고 싶은 수업이 있어서."

당연히 거짓말이었다. 팔디오가 기를 쓰며 듣고 싶은 수업 따위 이 학교엔 없다고 봐도 무방했다. 그건 친하지 않은 월터라도 조금만 생각해보면 알 수 있을 텐데, 그로 말할 것 같으면 후유 살았다, 라고 말하는 것처럼 표정이 확 밝아졌다.

"자, 자네 사정이 그렇다면야 나도 마음 편하게 오나 안 오나 잠시 보고 오지 뭐. 음……여, 여기서 기다리고 있어, 팔디오 군."

"알겠씀다."

팔디오가 알겠다고 하자마자 월터는 발이 엉킬 정도로 허겁지겁 출입구로 향해 갔다. 초조해 죽겠는지, 문 주위에서 약간 정신이 나간 사람처럼 부산을 떨더니, 마지막에 다시 한번 팔디오를 돌아왔다. 그런 다음 "꼭 여기에 있어" 하고 다짐을 하고는 방에서 나갔다.

그 모습을 웃으며 지켜보다 월터가 문을 완전히 닫는 걸 기다린 후에……팔디오는 다시 진지한 표정으로 돌아와 "자아" 하고 작은 소리로 중얼거리며 재빨리 일어났다.

우선 창으로 다가가 문이 열리는지 안 열리는지 흔들어봤다. 하지만…….

"(예상대로 안 열려. 원래 고장 나 있었던 것 같지만……)."

잠시 이리저리 머리를 굴리다 다음은 월터가 나갔던, 마도배합실로 이어지는 문———이 방의 유일한 출구로 향했다.

그러고 문손잡이에 힘차게 손을 얹은 순간———.

"헉!"

———팔디오는 손가락 끝에 찌릿 정전기 같은 날카로운 통증이 느껴져 허둥지둥 손을 뺐다. ……좀 진정된 뒤에 다시 손잡이에 가만히 손가락 끝을 가져갔다. 그러자 손잡이 표면에 검붉은 얇은 막 같은 에너지류가 나타나는가 싶더니 팔디오의 손끝을 격렬하게 밀어냈다.

"(어이, 어이. 결계정(結界錠)을 걸어놓고 갔어, 저 선생. 실화냐……)."

결계정은 말 그대로 마법으로 채우는 자물쇠지만, 물리적 의미의 자물쇠와 비교하면 시간도 노력도 드는 만큼 푸는 것 역시 아마추어에겐 어려운 게 특징이다. 즉 이게 사용되는 경우는 한정적으로, 그건 귀중품이나 돈이 잔뜩 든 금고나 혹은———.

"학생을 흉악범 취급할 줄은……."

———감옥이었다.

도저히 정상적인 대우라고는 할 수 없지만 사전에 어느 정도 예측했던 팔디오는 그다지 쇼크도 받지 않았다. 아니, 오히려…….

"(결계정 때문에 도움이 됐어. 쓸데없이 월터를 부추긴

159

보람이 있었는데)."

팔디오는 혼자 빙긋 회심의 미소를 짓더니 재빨리 주문을 풀러 나섰다. 제아무리 둘째가라면 서러운 시시한 악당 팔디오라고 해도 철사로 문을 따는 고도의 물리적 기술은 쓸 수 없었는데, 그게 마법이라면 얘기는 또 달랐다.

"(요즘 같은 세상에 아직도 결계정의 보안 능력을 과신하는 걸 보면, 저 선생은 역시 빌어먹을 멍청이야. 이런 건 요령만 알면 어린아이라도 풀 수 있걸랑요……)."

그런 생각을 하면서 팔디오는 문손잡이에 손을 올려 미세하게 마도 원소를 제어하면서 조금씩 주문을 푸는 작업을 진행했다. 요는 레이아의 마법을 없앤 순서와 같다. 직접 마법을 발동시킬 순 없어도 이미 발동된 마법에 약간 간섭하는 정도라면 현재의 팔디오라도 할 수 있었다. 아니, 마법을 못 쓰게 된 이후 금기마법을 습득하기 전까진 그쪽 방면에 끊임없이 노력을 기울여왔던 터라, 이제 팔디오의 '마도 원소 제어 능력'은 이 세상엔 비견할 자가 없을 정도였다. ……뭐, 애당초 이런 틈새 기술을 갈고 닦으려는 마법사가 그다지 많지 않기 때문인 게 이유이긴 하지만.

팔디오는 섬세하게 작업을 해나가면서 생각에 잠겼다.

"(그건 그렇고 월터가 연락한 건 어떤 녀석이야. ……첫 번째 후보는 우리 아버지겠군. 업계에선 나름 유명한 데다 날 찾는 데 척하니 뭉칫돈을 낼 것도 같아)."

저도 모르게 벌레를 씹은 것 같은 표정을 짓는 팔디오.

동시에 마도 원소 제어가 흐트러져 마법을 푸는 작업이 조금 느려졌다. 팔디오는 이러면 안 되겠다 싶어 마음을 고쳐먹고는 느려진 속도를 끌어올리려고 맹렬한 기세로 마법 푸는 작업을 진행한 후, 여유가 생긴 참에 다시 생각에 잠겼다.

"(다른 가능성으론……. ……아아, 아니, 설마 그건 아니겠지──)."

팔디오가 아버지의 등장 외에 또 다른 기분 나쁜 한 가능성에 대해 생각이 미친 순간, 마법을 푸는 작업이 끝났다.

다시 문손잡이에 손을 얹었다. 다행히 진짜 자물쇠는 걸려 있지 않은 듯했다.

마도배합실에서 사람의 기척이 느껴졌지만 이번엔 필요 이상으로 주저하고 있을 상황이 아니다 싶어 다시 마음을 다잡았다. 그러고는 들킬 것도 각오한 채 조용히 손잡이를 돌려 문을 열었다.

──그러자 그 순간 살짝 열린 틈새로 월터의 목소리가 들려왔다.

"──아아, 네에……네에……. 아, 한 시간 말인가요……?"

아무래도 누군가와 통신장치를 이용해 대화를 하고 있는 듯했다. 촉매준비실 문이 열린 걸 알아차린 기색은 없었다.

팔디오는 다시금 정보를 얻으려고 귀를 기울였다.

"그건 좀……네에……네에……. 저, 하지만……네에…….

……알겠습니다, 제가 애써보겠습니다. ……아뇨, 그런.
네에……알겠습니다. 그럼, 그렇게 하지요."

대화가 끝나가고 있었다. 월터가 이쪽을 눈치챌지도 모
른다 싶어 팔디오가 뒤로 물러나려고 하는데, 다음 순
간───.

"───네에, 기다리고 있겠습니다, 이단심문관 여러분."

저도 모르게 움직임이 멈췄다.
"(……하아? 어이, 어이……지금 뭐라는 거야, 이 녀석.
이, 이단심문관이라니……한가하게 아버지가 쳐들어올까
걱정할 때가 아니야. 경우에 따라선 진짜 나───)."
팔디오의 이마에서 왈칵 비지땀이 배어나왔다.
"(───죽을지도 몰라)."
등줄기에 쫙 한기가 스치고 지나갔다. 월터를 경계하는
것도 까먹은 채 그 자리에 털썩 주저앉았다.
이단심문관은 교회가 **예전에 관할했다고 알려진** 직책
이다.
문헌에 의하면 그 직무는 지극히 단순했다.
여신교회의 가르침에 현저히 반하는 사상 발견 및 제거.
갱생이 아니라 제거.
그들의 도를 넘는 악랄한 수법은 당초부터 아주 유명했
다. 당연히 민중의 반발도 컸던 터라 설립한 지 채 4년도

안 돼 이단 심문관이라는 직책은 이 세상에서 사라졌고, 그 역할도 완화돼 나중에 발족된 《신검기사단》이라는 건전한 무력조직에 승계됐을……텐데.

그러나 그건 어디까지나 겉으로 드러난 역사.

일부 음모론을 좋아하는 사람들은, "교회의 어두운 이면, 이단 심문관은 아직 존재한다!" 따위의 주장을 거리낌 없이 했다.

하지만 팔디오는 그들의 말을 미심쩍어하며 웃어넘길 수 없었다. 왜냐하면 예의 유적에서 사고가 있었던 직후. 《신공물》과 연관이 있는 사고라며 교회에서 파견된 정체를 알 수 없는 사람의 조사를 받는데…….

그 담당자라는 자가 교회 인간 특유의 획일적인 온화함을 띠면서도……눈동자 깊은 곳에 차마 다 숨기지 못한 광기가 엿보이는, 회색 신부복 차림의 이상한 인물이었다.

당시 그는 자기 신분을 '신검기사단의 일원'이라 했지만, 교회 내부 사정에 밝지 않은 팔디오도 '절대로 아니다'라는 것만은 피부로 느낄 수 있었다.

마치 이쪽이 이단자이길 바라는 것 같은……사람을 죽이고 싶어서 근질근질한 듯한, 그런 음습하고 뒤틀린 분위기를 풍기는 인물.

결국 아무리 그런 인물이 왔다고 하더라도, 당시 고작해야 '생각 없이 멍청하게 굴다 마법을 못 쓰게 된 꼬마 녀석' 같은 존재였던 팔디오가 죽을 일은 없었지만……그래도 팔디오가 교회에 대해 강한 불신을 가지기엔 충분한 사건이기도 했다.

쿵쿵 요동치는 심장에 손을 얹으며 심호흡을 했다.

"(……이단심문관. 내가 금기마법에 손을 대기 전이었을 때조차도, 날 죽일 것 같은 눈빛으로 노려보던 저 패거리들이 정말로 온다면……)."

다시 냉정하게 상황을 분석해봤지만……역시 나온 답은 똑같았다.

"(……이번에야말로 제거될 가능성이 높아)."

그건 결코 지나친 피해망상이 아니었다. 왜냐면 팔디오는 실제로 '금기마법'을 쓸 수 있게 되었고……최근엔 그게 **'왜 금기인지'**에 대한 답을 확실치는 않지만 알아내기 시작했다. 그리고 실제로 그 추리가 사실이라면……교회가 꼴이야 어떻든 간에 금기마법을 다루는 자를 죽이고 싶어 안달이 나는 것도 전혀 이상하지 않았다.

"(……어쩌지………이대로 있으면 1시간 후엔……!)."

필사적으로 생각을 해봐도 도무지 이 상황에선 묘안이 떠오르지 않았다.

"(어쨌든 우선은……상황을 좀 지켜볼까)."

팔디오는 그리 판단하자 즉시 천천히 문을 닫고는 자신의 자리로 돌아왔다.

10초 후, 문손잡이를 철컥 돌린 월터가 수상쩍은 얼굴을 하며 들어왔다.

팔디오는 뒤돌아서서 그를 향해 웃으며 물었다.

"아아, 선생님, 어때요? 기다리던 분은 이제 오실 것 같나요?"

"뭐? 아아…….."

대답하면서도 월터는 아직도 문손잡이를 응시하고 있다. 아무래도 자신이 걸어둔 결계정이 풀린 걸 알아차린 모양이다.

팔디오는 심장의 고동소리가 빨라졌지만 그걸 들키지 않으려고 천연덕스럽게 말했다.

"아──, 죄송해요, 선생님. 역시 금방 아셨지요?"

"어?"

움찔하며 얼굴을 드는 월터. 그는 그대로 지금부터 학생을 속여 교회에 팔아넘길 작정이니까 내심 떨릴 것이다.

팔디오는 그 심리를 이용해 긴장된 그의 마음을 단숨에 풀어주는 방법을 구사하는 걸로 자신을 의심하는 월터를 속이려고 했다.

"아니, 심심해서 방안을 이리저리 살피다가 그만 책상에 부딪혔지 뭐예요. 그래서 거기에 있던 앵초 끓인 물을 조금 흘려버렸어요. 일단 청소는 해뒀는데…….저거, 분명 불안을 해소해주는 효과가 있는 거지요? 죄송해요, 어쩌면 다른 촉매제도 못 쓰게 만들었는지도…….."

팔디오가 진심으로 미안한 듯 말하자, 월터는 노골적으로 한숨 돌린 기색을 하며 대답했다.

"아, 아아, 아니 뭐, 신경 쓰지 마. 그렇구나, 앵초를 말이지, 응. 그거라면……그렇지, 응."

평정심을 유지하기 위해서인지, 어쩐지 적극적으로 팔디오의 서툰 거짓말을 수용하는 월터.

"(나 참. 이런 손쉬운 아이템으로 결계정 같은 마법이 깨져도 되는 거냐구)."

팔디오가 어이없어하는 사이에도 그는 단단히 문을 닫고 나서 자리에 앉았다. 역시 이번엔 결계정을 건 것 같지 않았다. 팔디오의 시선이 신경 쓰였기 때문일 것이다.

월터는 한참 두리번두리번 정신없이 이리저리 시선을 굴리더니 부자연스럽게 억지로 웃었다.

"미안하네, 멜크리우스 군. 손님이 조금 늦는 모양이야……아직 1시간 정도 기다려야 할 것 같아."

"그렇군요. 아, 그럼 나, 그때까지 수업 들으러 가도 될까요?"

태연하게 그런 제안을 하는 팔디오. 그러나 당연히 이단 심문관이 도착할 때까지 그를 감시하고 싶은 월터는 당황했다.

"아, 아, 아니, 음, 어쩌면 1시간 안 걸리지도 모르니까, 그……여, 여기서 기다리면 좋겠는데. 어차피 자네는 수업엔 흥미가 없잖아?"

"뭐……그야 그렇지만."

기분 나쁜 미소와 함께 그런 제안을 해오는 월터. 팔디오는 조금 생각하더니 "알겠습니다" 하고 순순히 그 말에 응했다.

"(사실 너무 몰아붙이다 강경한 수단이라도 쓰면 일이 꼬이니까. 그렇다면 능청스럽게 장단을 맞추면서 정보를 캐내다가 틈을 봐서 도망치는 게 상책인가)."

팔디오는 싱긋 월터를 향해 미소를 지었고 그런 다음 재빨리 잡담을 하기 시작했다.

"월터 선생님은 이 학교에 오래 있었음까?"

"뭐? 아아, 아니, 아직 5년째야. 그전까지는 신검기사단의 《성가호대》……후방지원 전문부대 쪽에 있었는데, 음, 살짝 내 취향이 아니어서 말이야."

"허어, 그래요!"

적당히 대응하면서도 팔디오는 내심 '상상대로네' 하며 쓴웃음을 지었다. 신검기사단 후방지원부대에서 미밀 마법학교 선생……완전히 '연줄은 있지만 능력이 없는' 사람들이 주로 가지는 경력이다. 그리고 그런 경력이면 이단심문관의 존재를 알고 있어도 이상하지 않다.

팔디오는 다시금 속을 떠봤다.

"그래도 선생님 정도의 실력이면 좀 더 최전선에서 활약할 수 있었던 건 아닌지?"

그 말에 월터는 "하하하, 자네도 그렇게 생각하나?" 하며 아주 대놓고 기분이 좋아졌다. 그가 푼수처럼 헤헤거리며 응답했다.

"여기서만 하는 얘긴데, 나도 슬슬 선생은 그만둘 때인가 생각 중이었거든."

"그쵸, 걸맞지를 않아요!"

안 좋은 의미에서 말이야, 하고 팔디오는 속으로 덧붙였지만 당연히 입 밖에 내진 않았다.

월터는 신기하게도 학생이 치켜세워주자 기분이 엄청 좋아졌는지, 팔디오가 묻지도 않은 걸 재잘재잘 지껄이기 시작했다.

"《마도생체 연구소》라는 곳 아나?"

"음음……얘기로만 들은 정도지요. 마법 연구라든지 마법사의 성장과정과 그리고 마법이 인체에 초래하는 영향에 대한 연구……뭐, 그런 걸 연구하는 곳이지요, 아마?"

솔직히 더할 나위 없이 수상쩍은 연구기관이었다. 비인도적인 실험이 밤낮 행해지고 있다는 소문이 무성한 데 비해, 이거다 싶은 우수한 연구 성과를 올렸다는 얘기도 들은 적이 없는 참으로 말로 표현하기 어려운 교회직영 시설. 팔디오의 입장에서 보면 오라고 간청해도 일하고 싶지 않은 장소였다.

그러나 월터는 의기양양하게 말했다.

"여신교회 소유의 시설인데 말이야, 난 장차 그곳에 몸을 담고 싶어. 아무튼 대우가 파격적이라서 말이야. 일주일에 한 번 얼굴만 내밀면 평소엔 각자 뭘 연구하든 상관없는 모양이야. 재능 있는 사람한텐 더할 나위 없이 멋진 환경이잖아?"

교회 상층부의 낙하산 인사처로 말입니까? 라는 말은 꾹 속으로 삼키고, 방긋 웃으며 대답하는 팔디오.

"그러네요. 선생님한테 딱이네요."

"그렇지? 지금 당장이라도 전직하고 싶지만. 성가시게도 여기서 다소나마 공적을 올리지 않으면 어려운 모양이야."

짜증스럽게 말하는 월터. ……그렇구나, 그 나이가 돼서 역시 연줄의 한계에 부딪힌 모양이다. 그리고 그래서 더…….

팔디오는 월터가 주저리주저리 수다를 늘어놓기 시작하자 태연하게 마치 잡담의 연장인 것처럼 자연스럽게 물었다.

"그러고 보니 선생님, 요전번 방과 후에 내린 소나기. 그거 깜짝 놀랐지요."

그러자 월터는 태연히 대답했다.

"아아, 확실히. 덕분에 서류가 조금 젖어버렸어."

"기상청도 아직 믿을 게 못 되네요."

"진짜 그래."

그대로 적당히 대화를 이어가면서도 팔디오는 마음속으로 정보를 정리했다.

"(그렇구나, 역시 그곳에서 레이아에게 쓴 금기마법을 본 게로군. ……제기랄, 완전히 내 실수야. 면접교관이나 학생들을 만나고 나서……이 마법학교라는 공간을 너무 믿고 말았어. 상상 이상으로 쓰레기는……어디에든 있구나)."

뭔가 엄청 허무한 기분이 들면서도 팔디오는 다시금 추

측을 이어갔다.

"(근데, 이 녀석은……마침 교회에 보여줄 공적이 필요하다는 이유로 학생인 날 판 건가. 그렇구나, 그렇단 말이지……. …………. …………. 빌어먹을 녀석)."

도중까지는 냉정하게 분석하고 있었을 터였는데, 치밀어 오르는 울화통을 참지 못해 열불이 나는 자신에게 팔디오는 조금 놀랐다.

물론 자신의 목숨을 가볍게 취급한 것에 대한 분노가 컸다. 그러나 그것뿐이라면 고향에서 이미 내성이 생긴 팔디오에겐 아직 '참을 만한' 종류의 분노였을 것이다.

그러나…….

"(아아……안 되겠어. 나, 내 일 때문이 아니라……이 학교에 열심히 마법을 배우러 온 학생을 이런 눈으로 보는 선생이 있다는 거에……뭔가 엄청 열불이 나. 왜 그러는 거야, 정말)."

팔디오는 자신의 감정에 당황했다. 그의 머리에 떠오른 건……인정하고 싶진 않지만, 성실하게 수업을 듣고 있는 레이아의 옆모습이었다.

"아, 그래, 키사라기 군 얘기인데 말이지?"

"!"

───그러자 전적으로 우연이지만 팔디오가 그녀에 대해 생각하던 그때 월터가 그녀의 얘기를 꺼냈다.

팔디오는 어떻게든 평정심을 유지하면서 "그 고지식한

우등생한테 무슨 일이라도 있나요?"

하고 물었다.

그러자 월터는 히죽 상스러운 미소를 지었다.

"내가 《마도생체 연구소》에 배속되면 꼭 그녀를 데려가고 싶어."

무슨 소리를 하는 거야, 이 선생은, 재수 없게. 팔디오는 그리 생각했지만 실실 웃으며 대답했다.

"아아, 우등생이지요. 조수로서 정말 유능하겠———."

"아니야, 아니야, 그게 아니라 말이야."

"? 아아, 그, 의외로 외모가 끝내주지요. 월터 선생님도 보는 눈이 여간 아니신데요."

왠지 엄청 불쾌감이 느껴졌지만 팔디오는 굽실대며 아첨을 떨었다.

그러나 팔디오의 예상과는 반대로……월터는 그 말조차도 부정했다. 그러고 웃으면서 말했다.

"용사의 딸이자 마법의 천재라니, 연구할 가치가 있는 최고의 모르모트가———."

———정신을 차렸을 땐 팔디오는 미친 듯이 월터를 온 힘을 다해 후려 갈리고 있었다.

"크악?!"

의자에서 휙 날아간 월터는 요란하게 옆에 있던 책장에 처박혔다. 그리고 우르르 떨어져 내린 촉매더미에 파묻혔다.

털썩 그 자리에 주저앉는 월터. 출혈이나 눈에 띄는 상처는 없었지만, 쇼크를 먹은 탓인지 완전히 기력을 상실한 상태였다.

팔디오는 그걸 남 일처럼 멍하니 지켜보다가────.

"────────────────헉, 하아아, 하아아……!"

불현듯 생각이 난 것처럼 참았던 호흡을 다시 하기 시작했다. 바로 머릿속은 혼란의 도가니에 빠졌다.

"(무, 무슨 짓을 한 거야, 나?! 아니?! 계획은?! 이 녀석한테 정보를 캐나다 틈을 봐서 도망친다는, 나의 완벽한 이론을 바탕으로 한 작전은 어디 간 거야?! 아니, 이게 무슨?! 왜, 왜 이런 말도 안 되는 짓을……!)."

자신이 왜 그랬는지 도통 알 수가 없어 그 자리에 꼼짝 않고 서 있는 팔디오.

한참을 그러고 있는데 돌연 옆에 있는 마도배합실 문이 열리는 소리가 들렸다.

『저기, 괜찮으세요오? 뭔가 엄청난 소리가 났는데…….』

귓결에 뭔가를 들은 누군가가 들어오는 소리. 그 낯익은 목소리에 팔디오가 동요해, 평소와는 달리 바로 대책을 세우지 못하고 있는 사이에도 촉매준비실의 문은 열렸고, 이내…….

"아……."

"레, 레이아……."

──쓰러진 선생님과 팔디오를 번갈아 보는 그녀──레이아의 경악과 슬픔에 물든 눈동자를 눈앞에 두고.

팔디오는 저도 모르게 그답지 않게 생각 없이 변명을 줄줄 늘어놓고 말았다.

"아, 아니잇, 여기엔 이유가 있어서……!"

"……선생님을 기절시켜야 되는, 이유……말인가요……."

그를 응시하는 레이아의 눈동자에서 점점 온화함이 사라져갔다.

팔디오는 무슨 일인지 그게 어처구니없이 슬퍼, 저도 모르게 거의 아무 생각 없이 한심한 변명을 줄줄 늘어놓고 말았다.

"이, 이 녀석, 가당찮은 쓰레기 녀석인데, 그, 교회와……그, 맞다, 이, 이단───."

"듣고 싶지 않아요."

"흑!"

딱 잘라 거절하며 레이아는 팔디오에게 훈련용 지팡이를 내밀었다.

땀이 목덜미를 타고 흘러내리는 가운데 팔디오는 엉겁결에 휘청휘청 한 발 뒤로 물러나며 신음소리를 냈다.

"레이아……너……."

동요됐지만 그래도 상황을 파악하려고 눈이 핑핑 돌 정도로 머리를 굴리고 있는 팔디오에게 레이아는 차갑고 담담하게 딱 잘라 말했다.

"전 『정의로운 마법소녀』가 되기 위해 이곳에 있어요. 그 꿈과 신념은 천박하게 내 한 몸 지킬 목적이나 친분 때문에 꺾일 법한, 그런 종류의 것이 아니에요."

거기서 레이아는 딱 한순간 눈을 내리깔더니……그러나 다음 순간엔 결의에 차오르는 눈으로 팔디오를 매섭게 노려봤다.

"팔디오 · 멜크리우스. 난 내 자신의 정의감에 따라, 이 건을 바로 학교에 보고하겠습니다. 이의, 없지요?"

"레이아……이 녀석……."

팔디오는 그녀에게서 도망칠 틈을 만들려고 옆 책상에 놓인 촉매를 집어던지려고———.

"《빼앗고 정신 못 차리게 하는 벼락!》"

"하악?!"

———한 순간 레이아의 지팡이에서 뿜어져 나오는 가는 벼락이 팔디오의 손을 직격했고 거기서부터 온몸으로 퍼져나간 마비증상은 그의 몸에서 자유를 앗아갔다.

푹 무릎을 꿇으며 지팡이에 기대는 팔디오. 그를 엄청 무표정한 눈빛으로 응시한 후……레이아는 휙 등을 돌렸다.

"그럼, 전 학교에 보고하러 갔다 올게요. 월터 선생님을 의무실로 옮길 사람도 필요하고……무엇보다 당신을 빨리 처분해야겠어요."

"…………."

그 너무도 차가운 말투에 팔디오는 아무런 대답도 할 수

없었다.

레이아는 등을 돌린 채, 한참 그 자리에 서 있었지만.

한숨을 한 번 쉬고 나서 다시 말을 꺼냈다.

"팔디오."

"……뭐야."

열불을 내며 대답하는 팔디오에게.

레이아는 일절 돌아보지 않은 채……감정이 하나도 들어 있지 않은 무자비한 말을 남기기 무섭게 긴 머리를 휘날리며 앞으로 걸어 나갔다.

"안녕."

그 너무도 씩씩한 《재앙의 마녀》의……전 클래스메이트의 사라져가는 뒷모습을.

"…………하, 하하……."

팔디오는 그저 메마른 웃음을 지으며 눈으로 좇을 수밖에 없었다.

제3장 항구도시 노아툰

"그런 연유로 난 퇴학당해──아니, 오옷, 야, 여기 좀 봐 너희들, 목적지인 항구도시가 보이기 시작했어! 야아, 저곳은 생선요리가 유명해서 엄청 기대하고──."

『그건 아무래도 좋아!』

나, 사부, 루우, 셋이서 소리를 맞춰 야단을 쳤다.

우리의 그런 모습을 본 팔디오는 어리둥절해 눈을 깜빡거렸다.

"뭐야? 저 빌어먹을 황야를 빠져나와 드디어 바닷바람과 생선요리가 유명한 마을로 왔는데? 이걸 안 기뻐하면 대체 뭘 기뻐해야──."

『됐으니까, 그 뒷얘기! 그 뒷얘기!』

"? 아아, 맞다, 맞아, 근데 이 항구도시는 생선요리 이외에도 유명한──."

『그게 아니야! 과거 얘기, 과거!』

"……아아, 미안, 그, 나, 실은……남자를 상대로 욕정을 느낀 적이 딱 한 번……."

『뭘 참회하는 거야! 조금 전에 했던 얘기의 뒤를! 퇴학당한 대목 얘기를 빨리 하라구!』

항구도시를 눈앞에 두고 오싹할 정도로 무섭게 따지고

드는 우리들. 실제로 팔디오가 말한 것처럼 우리는 저 가혹한 황야를 어쨌든 오직 이 항구도시의 생선요리가 맛있다는 희망만을 가슴에 품은 채 빠져나오긴 했지만……

그 여정 내내 팔디오와 레이아 누나의 학생시절 얘기를 들었던 입장으로선 이제 예의 레이아 누나가 팔디오의 흉악한 범행을 목격, 그리고 차갑게 사라져간 장면의 뒤가 신경이 쓰여 미칠 것 같았다.

하지만 팔디오로선 아무렇지도 않게 평범한 추억 얘기를 한 기분이었던 모양으로, 여전히 우리가 한 질문의 의도를 이해 못하는 눈치.

점점 더 열불을 내는 우리에게……돌연 뒤에서 지금까지 거의 철저하게 듣고만 있던 마법소녀가───담담하게 예의 사건의 뒷얘기를 고해왔다.

"그대로 난 학교에 팔디오의 흉악한 범행을 보고했고, 그는 즉시 퇴학당했어요."

『뭐어어어어어어어어어어어어어어어어어?!』

갑자기 담담하게 전해진 '너무 구제의 여지가 없는 결말'에, 우리는 놀란 마음을 숨길 수 없었다.

우리가 깜짝 놀라는 가운데 당사자 팔디오 본인은 불쾌한 듯 얼굴을 찌푸렸다.

"정말, 두 손 두 발 다 들었어. 역시 고지식한 우등생이자 정의의 마법소녀야. 그 말해봤자 입만 아픈 정곡을 콕콕 찌르는 말투는 멋지다는 말밖엔 달리 할 말이 없어."

"아, 아이고 감사합니다."

"칭찬하는 거 아니거든. 나 참……."

두 사람은 그런 말을 주고받으면서 항구도시를 향해 먼저 걸어갔다. 우리는 둘 사이가 도저히 이해가 안 돼 저도 모르게 서로 쳐다봤지만……필요 이상으로 파헤치는 것도 내키지 않는지라 결과적으론 왠지 소화불량인 것 같은 기분으로 항구도시를 향해 갔다.

노아툰은 활기와 떠들썩한 인파로 넘쳐나는 '고풍스런' 항구도시였다.

수익의 70%를 어업이 나머지 30%를 무역이나 여행업이 떠맡고 있는 이 마을은 결코 규모가 크지도 않았고, 기반시설이 좋지도 특별히 진기한 특산물이 있는 것도 아닌, 지극히 평범한 항구도시였다. 그러나 이상하게도 이 마을을 중요 거점으로 생각하며 활동하는 선원들이 적지 않았다.

그 이유는 전적으로 그들에겐 이 도시의 '분위기'가 너무도 매력적이었기 때문이다.

다른 항구엔 없는 인정과 활기, 그리고 거친 바다의 느낌.

이 도시의 분위기는 옛 모습이 고스란히 남아 있는 시가지와 오랜 역사 속에서 피어난 사람들 간의 *끈끈한* 관계가 만들어낸 산물이 아닐까. 항구도시 노아툰은 확실히 어딘가 '선원들이 동경하는 항구도시'를 실현하고 있었다. 그래서 손익계산은 둘째 치고라도 머물고 싶다는 생각이 드는 뭔가가 있었다.

———라는 건 나와 루우와 팔디오로 이뤄진 남성 3인조의 견해이고, 이 항구도시를 대충 둘러본 사부와 레이아 누나의 입에서 나온 감상은 그저,

『더러워.』

그 한 마디밖에 없었다. ……아니, 뭐, 그리 말하면 지금까지 얘기한 게 다 허사가 돼버리는데 말이야! 아니잖아! 뭔가 있잖아, 이런 거친 분위기 속에 피어나는 꿈이라고 할까! 그런 것도! 끙! ……솔직히 나도 잘 모르겠지만!

해질 무렵. 마을 구경도 하는 둥 마는 둥 하고 우리는 여객선 선착장으로 발길을 돌렸다. 날스를 나와《대가의 미궁》을 완수한 우리의 다음 목적지는 마법도시 룬헤임이었다. 하지만 그곳은 직선 거리상으론 가장 가까운 곳이지만 대륙이 달라 배나 비행선이 아니면 갈 수 없었다. 그래서 우리가 이렇게 항구도시를 찾아온 건데…….

"뭐? 룬헤임 직행편이 한동안 안 뜬다고?"

작은 승선권 발매창구에서 사부가 조금 큰소리를 냈다. 상대인 심약해 보이는 남자 직원이 접수처 너머에서 미안해하며 말했다.

"죄, 죄송합니다, 가끔 타이밍이 안 좋아서 말이지요…….

다른 항구를 경유하는 경로라 하더라도 결국은 가장 빨라야 6주는 걸리는 터라. 그렇다면 차라리 다음 직행편을 기다리는 편이 낫지 싶은데……그것도 4주 후입니다만."

"4, 4주……."

그 말에 사부뿐만 아니라 우리까지 말문이 막혔다. ……급한 여행은 아니라 하더라도 역시 아무런 목적도 없이 이 항구도시에서 약 1달이나 머문다는 건……. 하지만…….

"그, 그치만 뭐, 별수 없겠는걸. 끙, 그렇다면 해로는 그만두자, 사부."

내가 웃으며 제안하자 사부는 씁쓰름한 얼굴로 내 쪽을 돌아봤다.

"아니, 토오루, 이것만은 역시……. 비행선 승강장도 여기에서 2주 정도는 걸리는 거리인 데다 원래 승선권을 손에 넣는 건 어려워. 경우에 따라선 헛걸음이 될 수도……."

"그, 그치만, 그, 한 달간 할 일 없이 보내는 것보단 낫잖아. 안 그래? 응, 맞다, 맞아, 어차피 배는 없으니까 날아서 가, 날아서. 나, 나, 하늘을 날아보고 싶어, 응."

"? 토오루?"

나의 노골적인 추천에 역시나 사부가 고개를 갸우뚱한다. ……으, 곤란해.

내 이마에서 땀이 삐질삐질 배어 나오자, 우리 대화를 지켜보던 승선권 접수처 형이 지금이라도 꺼져버릴 것 같은 가는 목소리로 "저기……" 하고 말을 걸어왔다.

우리가 쳐다보자 형은 상당히 공손하게 말을 꺼냈다.

"일단 그……아직 방법이 없는 건 아닙니다만……. 저, 하지만, 음, 역시 추천할 순 없지만……그, 하지만 무슨 일이 있어도 급히 가야 한다면……마지막 방법이, 있기는 있다고 할까요……아아, 하지만 역시 어린아이가 있으면……."

『?』

그의 분명치 않은 태도를 보고, 뒤에서 팔디오가 껄렁하게 흥 콧방귀를 꼈다 . ───그러자 조금 겁을 먹은 형은 어딘가 포기한 기색으로 그 '마지막 방법'이라나 뭐라나 하는 걸 말했다.

"그……스카 선장이 이끄는 뇨르드 호라면 현재, 바로 이 항구에 정박 중이니까 돈만 내면 뭐, 언제든, 어디에든……뭐든 실어다 줄 겁니다."

"? 그래? 그럼, 별수 없네. 그 스카 선장이라나 뭐라나 하는 사람을 소개해줘."

뭔가 있는 것처럼 무게를 실은 데 비해 맥이 확 빠지는 좋은 정보에 사부가 냉큼 달려들었다. 우리도 대체 형이 왜 그렇게 주저하며 말했는지 알 수가 없어 멀거니 눈만 크게 뜨고 보고 있었다. 그는 쭈뼛쭈뼛 딱 한 번 더……그냥 조금 전에 한 말을 강조하며 다시 말했다.

"그러니까 그의 뇨르드 호는 그……『돈만 내면』『뭐든』 실어다 주는 배예요……."

그 순간 그 미묘한 뉘앙스를 겨우 이해한 우리들.

『⋯⋯⋯⋯아⋯⋯⋯그런 계통의⋯⋯⋯.』

사부, 나, 팔디오, 루우, 레이아 누나의 목소리가 완벽하게 겹쳐졌고⋯⋯우리의 목소리는 공허하게 파도 속으로 사라졌다.

※

"결국 물어보러는 갈 거지⋯⋯."

낙담한 내가 사부의 등 뒤에서 말을 건네자 묵묵히 앞을 걸어가던 그녀가 돌아보지도 않은 채 "별수 없잖아" 하고 대답했다.

"신검기사단에 속한 나로서도 당연히 그런 놈들하고 얽히는 건 온 힘을 다해 피하고 싶지만, 대를 위해 소는 희생해야지. 아니, 사실 우리 목적 자체엔 떳떳치 못한 구석은 없잖아. 살짝 돈 좀 더 얹어주고 배를 빌릴 수만 있다면 그걸로 된 거잖아."

"⋯⋯난 좀 싫은데."

축 처진 어깨에 사역마 루우가 훌쩍 올라탔다. 온기가 느껴졌다.

"아무래도 주인님은 해로는 그다지 내키지 않는 모양입니다요?"

그 날카로운 지적에 엉겁결에 깜짝 놀라 시선을 피했다.

———그러자 어쩐지 내가 동요하는 게 사부에게도 전해진 모양인지 딱 발을 멈추더니 날 향해 돌아봤다.

나는 도움을 구하듯 주위를 빙 둘러봤지만 팔디오나 레이아 누나는 없었다. ……그러고 보니 스카 선장이 특히 자주 간다는 가게 두 곳을 알아보려고 조금 전에 두 팀으로 나눴었지. ……우우.

사부가 드디어 날 정면에서 가만히 쳐다보며 물었다.

"조금 전부터 무슨 일이야, 토오루. 혹시 배가 싫어?"

"뭐? 아니, 뭐, 그, 싫다고 할까……."

엉겁결에 시선을 피했다. 사부는 그걸 어떻게 해석했는지, "뭐야" 하며 숨을 내쉬었다.

"심각한 얼굴을 하고 있어서 무슨 일인가 싶었더니. 괜찮아, 토오루, 배 여행은 고작 이틀 내지 삼일 정도야. 바다는 끼고 있지만 룬헤임까지의 직선거리는 가까우니까. 한 달씩이나 걸리는 여행도 아니고 지금은 배 멀미를 완화해주는 약도 있어."

"아…………응……."

아무래도 사부는 내가 배 멀미를 하는 타입이라 생각한 듯했다. 그러면 그걸로 됐다 싶어 미소를 지어 보이려는 참에 루우가 뭔가 알아차린 듯 "아" 하고 소리를 쳤다.

"루, 루우가 어떻게 이럴 수가! 완전히 까먹고 있었습니다요! 주, 주인님과 부모님은 분명 배에서———."

"아아!"

허둥지둥 루우 몸을 와락 껴안고는 입을 막았다. 배에 닿은 털의 뭉실뭉실하고 부드러운 감촉이 고급스런 쿠션처럼 기분이 좋았다.

어리둥절해 고개를 갸웃하는 사부에게 난 쓴웃음을 지어 보였다.

"아, 하하, 맞, 맞아, 배 멀미를 하다니, 어린아이 같아서 부끄럽지 뭐야! 미안해, 사부. 가, 가자!"

"? 아아, 그럼 됐지만……."

뭔가 이상해하며 사부가 다시 앞을 걸어가기 시작했다. 어쨌든 한시름 돌렸다 싶어 루우를 놓아주자 그는 내 행동이 이해가 안 되는지 인상을 쓰면서 내 얼굴 옆까지 바싹 다가왔다.

"……주인님. 왜……."

사부에게 들리지 않게끔 작은 소리로 묻는 그에게 난 힘없이 웃으며 대답했다.

"특별히 다른 뜻이 있는 건 아니야. 그치만 사부한텐 아직 우리 아버지와 엄마가 『배 사고로』 돌아가신 건, 얘기 안 하고 여기까지 와서 말이야."

"그, 그럼, 이제라도! 주인님과 부모님은 배 사고를 당했지만, 부모님의 헌신으로 주인님만 살아난 경험이 있다는 걸 세실리아 공한테……."

"아……하지만 뭔가 이제 와서 그걸 말하면 사부, 엄청 신경 쓸 것 같지 않아? 거, 있잖아, 『난 어쩜 이리도 배려심이 부족 하지!』 같은. 내가 좀 더 빨리 말했으면 좋았겠지만, 해로를 이용한다는 걸 확실히 안 것도 비교적 최근이었기 때문에……."

내가 말하자 루우는 "아아……" 하고 납득을 했지만, 바로 맥없이 고개를 숙였다.

"루우는 자신이 한심합니다요……. 루우도 팔디오도, 주인님의 처지를 잘 알면서도 배려를 못 하다니……."

"아, 아니야, 지금 생각해보니 팔디오는 아마 알고 있었던 것 같아."

"네에?! 그, 그럼, 왜 그 남자는 그걸 빨리……!"

버럭버럭 화를 내는 루우에게 난 미소를 지었다.

"말해줬어. 날스에서 나와서 바로『난 하늘로 가는 게 좋은데』라는 둥, 그런 말을 엄청 티 안 나게. 자못 자신이 호사를 누리고 싶어서 그렇다는 투로."

"아…………."

루우가 화들짝 놀란다.

"나도 당시엔 전혀 그의 배려를 알아차리지 못했으니까……뭐, 그런 걸로 사부가 예정을 변경할 사람은 아니지. 진짜 고지식한 사람이니까."

"……그렇지요."

"아, 게다가 나도 딱히『배 공포증 때문에 절대로 못 타!』같은 건 아니야. 별로 사고에 대해선 기억이 안 나거든. 뭐, 다만……그, 뭔가, 믿을 수 없다고 할까."

"⋯⋯⋯⋯."

내 설명을 다 들은 루우는 귀를 착 접더니 엄청 풀이 죽은 기색으로 내 어깨 위에 내려앉았다.

"루우는⋯⋯루우는 그냥 아무 생각 없이 이 항구도시의 생선요리만 기대하고 있었습니다요! 내가 너무 한심해 꿈에도 나올 것 같습니다요! 뭉실뭉실 부드러운 내 털을 어루만지며 용서를!"

날아갔다고 생각했더니 내 목 주위를 감싸듯 달라붙는 루우. 기분은 좋았지만 간지러웠다. 나는 깔깔 신나게 떠들면서 응답했다.

"아하하하, 바보구나, 루우는! 루우는 그걸로 됐어? 그런 루우의 태평한 성격 덕분에 나, 항상 엄청 힘을 얻고 있으니까!"

"주인님⋯⋯. ⋯⋯주인니이이이이이이임!"

눈동자가 촉촉해지며 내 가슴에 뛰어드는 털뭉치 사역마. 내가 그 머리를 그래, 그래 하며 쓰다듬고 있는데 제법 거리가 벌어져 버린 사부가 돌아보며 말을 건넸다.

"어──이! 너희들, 무슨 잡담이 그리 길어! 빨리 가자! 듣자 하니 스카라는 남자, 배를 채우면 이번엔 바로 여자를 찾아 마을을 돌아다닌다잖아! 그렇게 되면 큰일이야! 이 저녁식사 시간 때 결판을 내자구!"

"⋯⋯⋯⋯으, 응."

나는 어색한 미소로 응답한 뒤 종종걸음으로 달려갔다.

우리를 확인한 사부가 다시 앞을 걸어가기 시작한 가운데, 난……루우에게 툭 힘없이 말했다.

"……그러니까 말이야, 뭐, 평범하고 제대로 된 선장이 있는 번듯한 배라면 어떻게든 믿어야지, 용기 내 타봐야지, 뭐 그렇게 결심했었는데 말이야……."

"……아아……주인님……가여우셔라……."

루우가 내 뺨을 큰 귀로 부드럽게 어루만져준다.

나는 그 귀에 뺨을 비비며 터벅터벅 사부의 뒤를 따라갔다.

"꼬맹이와 여기사와 마물을 실어달라고오?! 으아아, 그거 좋은데! 뭐, 아가씨가 하룻밤 우리 모두를 상대해주면 생각 못 할 것도 없지! 으음?!"

『크하하하하하하하하하하하!』

저녁 무렵의 술집에서, 도합 열 명 정도 되는 뇨르드 호의 선원들이 비열한 웃음소리를 냈다.

『…………。』

우리는 그 광경을 마치 썩은 동아줄을 잡은 호랑이를 지켜보는 하느님처럼, 뭐라 말로 표현할 길이 없는 눈빛으로 바라보고 있었다.

근육질의 사십이 넘은 정말로 우락부락한 선장……스카 선장이 의자에 앉은 채 몸을 빙글 이쪽으로 돌리더니, 알코올 냄새가 물씬 나는 트림을 사부 얼굴에 대고 해댔다.

그리고 무례하게도 사부의 온몸을 구석구석 매의 눈으로 훑어봤다. 그 순간 나나 루우는 '아, 이 사람 오지게 맞겠구나' 하고 생각했지만 의외로 사부는 냉정하고 무표정하게, 다시 한번 부탁했다.

"하룻밤 상대고 뭐고, 애초에 돈은 충분한 액수를 낸다고 하잖아? 얼마야? 분명 시세는 네 명에 2만 니르 정도였던 것 같은데……."

사부가 주눅 드는 기색도 없이 말하자 스카 선장은 흥, 하고 콧방귀를 낀 후, 히죽 심보 고약한 미소를 지었다.

"10만 니르야."

대답을 들은 사부는 한순간 인상을 썼지만 꾹 참으며 되물었다.

"5배라니, 완전히 바가지잖아. 하지만 뭐, 좋아. 그럼, 10만으로 부탁———."

"어이, 어이, 착각도 정도껏 해"

"?"

"손님 한 명당 10만이야. 즉, 으음, 4명이었나? ……아니, 거기 나불대는 마물도 얄짤없이 머릿수에 넣어서 5명이면……모두 다해 50만 니르군."

"헉———."

이 말엔 제아무리 사부라 해도 말문이 막혀버렸다. 돌아서서 다시 테이블의 맥주를 마시기 시작하는 스카 선장과 그 주위에서 껄껄 큰소리로 웃기 시작하는 선원들.

그들의 너무 무례한 태도에 이제 술집에 있던 다른 손님들조차 인상을 찌푸리는 가운데……그러나 그런 상황 속에서도 사부는 주먹을 꽉 쥐며……참았다.

"……알겠어. 내지. 50만 니르라고 했지."

"아앙?"

사부의 말을 듣고 불쾌해하며 딱 시선만 돌리는 선장. 나와 루우가 사부의 교섭을 방해하지 않으려고 뒤에서 필사적으로 자신을 죽이며 입을 꼭 다물고 있는 가운데, 사부는 깍듯하게 허리를 굽혀 인사를 하고는 다시 한번 말했다.

"50만 니르로, 잘 부탁———."

"아아, 미안한데, 그건 한 사람 분이야."

"? 무, 무슨 소릴? 조금 전엔 한 사람당 10만이라고……."

"아아, 아니야, 아니야, 그게 아니라 말이야."

주위 선원들이 무슨 일이 벌어질까 잔뜩 기대하며 몸이 달아오른 듯한 눈으로 지켜보는 가운데, 스카 선장은 맥주잔을 한 손에 들고는 씨익 웃으며 머리를 숙이는 사부를 돌아봤다.

"우리 선원 한 명 당 보수가 50만이야. 그러니까 다해서 500만 준비———."

그 말이 다 끝나기도 전에 스카 선장이 그때까지 앉아

있던 의자가 휙 날아갔고 선장은 그 자리에서 처참하게 넘어졌다. 동시에 주위에서 웃고 있던 선원들은 돌연 일제히 눈에 날아든 이물질 때문에 으아악 미친 듯이 소리치며 나뒹굴었다.

바로 상황을 알아차린 사부가 허둥대는 가운데 난……발아래에서 맥주를 뒤집어쓴 채 신음하는 어른……스카 선장을 진심으로 깔보는 눈으로 뚫어지게 쳐다봤다.

──그의 의자를 냅다 차 날린 건 나였다.

그걸 안 스카 선장이 밑에서 날이 선 눈으로 쳐다봤다.

"……어이, 어이, 꼬맹이. 엄마한테 안 배웠어? 어른을 너무 놀리면……험한 꼴 당한다고요."

위협하며 으름장을 놓는 스카 선장. 그러나 그 말에 난 그저 차가운 시선으로 응수했다.

"내가 낳아준 엄마한테 배운『어른』중에 당신들 같은 사람은 없어."

"그럼, 내가 여기서 네가 배운 어른하곤 또 다른『어른』에 대해 가르쳐줄까? 집에 돌아가면 엄마한테도 가르쳐주라고."

벌떡 일어나더니 위에서 날 내려다보며 어린아이를 위협하듯 휙휙 주먹을 날리는 스카 선장.

나는 거기다 대고……그의 눈도 보지 않은 채 되받아 쳐줬다.

"날 낳아준 엄마는 이제 없고……집엔 아직 못 돌아가."

"……뭐라고?"

뚜두둑 목 관절을 꺾으며 되묻는 선장. 우리가 그러고 있는 사이에도 주위 선원들도 몸이 회복되었고, 급기야 나이 꽤나 먹은 어른들이 무시무시한 분위기로 날 둘러싼 가운데……난 엉겁결에 고개를 숙이며 부들부들 주먹을 떨었다.

"……너희들처럼 웃기지도 않는 선원들이 있으니까……!"

"? 토오루?"

역시 화내는 내 모습이 좀 이상하다는 걸 알아차린 사부가 고개를 갸웃했다. 사정을 아는 루우가 "주인님, 안 됩니다요" 하며 도를 넘길까 싶어 경고하는 가운데, 스카 선장은 "어이, 꼬맹이" 하며 내 멱살을 잡으려고 손을 내밀었다.

순간 난 반사적으로 그의 손목을 잡고는……꼼짝 못 하게 꽉 쥐었다.

"헉!"

스카 선장의 얼굴에 놀람과 고통스런 표정이 역력히 드러났다. 역시 용사의 힘을 과도하게 썼구나 싶어 내가 조금 후회한 것도 잠시……스카 선장은 바로 조금 전에 봤던 히죽거리는 야비한 표정으로 돌아왔다.

"여어, 씩씩한 아인데, 꼬맹이. 싫지 않아, 그런 건."

이상하다……감각적으론 거의 뼈까지 부러질 만큼 세게 잡아버렸는데. 왜 그런지, 이 사람 여전히 여유로운 표정을 짓고 있다. ……뭐지?

사부가 검에 손을 대자 선원들이 나이프에 손을 얹었다. 일촉즉발의 분위기 속에⋯⋯스카 선장은 무슨 일인지 내 눈을 물끄러미 바라보더니 "크하" 웃으며 물었다.

"바다가 싫으냐, 꼬맹이."

"⋯⋯!"

마음 깊은 곳을 들여다보는 것 같아 마음이 흔들렸다. 그러자 방심한 틈에 내 손이 확 튕겨 나갔다. 아차, 싶었던 다음 순간엔 스카 선장의 거구에서 나오는 통렬한 일격이 날아━━━들지 않았다.

"?"

정신을 차려보니 스카 선장은 탁탁 손뼉을 치며 선원들에게 경계태세를 풀라고 지시했다.

우리가 어안이 벙벙해 있는 가운데, 스카 선장은 "어이, 아가씨!" 하며 내 머리 너머에 있는 사부에게 말을 걸었다.

"50만이면 준비할 수 있겠지?"

"뭐? 아, 아아⋯⋯뭐, 힘들지만 어떻게든⋯⋯."

망설이면서 대답하는 사부. 스카 선장은 몇 차례 턱을 매만지며 뭔가를 생각하더니, 무슨 일인지 세차게 혀를 차고 난 뒤 사부에게 대답했다.

"좋아아, 돈이 안 되는 일이지만, 그럼 그걸로 하지. 내일 아침 제일 먼저 출항해줄 테니까, 준비되면 8번 부두로 와, 알겠지?"

"! 아, 아아, 그럼, 그걸로 부탁━━━."

"싫어!"

갑자기 대화가 정리되려던 참에 난 엉겁결에 큰소리로 외쳤다. 모두가 흠칫 놀라며 주목하는 것도 개의치 않은 채 나는 온 힘을 다해 항의했다.

"이런 사람들의 배 따위, 절대로 안 탈 거야! 게다가……소중한 동료들도 함께 타다니, 죽어도 태울 수 없어! 사부!"

"토오루……아니, 하지만……."

사부가 동요하는 눈빛으로 날 쳐다봤다. 그녀는 나나 부모님 일을 모르니까 내가 뭘 그렇게 기를 쓰고 말리는지 잘 모르겠지. 게다가 사부가 어느 정도 익숙하게 대응하는 걸 보니, 이 선원들의 거친 태도도 대수롭지 않은 문화 같은 면이 다분한지라, 다른 일과 비교해보면 특히 심하다고 할 수 없을지도 모르겠다. 하지만……!

내가 아무리 해도 양보를 하지 않자 스카 선장은 새끼손가락으로 귀를 후비며 말했다.

"참, 《신무절》 영향으로 지금 바다 마물도 서서히 난폭해지고 있어서 말이야, 이 항구에서 다음에 뜰 예정인 정규 룬헤임 직행편 따위 결국은 운행이 보류될 공산이 높아. 싫든 좋든 저쪽은 착실한 모범생처럼 장사를 해서 말이야. 크하아아!"

"……!"

나는 엉겁결에 선장을 노려보고는 주먹을 쥔 채 입을 꾹 다물었다. ……《신무절》 내 여행이 늦게 끝나면 끝날수록

이 세계 인간은 불편해지고……. 어쩌면 그 영향으로 언젠가 배가 침몰하는 일도…….

결코 지금 당장 무슨 일이 생기는 게 아니다. 하지만 그렇다고 해서 이 중요한 여행을……내 고집 때문에 크게 지연시키는 건…….

………….

"뭐, 뇨르드 호를 신용할지 말지는 네 녀석 자유야, 꼬맹아. 어떻게 할 거야? 지금 여기서 확실히 네가 결정해. ……우리 배를 탈지 말지."

"…………으……."

어딘가 날 살짝 얕잡아보는 것처럼 무시하는 이 진심으로 역겨운, 미치도록 싫은 스카 선장의 질문에.

난……난…………!

팔디오 · 멜크리우스

"오우, 배 잡았다고? 허어? 내일? 어이, 어이, 상당히 시간이 촉박한데. 뭐, 상관없지만. 알겠어. 그럼, 나 밥 다 먹으면 여관으로 돌아갈 테니까 거기서 합류하는 걸로, 오우, 그럼."

용건만 전한 짧은 대화를 마치고 팔디오는 사환에게 고맙다는 인사를 하고는 통신장치를 돌려줬다. 마주 앉아 상황을 지켜보던 레이아가 생긋 웃으며 입을 열었다.

"역시 저쪽 술집에 계셨군요, 해적님들."

"아니 딱히 해적이라곤 할 수 없어. 뭐, 세실리아가 말하는 걸 보니 얼추 비슷한 것 같지만."

대답을 하면서 팔디오는 입 안에 든 탄산수가 엄청 자극적이라 한순간 얼굴을 찌푸렸지만, 의외로 맛은 나쁘지 않아 바로 다시 한 모금 더 마셨다. 하지만 레이아 입엔 안 맞았던 모양으로 무료로 주는 물만 자꾸 비워나갔다.

"그럼, 모처럼 왔으니까 둘이서 저녁밥도 먹고 가자, 레이아."

"……뭐, 저쪽과는 거리가 머니까 하는 수 없네요."

노골적으로 불만스러워하는 레이아에게 팔디오는 놀리듯 말했다.

"말은 그렇게 하지만 사실은 나랑 둘만 있게 돼서 기쁘지?"

"무슨……! 바보 취급하고 있군요! 그, 그럴, 리리, 리, 리가……."

"응?"

"아?"

서로 상대의 생각지도 못한 반응에 엉겁결에 당황해버렸다. 팔디오 입장에선 완전히 평소처럼 가벼운 개그를 한 거라 레이아의 차가운 추궁을 기대했는데……뚜껑을 열어보니 어쩐지 정곡을 찔린 것처럼 행동했다. 레이아 측도 팔디오의 반응을 보고 '평소처럼 되받아쳤으면 좋았는데'

하고 상황파악을 했지만 때는 이미 늦었다.

결과…….

『…………』

테이블을 사이에 두고 서로 볼이 화끈거려 말도 나누지 않은 채 고개를 숙여버리는, 참으로 어색한 시간이 흘러가고 있었다.

그 시간을 더 이상 배겨낼 재간이 없었던 팔디오는 엉겁결에 여기로 오던 길에 노점상에서, 생각지도 않았는데 눈에 들어와 구입했던 책을, 훌훌 넘기며 말없이 읽기 시작했다.

한동안 팔디오가 페이지를 넘기는 소리만 계속 들리더니 어떤 한 페이지에서 그의 손이 멈췄다. 그리고 그가 탄산수를 마시면서도 꼼꼼하게 정독하기 시작한 즈음에……레이아는 지극히 담담하게 말을 꺼냈다.

"오늘 밤엔 뭐로 할 건지 정했어요?"

"푸하!"

저도 모르게 탄산수를 확 뿜어내는 팔디오. 그는 입가를 냅킨으로 거칠게 닦은 후, 레이아에게 대놓고 항의했다.

"아니, 야한 책 아니거든! 이거, 그런 책 아니야!"

"? 무슨 얘기예요? 전 그저 주문을 뭐로 할 건지 물었을 뿐인데요?"

"아, 아아, 그렇구나. 미안해, 착각했어. 그렇지, 주문 안 했지, 아직."

"네. 야한 책 읽는 건 주문하고 나서도 늦지 않아요."

"아아, 정말 그래———라니, 그러니까 이거, 야한 책 아니거든!"

"그렇군요. 설령 농후한 베드신이 있더라도 그건 어디까지나 얘기 상 필요한 묘사인 거고, 그게 메인은 아니지요. 저도 알아요, 안다니까요."

"그런 게 아니야! 근데, 사춘기 중학생 아들을 지켜보는 엄마 같은 눈으로 좀 보지 마! 그게 아니라, 이 책은 말이야———."

"아, 점원님, 주문해도 될까요?"

"사람 말 좀 들어어어어어어어어어어어어어어어어어어어어어!"

팔디오가 온 힘을 다해 항의했지만 레이아는 그대로 메뉴를 펼쳐 팔디오의 몫까지 요리를 다 주문하더니, 생글생글 엄청 기분이 좋은 표정으로 요리를 기다리기 시작했다.

이제 책 설명을 할 기력도 없는 팔디오는 테이블에 팔을 괴고선 눈앞의 마법소녀를 쳐다봤다. 그리고 문득 '그러고 보니 마법학교에서도 이렇게 둘이서 같이, 밥을 먹은 적이 몇 번 있었지' 따위의 생각을 하던 참에 무심코 물어봤다.

"그러고 보니 너, 결국 왜 니빌 황야에 있었던 거야. 아니, 원래라면 넌 아직 미밀 마법학교에서 공부하고 있어야 하는데? 그렇다면 저 결계를 나와 이런 곳에 올 수 있는 상황은 졸업하는 것 말곤 엄청 시간이 드는 허가신청을 받든지, 혹은———."

"…………음, 그러니까……."

그 순간 어색하게 시선을 피하는 레이아.

"……설마."

그녀의 반응에 팔디오가 저도 모르게 인상을 쓰며 노려봤다. 그러자 조금 후에 레이아는 체념한 듯 말하기 시작했다.

"……얼마 전에 퇴학신청서를 내고 왔어요. 뭐, 역시 당신처럼 폭력사태가 있었던 건 아니니까 안심하세요."

"아니, 아니, 퇴학만으로 충분히 안심이 안 되거든! 왜 너 같은 우등생이 그런! 제대로 세세한 사정을———."

팔디오가 엉겁결에 앞으로 몸을 쑥 내밀며 캐물었다. 하지만 레이아는 그 모습을 보고선 무슨 일인지 킥킥 웃기 시작했다.

의미를 몰라 당황하는 팔디오에게 레이아는 손으로 입을 가리며 기품 있게……그러나 진심으로 기쁜 듯 웃으며 대답했다.

"정말 당신이라는 사람은 변함없이 어중간한 분이시군요. 항상 초연함을 잊지 않으려고 애쓰는 거에 비해 진짜 아무것도 아닌 옛날 클래스메이트의 행동거지에 이렇게 바로 열을 내니까요."

"아……."

지적당하고 처음으로 깨달은 팔디오는 부루퉁하니 입을

삐죽 내밀며 의자 깊숙이 몸을 기댔다. 그리고 이제 와서 '지금 하는 대화에 전혀 흥미 없어요' 하고 어필하는 것처럼 시선을 돌린 채 서툰 휘파람을 불었다.

너무도 경박한 그 일련의 하찮은 행동을 목격한 레이아는 한층 더 크게 웃었다. 그리고 눈가에 어린 눈물을 검지로 닦으며 온화하게 중얼거렸다.

"……정말……정말 당신은 멍청하고 도움이 안 되는 사람이에요. 하지만 그래서 더 지금 분명히 확신했어요. 제가 한 행동은 역시 어느 하나 잘못된 게 없다고."

"? 무슨 얘기야?"

레이아의 말에 깜짝 놀라는 팔디오. 레이아는 야무지게 표정을 고쳐 짓더니 다시 얘기를 시작했다.

"팔디오. 당신, 지금 도박에서 지고 있어요."

"? 하아아? 그러니까 대체 무슨 얘기를……."

"용사 일행에 합류한 것과 이단심문관 건 말이에요."

"!"

느닷없이 꺼낸 중요한 주제에 팔디오는 저도 모르게 숨을 삼켰다.

레이아는 지금까지 보여준 온화함이 거짓말인 것처럼 엄격하고 날카로운 눈빛으로 변하더니 말을 계속했다.

"짚이는 데가 있나 보군요. 정말 바보 같은 짓을 했어요."

"…………."

"자, 뭔가 하고 싶은 말이라도 있으면 하세요. 다소는 제가 파악 못 한 사정도 있을 테니까. 뭐, 얘기의 앞부분 정도라면 못 들어줄 것도 없지요?"

"…………"

레이아의 말을 들으면서도 팔디오는 입을 꾹 다문 채 생각에 잠겼다. 그 사이 그의 두뇌는 어지러울 정도로 계속 돌아갔고……그리고 약 10초 후. 거의 모든 상황을 헤아린 팔디오는 저도 모르게 "이거 실화냐……" 하는 말을 뱉으며 머리를 감싼 채 테이블에 와락 엎드렸다.

레이아가 물이라 착각하고 탄산수를 조금 입에 머금고는 움찔 귀엽게 어깨를 떨었다. 그 후 그녀는 아무 일도 없었던 것처럼 대화를 계속했다.

"당신이 하려던 일도 모르진 않아요. 비공식적이라곤 해도 교회로부터 쫓기는 몸인데도 굳이 용사 무리의『내부』에 깊숙이 잠입함으로써 오히려 자신에게 손을 못 대게 한다. 완전히 도박이긴 하지만 당신다운 참신한 해결방법이에요. 그건 실제로 도중까지는 상당히 효과가 있었다고 생각해요. 용사와 한 무리라면 어떤 이단심문관이라도 진중해질 수밖에 없겠지요."

"이, 이, 이봐, 그렇잖아? 토오루의 전력으로 돈도 벌고, 명성도 얻을 수 있고, 여행처에서 금기마법의 마도서도 찾을 수 있는 일석몇조가 될지 알 수 없는 멋진 한수――."

"하지만 역시 루자루 투기대회에서 결승 해설을 하고, 끝내는 사회자에게『금기마법의 명수』라는 대대적인 소개까지 받은 건 지나쳤어요."

레이아에게 지적당하자마자 부쩍 우울해지는 팔디오.

"우우, 그건 『우쭐해져서 나댔다』라는 말 말곤 달리 표현할 길이 없네……단지 뭐, 그만치 나댔는데도 별문제 없다면, 더 이상 이단심문관한테 벌벌 떨 필요도 없겠구나 싶었는데……."

"그래서 처음에 말한 거예요. 당신, 도박에 지고 있다고."

"그런가요……."

다시 푹 고개를 떨구는 팔디오. 레이아는 맙소사 하며 어깨를 움츠리고는 계속 말했다.

"역시 잇달아 다른 금기마법을 습득한 것뿐만 아니라 현저히 성장해버린 게 문제였겠지요. 교회에게 있어 당신의 『위험도』는 이제 용사와 한 무리라는 것 따위, 도외시될 정도의 레벨에 도달해버렸어요. 결과적으로 다시 이단심문관이 움직이기 시작했고, 그래서 제일 먼저 미밀 마법학교에서도 특히 당신과 친했다고 알려진 제게 탐문조사관이 온 건데……."

팔디오는 한 번 한숨을 내쉰 뒤, 반쯤 감다시피 한 눈으로 그녀를 노려보며 다시 뒷얘기를 하라고 재촉했다.

"넌 질릴 만큼 우등생이야. 어차피 내 퇴학사건 때와 마찬가지로……."

"네, 모조리 말했어요. 당연하지요. 전 정의로운 마법소녀이니까요. 당신을 퇴학으로 몰아넣었을 때처럼, 전 누구한테도 휩쓸리지 않고 그저 오직 자신의 신념에 따라 행동해요."

태연한 얼굴로 그렇게 말하는 레이아. 둘 사이에 왠지 긴장감이 흐르는 가운데, 주문한 요리가 나왔다. 하지만 그래도 두 사람은 대화를 하지 않은 채 한참 동안 입을 꾹 다물고 있었다.

이윽고 팔디오 쪽에서 못 다한 얘기를 더 해달라는 듯이 레이아에게 질문을 했다.

"현재 네가 이런 곳에 있는 이유는? 결국 왜 학교를 뛰쳐나온 거야?"

그 질문에 레이아는 테이블에 배치된 냅킨을 쥐면서 싱긋 우아하게 웃더니 대수롭지 않은 일처럼 말했다.

"교회에 진실을 고하면서도 한편으론 옛 학우도 염려돼 엉겁결에 뛰쳐나오고 만 가련한 소녀. ······야아, 정말로 정의로운 천재 마법소녀다운 행동이지 않아요?"

착 윙크를 하는 레이아. 팔디오는 저도 모르게 기가 막혀 소리쳤다.

"······진짜아로······변함없이 천생 재수 없는 여자야, 넌······."

"영광입니다."

생글생글 웃으면서 구운 생선을 능숙하게 발라내기 시작하는 레이아. 팔디오는 그걸 한참 노려보더니 한 번 탄식을 했다. 그런 다음 그녀와 대조적으로 난폭하게 포크를 생선에 푹 찔러선 머리부터 먹으려고 입을 쫙 벌리려———.

"그 얘기, 나도 흥미로운데요, 팔디오 군."

———한참에 돌연 옆에서 누군가 말을 건네는 통에 딱 동작을 멈췄다. 레이아도 식사를 하던 손을 멈췄다. 이런 타이밍에 뭔가 싶어, 불쾌하게 생각하면서 소리 나는 방향으로 눈길을 돌린 팔디오는…….

저도 모르게 생선을 접시에 툭 떨어뜨렸고. 입 대신 눈을 크게 뜨고 말았다.

왜냐면 그곳에 있는 남자는……무슨 일인지 아직도 백의를 몸에 걸치고 있는, 팔디오에겐 눈에 익은 것도 정도가 있는 훈남———.

"후……후긴?! 왜, 왜 네 녀석이, 이런 곳에?! 아니?!"

너무 이곳과 어울리지 않는 인물의 등장에 눈을 희번덕거리며 당황하는 팔디오.

그런 그에게 말끔한 느낌의 청년———후긴은 싱긋 변함없이 감정을 읽을 수 없는 미소를 지으며 농담인지 진담인지 알 수 없는 말을 쓱 고했다.

"은인인 팔디오 군이 위기에 처하면 당연히 난 어디든 달려갑니다."

막간

"스카 선장님."

"아앙?"

파도 소리가 크게 울리는 심야의 노아툰에서. 불법 유흥 시설에서 막 나온 중년의 사내에게 불쑥 다가온 형체가 말을 건넸다.

스카는 상대의 무례함에 화가 나 반쯤 싸울 태세로 난폭하게 돌아봤다. 한데 그 목소리의 주인공의 모습을 보더니 흠칫 놀라며 얼굴을 찌푸렸다.

"뭐야, 너……교회관계자……인, 거냐?"

그는 실로 이상한 복장을 한 남자였다. 형태만 보면 교회 사제가 입을 것 같은 옷이었지만, 또 언뜻 보면 전체적으로 회색빛을 띠고 있어 부랑자처럼도 보였다. 게다가 그 옷엔 불길한 핏빛을 연상시키는 붉은빛 교회 심벌마크가 선명하게 그려져 있었다.

그러나 특징적인 차림과는 달리 그 속에 있는 인간은 지극히 수더분한──아니, **아무리 그래도 너무 수더분한 외모를 가진** 30대 안팎의 남자였다.

스카는 저도 모르게 실눈을 뜨며 품평하듯 남자의 온몸을 매섭게 훑어봤다.

"(복장은 더럽게 기발한데도 얼굴은 모조품처럼 평범한 어떤 조직의 구성원. ……이거, 곤란한데. 완벽하게 신념이 확고한 녀석이잖아)."

스카가 경계심을 높이는 가운데.

남자는 실로 '교회다운' 수상쩍을 정도로 신사적인 미소를 지으며 말하기 시작했다.

"아아, 이건 신경 쓰지 말아주세요. 저희들의 복장입니다. 취향이 나쁘지요?"

"? 아아, 아니……."

어떻게 대답해야할지 가늠을 못하는 스카에게 그러나 남자는 전혀 신경 쓰는 기색도 없이 혼자서 계속 지껄였다.

"상시 이런 복장인 건 아니지만, 정작 일을 할 땐 철저하게 이걸 입게 돼 있어서 말이지요. 왜냐하면 직무 특성상 상대에게 《두려움》을 심어주는 듯한 복장이 좋은 모양이더라구요. 거참, 제복이라는 건 이상하지요?"

"…………."

스카는 아무 대답도 하지 않은 채 그저 눈앞의 남자를 매섭게 노려봤다. 남자는 가면 같은 으스스한 미소를 지으며 마치 자신이 정말로 선량한 일반시민인 것처럼 행동했다.

"아아, 무서운데요, 기분이 상했다면 죄송합니다. 용서해주세요."

"……무슨 볼일이야."

역시 스카의 마음속에서도 정체를 알 수 없는 자에 대한 경계심보다 조바심이 이겼다. 그렇지 않아도 오늘은 가장 싫어하는 인종인 '한창 세상모르고 까불어대는 꼬맹이'를 푼돈만 받고 자신의 배에 태우는 일을 맡은 터라 기분이 좋지 않았다.

실제로 그들에게 제시한 금액은 그 내용만 보면 완전히 바가지를 씌운 거였지만, 그래도 평소에 하는, 위험한 짐을 운송하는 일과 비교하면 스카 일행에겐 용돈도 안 되는 금액이었다. 당연히 선원들 사이에서도 불만이 줄줄 터져 나왔고 오늘만큼 술맛이 쓴 적도 없었다.

이런 속수무책으로 밀려드는 울분을 자, 이 수상쩍은 남자한테라도 풀어볼까 하고 생각하고 있었는데……허나 남자는 스카의 마음을 꿰뚫어 본 것처럼 묵직한 금화 뭉치를 내밀며 제안했다.

"계약금 1천만 니르입니다. 성공하면 1천만 니르 더 얹어 드리지요."

"……하?"

대체 무슨 소리를 하는지 싶어 엉겁결에 되묻는 스카. 남자는 다시금 말을 덧붙였다.

"물론 그것과는 별개로 새 배도 우리가 준비하겠습니다. 그걸로 어떻습니까?"

"? 너, 무슨 소리를 하는 거야?"

"아니, 이런? 구린 일이 생업이신 분 치곤 의외로 눈치가 없으시군요."

남자는 정말로 이상하다는 듯 고개를 갸웃하더니 다시
스카에게 몸을 돌리고는.

마치 신의 가르침을 설교하는 신부처럼 정말로 청아한
미소를 지으며 말을 이었다.

"내일 출항하는 당신의 배를, 이 조건으로 손님들과 함
께 침몰시켜 달라고 말하는 겁니다."

"뭣———."

놀란 스카가 무슨 말을 하기도 전에 남자는 다시 조건을
제시해왔다.

"물론 당신들 승조원은 구조할 겁니다. 우리가 다른 배로
쫓고 있을 테니까 그쪽에 합류해주세요. 어디 보자……출
항 이틀째 새벽녘쯤이 좋겠지요? 그들이 곤히 잠들어 있는
사이에 당신들은 배가 가라앉게끔 약간 손을 댄 뒤 우리 배
로 이동해주세요. 나머지는 그들을 태운 채로 배를 침몰시
키면 끝입니다. 조금 전에도 말했지만 새 배는 저희가 보
상하는 건 물론이거니와 거기에 더해 선금을 포함해 2천만
을 보수로 드리지요. 나쁘지 않은 얘기지 않습니까?"

"…………."

스카는 천천히 턱을 어루만졌다. ……확실히 그에겐 나
쁜 얘기가 아니었다. 실제로 마침 뇨르드 호도 여기저기
고장이 나 새로 마련하자는 얘기가 나오는 상황이었다. 술

익자 채 장수 간다는 말은 정말로 이런 걸 두고 하는 말이다. 보수는 파격적이라 할 수 있다. 당연히 어린아이들이 제공한 금액 따위와 비교할 바가 못 됐다.

솔직히 이 남자는 더할 나위 없이 수상쩍었지만 스카가 이 사업을 하며 상대하는 인간은 항상 이랬다.

"……그거 정말 구미가 당기는 얘긴데."

스카는 씨익 웃더니 고민할 것도 없이 냉큼 오른손을 내밀었다.

그 빠른 결단에 남자는 놀라면서도 바로 웃어 보이며 금화 뭉치를 그의 손에 뚝 떨어뜨렸다.

"그럼, 교섭은 성립된 걸로."

노아튼에 짙은 어둠이 한층 더 깊어지는 가운데.

온몸에서 더러운 냄새가 물씬 나는 두 남자는 남몰래 서로 낄낄댔다.

제4장 배신의 배

나는 잠이 덜 깬 멍한 눈을 비비면서 아침 안개에 둘러싸인 노아툰 마을을 걸었다. 꿈의 연장 같은 풍경에 발걸음이 붕붕 뜨는 것 같았지만, 항구 곳곳에서 날아드는 아침시장의 시끌벅적한 소리가 내 의식을 아슬아슬하게 현실세계에 붙잡아두고 있었다.

내 뒤를 걷던 팔디오가, 파김치가 돼 위에서 완전히 날 덮어버릴 기세로 턱을 머리 위에 얹었다. ……무겁다.

"크아……졸려, 어이, 토오루……."

"나도 졸리거든. 저기, 무거워. 몸을 나한테 너무 실었어, 팔디오."

반쯤 내게 업힐 기세인 팔디오에게 항의했다. 그의 머리엔 애초에 루우도 올라타고 있었으니까, 이제 우리는 브레멘 음악대나 토템 폴 같은 꼴이 되었다.

우리 모습을 사부가 기가 차다는 듯 지켜보는 가운데, 그 옆을 걷던 후긴 씨가 상쾌하게 "하핫" 하고 웃었다.

"너희들은 변함이 없구나. 왜 항상 그렇게 재미있는 거야?"

"재미없거든! 그런 식으로 웃을 여유가 있으면 어른답게 도와줘!"

"음? ……그래도 말이야, 나 지금 비번이라서."

그렇게 말은 했지만 그의 복장은 오늘도 날스에 잠입했던 때와 마찬가지로 백의였다. 이른바 '어쩐지 이제 이 옷이 편해서'라는 이유인 듯했다.

"교회 직무하곤 상관없이 한 사람의 어른으로서, 인간으로서, 도와달라는 얘긴데."

"…………아, 그럼 뭐, 그것도 이번은 비번이라서, 아무쪼록 이해를."

"뭐야, 그거, 무슨 소리야?!"

혹시 후긴 씨도 보기와 달리 졸린 걸까? 지각이 둔해졌기로서니 미묘하게 두서없는 대답이 돌아왔다. 사람 돕는 일에 비번이라니, 뭐야, 나 참 정말…….

그건 그렇다 치더라도 뭔가 이 사람, 어젯밤 갑자기 재회한 건 좋았지만, 아무래도 이전의 성실함이 결여된 것 같은 생각이 들어 견딜 수가 없었다. 뭐, 어쩌다 생긴 휴가 비슷한 상황이라고 하긴 했지만……찬찬히 생각해보니 도대체 '휴가 비슷한' 건 뭐지? 어떤 상황인 거야? 뭐, 자세히 조사해보고 싶어도 사부도 여행 중엔 교회와 연락을 못 하는 모양이라 어쩔 도리가 없지만. 이 항구도시, 정말 무법자의 성지답게 교회가 없다.

우리의 지리멸렬한 상황을 차마 눈 뜨고 볼 수 없었는지, 조금 뒤에서 걷고 있던 레이아 누나가 화제를 바꿨다.

"그건 그렇고, 전 뱃삯을 빚지게 돼서 죄송해요, 세실리아 씨. 후긴 씨는 추가로 자기 몫을 냈는데……."

그녀의 말에 사부가 "별소리를" 하며 미소로 응답했다.

"일시적이라곤 해도 레이아 님 같은 실력자가 동행해주신다면야 저희 신검기사단은 여비쯤은 기쁜 마음으로 내드려야죠. 마인이 있는 이상, 정예전력이 우리 편에 있는 건 상당히 감사한 일이니까요."

사부가 그리 말하자 내 머리 위에 있는 두 사람이 동의했다.

"맞아! 교회가 지불하는 여비 따위 신경 안 써도 돼! 우리는 용사 파티라고!"

"그렇고말고요! 루우 일행은 용사의 호위병이니까 여행경비가 보장되는 건 당연한 권리입니다요."

"아아, 약 두 사람분 정도, 전력은 일절 떨어지는 일 없이, 여행경비를 줄일 수 있을 것 같은데."

사부가 진절머리 치며 중얼거렸지만 당사자 팔디오와 루우는 뉘 집 개가 짖냐는 듯 모른 체했다.

레이아 누나가 킥킥 웃는 가운데, 후긴 씨가 다시 한번 조금 전과 거의 같은 말을 내게 물어왔다.

"당신들은 정말, 왜 이렇게 재미있는 걸까요?"

나는 묵직하니 머리 위로 두 사람분의 '엄청 고용효율이 떨어지는 전력'을 느끼면서, 진절머리를 치며 대답했다.

"이런 상황에서 재미 담당조차 아니었다면……더 이상 희망이 없잖아요?"

"그렇구나아, 그건 정말 납득이 가는 대답인데, 토오루

군! 응, 재밌어!"

뭐가 재미있는지, 후긴 씨가 엄청 신나게 웃었다. ……아무래도 안정적인 캐릭터가 아닌데, 이 사람. 평소엔 엄청 성실해 보이고 실제로 사려가 깊은데도 뭔가 흥미진진한 일이 생기는 순간엔 묘하게 들떠서 떠든다고 할까. ……의외로 속마음은 어린아이인 걸까?

뭐, 사정이야 어떻든 간에 그도 루우나 팔디오처럼 부처님 같은 관용을 베풀어줘야 하는 타입인 듯하다. 그의 말을 듣고 루우와 팔디오는 다시금 우쭐대기 시작했다.

『…………하아.』

나와 사부의 깊고 깊은 한숨은 항구도시의 아침 안개 속으로 조용히 녹아들어 갔다.

"오우, 늦었잖아, 오줌이라도 쌌냐, 꼬마야."

"…………."

8번 부두에서 출항 준비 중인 뇨르드 호 앞에 당도한 순간, 아침 인사 대신인 양 스카 선장이 살짝 밉살스러운 말을 던지며 맞아줬다.

나는 그의 우락부락한 얼굴을 눈을 희번덕거리며 노려보다 엉겁결에 입을 다물었다. ……뭐야, 하룻밤 자고 났더니 조금 진정이 된 터라 오늘은 제대로 활기차게 웃는 얼굴로 "안녕하세요" 하고 인사라도 한마디 건네려고 했는데!

나와 선장이 이제 불꽃 튀는 눈싸움을 벌이고 있는데,

허둥지둥 사부가 옆에서 우리 사이에 끼어들었다.

"안녕하세요, 선장님. 늦어서 죄송합니다. 오늘은 예정대로 출항할 수 있을 것 같나요? 보아하니 안개가 낀 것 같은데……."

사부의 그 말에 스카 선장은 "흥" 하고 이쪽을 살짝 바보 취급하는 것처럼 콧방귀를 뀄다.

"어이, 어이, 무시하는 거야, 아가씨? 아앙? 이 정도의 안개로 출항 중지를 할 만큼 우리 뇨르드 호가 미덥지 못하게 보인다는 거야, 어?"

"아, 아, 아니."

위협하는 선장에게 쩔쩔매는 사부. 나는 발끈 화가 나 뇨르드 호를 바라보며 불쑥 투덜대며 말해줬다.

"보이는데요, 미덥지 못하게."

"아앙?"

불쾌한 듯 날 흘낏 내려다보는 선장. 하지만 난 그 말을 무시하고는 배를 보며 말을 계속했다.

"낡고 더러운데도 덩치만 커서 되레 불안해요. 그리고…… 아, 저기, 저쪽엔 식전 댓바람부터 술 마시고 있는 선원도 있네요. 이거, 날이 좋아도 가라앉는 거 아니에요?"

"요, 꼬마 녀석이……."

"뭐예요."

"사업할 땐 신뢰야말로 가장 중요하다고 엄마한테 안 배웠어?"

"신뢰……이런 어른들의, 뭘, 어디를, 신뢰하라는 거예요!"

"앙, 뭐라고? 그건 말이야———."

내 멱살을 잡으려는 선장과 그 손목을 꽉 잡은 채 견제하는 나.

대체 몇 번째인지 모르는 일촉즉발의 분위기에 이제 조금 익숙해진 사부가 "자자" 하며 중재를 시도했다.

"어쨌든 배는 출항할 수 있는 거지요, 선장님."

"아? 당연하지."

"그야 출항은 할 수 있겠지. 침몰을 각오하면 얼마든지."

"토오루."

좀처럼 그런 적이 없던 사부가 야단을 쳤다. 나는 볼을 확 부풀렸지만 그래도 쓸데없이 시비조였던 건 알고 있었던 터라 선장이 아니라 어디까지나 오직 사부나 동료들을 향해 "죄송해요……" 하며 머리를 숙였다.

역시 선장도 그 이상은 덤벼들기 어려웠던 모양이다. 비듬투성이인 머리를 난폭하게 긁적이며 우리에게 승선을 재촉했다.

"아무튼 빨리 타라. 이미 우리는 준비가 됐어. 언제든 출항할 수 있어."

"그렇군요. 그럼, 잘 부탁합니다."

사부가 그리 말하더니 앞장서서 배에 올라탔다. 이어 동료들도 전부 승선하는 가운데……마지막에 남은 난 좀처럼 발을 떼지 못한 채 노르드 호를 가만히 바라보고 있었다.

너덜너덜하고 선원들의 태도도 엄청 나쁘고 항상 불법적으로 운항되는 배, 뇨르드 호.

……이런 배에……난.

"……쳇."

갑자기 기분 나쁜 땀이 이마를 타고 내려왔다. 심장이 쿵쿵 시끄럽게 울려댔다. ……아니, 이상한데, 이런, 딱히 이럴 이유가, 트라우마인가, 그럴 리가, 없을, 텐데…….

"…………."

정신을 차리자 팔디오와 루우가 트랩을 다 건넌 뒤 배입구에서 내 쪽으로 돌아서서는 뚫어지게 날 보고 있었다. 아무래도 나의 사정을 미루어 짐작하고는 걱정이 된 모양이다.

……가, 가야 돼. 맞아. 이 세계를 위해서……그리고 형을 위해서. 빨리 가야 돼. 가야 돼. …………그치만……그, 그치만…….

"어이, 꾸물거리지 마, 꼬맹이."

"앗!"

자잘한 곳까지 신경 쓰며 머뭇대던 난 돌연 기습적으로 등을 떠밀리는 바람에 앞으로 나가고 말았다. 정말 미덥지 못한, 손잡이조차 없는 트랩 위로 던져지는 통에 균형을 잃고는 하마터면 바다에 빠질 뻔했다.

"우, 와아아아아!"

나는 한심하게 소리치면서도 필사적으로 자세를 바로잡

앉지만, 이대로 달리는 편이 안전하다 싶어 구르듯 선내로 뛰어들었다.

"토오루!" "주인님!"

비틀비틀 제대로 못 서는 날 팔디오와 루우가 허둥지둥 끌어당겼다.

모두 무슨 일인가 싶어 우리 쪽으로 돌아보는 가운데, 겨우 선내로 들어선 난 엉겁결에 그 자리에 맥없이 털썩 주저앉았다.

등 뒤에서 스카 선장이 상스럽게 웃었다.

"으하하하하! 한심하구나, 애송이. 원래 있던 기개는 어디로 갔냐, 응?"

선장의 말을 듣고 선내에 있던 선원 몇몇도 껄껄 웃었다.

그렁그렁 눈물이 고인 난 굴욕으로 얼굴이 새빨개져 고개를 숙였다. 나의 과거를 아는 루우와 팔디오가 지금이라도 폭발할 것 같은 눈으로 선장을 매섭게 노려봤다.

스카 선장은 자신도 선내로 들어오고는, 주저앉아 있는 날 내려다보면서 씨익 악마 같은 음습한 미소를 지으며 말했다.

"어서 오시죠, 뇨르드 호에. 안전하고 쾌적한 배 여행을 부디 느긋하게 즐겨주시길."

※

내 예상과 달리 배 여행 첫째 날은 이렇다 할 큰 트러블도 없이 순조롭게 진행됐다.

물론 승차감이나 선원들의 태도, 엉망인 선내 환경에다 제공되는 식사의 질 등은 최악에 가깝긴 했지만, 그래도 항구를 나와 바로 침몰을 하거나 파도나 바람에 휩쓸려 항로가 엉망진창이 되는 일만은 일어나지 않았다. ……이렇게 말하면 좀 그렇지만, 살짝 김이 빠졌다고 하는 게 솔직한 기분이었다.

"……아아, 바람이 기분 좋네."

저녁밥을 다 먹은 난 동료들보다 한발 먼저 지저분하고 시끌벅적한 식당을 나왔다. 디저트 대신 작은 접시에 나눠 받은 피클을 걸으면서 몰래 오독오독 집어먹었다.

……뭐, 그, 보존식만큼은 까다롭게 만들었는지, 절임 음식 맛은 나쁘지 않은데, 음.

나는 살짝 기분이 좋아져 피클을 집어먹으며 갑판 끝까지 걸어갔다. 그리고 혼자서 밤바다를 바라봤다.

끝없이 이어지는 깜깜한 바다. 낮의 새파랗던 바다와는 대조적으로 그곳에 '생명력' 같은 건 느껴지지 않았고 오히려……

"바다가 무서워?"

"?!"

갑자기 등 뒤에서 누가 말을 걸어오는 바람에 깜짝 놀라

219

돌아봤더니, 그곳엔 바닷바람에 백의를 휘날리며 청년······ 후긴 씨가 변함없이 대담한 미소를 지으며 서 있었다.

　그의 기척을 전혀 감지하지 못해 동요했지만, 완전히 나의 단련 부족 때문이라 결론지었다. 살짝 반성을 하면서 후긴 씨에게 웃어 보였다.

　"음, 그러니까······죄송해요, 그, 나, 그렇게 티 나요?"

　이 상태면 사부한테도 들켰을까, 염려하면서 물었다. 그러자 후긴 씨는 "음" 하며 신음소리를 내며 내 옆으로 다가와 갑판 끝에 팔꿈치를 얹었다.

　"딱히 그 정도로 노골적이진 않아. 알 만한 사람 눈에만 보이는 정도이지 싶은데. 적어도 세실리아는 그만큼 깊숙한 사정까진 짐작 못 하고 있을 거야. 물론 네 모습이 조금 이상하다는 것쯤은 알아차렸겠지만 배 멀미 때문이라 생각하고 있겠지."

　"그럼, 좋겠는데······."

　쓴웃음을 지으며 깜깜한 바다를 쳐다봤다. ······하지만 역시 후긴 씨처럼 갑판 끝에 몸을 기대진 못했다. ······역시 인정해야 돼.

　나는 배가······배가 무서운 거야. 어쩔 수 없이.

　나와 반대로 후긴 씨는 깜깜한 바다를 왠지 진심으로 즐겁게 바라보면서 말하기 시작했다.

　"인간이란 건 정말 약한 동물이야."

　"네?"

"정말 사소한 일 때문에 죽음에 이르러. 그냥 물에 몇 분간 머리만 담그고 있어도 죽는다니, 상당히 멍청한 동물이야. 그렇게 생각 안 해?"

"…………"

"하지만 인간이 그렇게 생겨 먹지 않았다면, 이 『배』라는 도구는 생기지 않았을지도 몰라."

후긴 씨는 내 쪽으로 돌아보더니 내 눈을 똑바로 응시했다. 왠지 견디기 힘들어진 난 엉겁결에 시선을 피했다. 그러자 그는 훅 숨을 토하며 중얼거렸다.

"아니구나. 무서운 게 아니야. ……약한 자신에 대한…… 죄책감인가?"

"!"

심장이 날뛰었다. ……죄책감. 내가 바다를 보면 생기는 이 술렁이는 기분은 두려움도 있겠지만……그 이상으로 여기서 소중한 사람들의 목숨을 희생해 나만 살아남았다는 사실에 대한…….

내가 방심하는 사이에 후긴 씨는 어쩐지 혀로 입술을 핥았다. 하지만 다음 순간엔 완전히 평소의 그로 돌아와 싱긋 웃으며 화제를 바꿨다.

"뭐, 사실 이 항해엔 세심한 주의를 기울여야 한다고 나도 생각해."

"? 음……그건 무슨?"

"조금 전에도 말했지만 아무리 강한 인간이라도 사소한

일 때문에 죽기도 해, 토오루 군. 세계 최강의 검객이라도 도움을 청할 수 없는 곳에서 물에 빠지면 똑같이 죽어. 그런 의미에서 보면……한동안 다른 선박도 지나갈 일 없는 망망대해 한가운데 같은 곳은 강자를 사냥하기엔 안성맞춤인 환경일지도 몰라."

후긴 씨의 갑작스러운 경고를 난 몇 초간 마음속으로 되새긴 뒤……화들짝 어떤 가능성을 깨닫고는 허둥지둥 되물었다.

"그, 그렇구나! 여기서 마인이 습격해오면 큰일이라는 거군요! 하지만 바다 한가운데에 마인이라니……하! 아, 아니, 그렇구나, 혹시 마인이 선원에 뒤섞여 이 배에 이미 타고 있거나, 뭐 그런……!"

"아하하하핫."

내가 이리저리 머리를 굴리고 있는데, 후긴 씨는 배를 잡고는 진심으로 귀엽다는 듯 웃기 시작했다.

"넌……정말로 재미있는 아이구나. 누구보다도 예리하지만 순수하게 너무 어린아이 같다고 할까……."

"? 마인이 습격해 온다는 얘기가, 아니었어요?"

"아아, 뭐, 그 가능성도 있긴 하지. 사실 이미 시치미 뚝 떼고 타고 있을지도 몰라, 무──서운 마인이."

뭐가 재밌는지 후긴 씨는 끽끽 웃었다.

그리고 한차례 웃고 나서 눈가에 고인 눈물을 닦다가…… 엄격한 표정으로 변하더니 다시 내게 경고를 해왔다.

"하지만 지금 정말로 경계해야 하는 건 마인보다 같은 인간의 움직임이라고 난 생각하는데?"

※

항해 이틀째인 아직 어스레한 이른 아침.

소리가 안 나도록 조심하며 몰래 객실을 나온 난, 나처럼 방을 빠져나온 동료들과 합류한 뒤 선원들을 경계하면서 선내 복도를 걸어 나갔다.

어젯밤 후긴 씨로부터 대충 설명을 들었지만 아직 사정을 이해 못 한 사부가 작은 소리로 의아해하며 물었다.

"정말로 선원들이 우릴 배신하고 배를 침몰시키려 한다고? 분명 칭찬할 만한 인종은 못 되지만 자기 배를 침몰시킬 이유 따위⋯⋯."

사부의 그 말에 후긴 씨는 끽끽 작게 웃었다.

"역시 세실리아 씨는 정말 성실한 교회 사람이군요. 하지만 아쉽게도 세상 사람 모두가 당신 같은 가치 기준을 가지고 움직이진 않아요. ⋯⋯선이라든지 악이라든지 하는 그런 이유 이전에 본능적으로 『살기 위해선』 『뭐든 하는』 인간 따위, 세상엔 수두룩하죠. ⋯⋯엄청 재미없는 얘기지만."

어딘가 현실감이 있는 후긴 씨의 말에 우리는 입을 다물었다. ⋯⋯누구든 사람을 의심하고 싶어 의심하는 건 아니다. 하지만……오늘 닥칠지도 모를 위기를 그럴 리 없다고 낙관하는 태도만큼 어리석은 일도 없다는 걸, 지금껏 사투를 헤치고 여기까지 온 우리는 알고 있다.

지나친 생각이라도 좋다. 중요한 건 최악의 사태를 막는 것이다.

우리가 묘하게 조용한 배 안을 천천히 걸어가다 2층으로 올라갔다. 이러는 사이 선내에서 사람의 기척은 티끌만치도 느낄 수 없었다. ……모두 곤히 잠들어 있든지, 아니면…….

앞을 걸어가던 후긴 씨가 손짓을 하며 조타실로 이어지는 문을 가리켰다. 우리는 천천히 문으로 다가가 달려 있는 둥근 창으로 안의 상황을 훔쳐봤다. ──그러자.

"뭐……야, 아무도 없어?"

그곳엔 선장은 물론이거니와 조타수마저 없었다. 신중하게 문을 열어 엉거주춤한 자세로 들어간 다음 다시 조타실 안의 상황을 살폈다. 하지만 그곳에 있는 건 조종하는 사람 없이 덩그러니 놓여 있는 키와 몇몇 조작기재, 그리고 선내통신에 사용하는 듯한 나팔 형태의 파이프관 뿐으로 사람의 형체 따위 티끌만치도 없었다.

이어 방으로 들어온 모두에게 난 엉겁결에 물었다.

"저기……나, 이 세계의 배에 대해선 아는 게 없는데…… 그, 야밤엔 조타실에 사람이 없어도 돼? 마법으로 움직이는 자동항해 같은 게 있는 거야?"

내 질문에 사부가 이마에 땀을 삐질삐질 흘리면서 대답

했다.

"야아……그런 게 있긴 하지만……이 낡은 배에 그런 기능은 없을 거야……. 그러나 이건 아무리 그래도……태만해서 그렇다기보단……."

마침내 상황에 긴박감이 감돌기 시작한 참에, 갑자기 루우가 창밖……앞머리 갑판 쪽을 손으로 가리키며 소리쳤다.

"아, 저길 보십쇼!"

그리 재촉하는 소리에 모두 조타실 전면의 큰 유리창을 통해 조금 아래쪽에 있는 뱃머리 갑판을 보는데……그곳에선 선장을 중심으로 선원들……총 10명이 쭉 늘어서 앞쪽에 펼쳐진 검은 바다를 바라보고 있었다.

『………….』

너무 기분 나쁜 광경에 우리는 저도 모르게 숨을 삼켰다. 이런 이른 아침부터 갑판에 나와 깜깜한 바다를 가만히 보고 있는 거친 선원들. ……평범한 상황이 아닌 건 명백했다.

그런데 문득 선원 하나가 이쪽을 돌아보는 몸짓을 하는 바람에 당황한 우리는 몸을 숨길 요량으로 웅크렸다. 잠시 뒤에 살며시 시력이 좋은 나만 창으로 눈만 내밀어 확인하자……다행히 저쪽은 알아차린 기색도 없이 다시 모두 같이 아무것도 없는 검은 바다를――아니, 아니다.

짙은 어둠에 둘러싸여 있어 처음엔 몰랐지만 자세히 보니 앞에서 뭔가가 다가오고 있었다. 가만히 시선을 집중시켜 상황을 살피자 그건…….

"배다……."

"뭐?"

내가 중얼거리자 몸을 낮춘 채로 사부가 대답했다. 나는
모두를 대표해 상황을 지켜보면서 다시 한번 설명했다.

"앞쪽에서 작은 배가 다가오고 있어. ……뭔가 이상한
분위기가 나는 배야."

그건 새까만 작은 배였다. 선체는 물론 닻까지 칠흑빛.
어둠에 둘러싸인 밤이라 바로 보이지 않는 것도 당연했다.
그리고 그 앞머리에 있는 갑판……거의 뱃머리 부분에 회
색빛 예복을 입은 신부처럼 보이는……하지만 풍기는 분
위기가 너무도 사악한 인물이 한 명 서 있다.

배는 천천히 뇨르드 호로 다가오더니 지금이라도 뱃머
리가 닿을 것처럼 아슬아슬한 거리에서 딱 멈춰 섰다. 그
러고 맨 앞에 선 인물이 이쪽 배를 올려다보며 뭔가 선장
과 얘기를 하기 시작했다. ……하지만 당연히 그 소리는
우리 쪽에 들릴 리 없었다.

내가 현재의 상황을 모두에게 전하자, 레이아 누나가 뭔
가 생각난 것처럼 허리를 낮춘 채로 근처에 있는 기자재를
조작했다. 순간———.

"———————인 거 아냐. 나 참, 궁시렁궁시렁
말이 많아."

파이프관에서 스카 선장의 목소리가 들려왔다. 내가 놀
라자 레이아 누나는 장난꾸러기처럼 웃었다.

"앞머리 갑판에 달린 전성관(傳聲管)을 마법을 이용해 강제적으로 기동시켰어요. 이걸로 저쪽의 대화가 들릴 거예요."

『허어. …………. ………….』

"어이, 이봐 너희들, 레이아 실력을 보고 감탄한 다음에 굳이 날 보는 건 뭐야?!"

『아니, 딱히.』

발을 동동 구르는 팔디오를 아랑곳하지 않은 채, 우리는 살며시 창으로 밖의 상황을 살피면서 전성관을 통해 들리는 대화 내용에 귀를 쫑긋 세웠다.

먼저 스카 선장이 욕지거리를 하자 신부 느낌이 나는 으스스한 남자가 대답했다.

"우리도 다소 준비라는 걸 해야 해서요. 이제부터 사람을 죽이려 할 땐 조심, 또 조심해도 과하지 않은 법이랍니다."

그 말에 모두의 몸이 굳어졌다. ……반쯤 예상은 하고 있었지만 이렇게까지 확실히 자신들의 목숨을 노리고 있다는 걸 알게 되자 역시 쇼크였다.

내 옆에서 갑판의 상황을 살피던 팔디오가 작게 혀를 찼다.

"쩝, 진짜야, 저건, 역시……."

"? 팔디오, 뭐 아는 거 있어?"

"아아, 알고 모르고 간에……. ……미안해, 저건 용사를 노린다기보단 내 손님이야."

"팔디오의?"

무슨 말인지 이해가 안 돼 내가 고개를 갸웃하자 다시금 그 옆에서 갑판을 살피던 사부가 진심으로 놀란 표정을 지으며 얼굴을 찌푸렸다.

"설마 그런……저건……소문이나 전설 속에서만 있는 거라 생각했는데……."

"? 사부도 알아? 아아, 확실히 뭔가 교회관계자처럼 보이는 차림인지도……."

내가 중얼거리자 레이아 누나가 무슨 상황인지 보지도 않은 채 당연한 얘기를 하듯 말했다.

"교회가 정한 《금기》를 용납하지 않는 이단심문관이에요. 반쯤 내가 끌고 온 거나 마찬가지예요. 팔디오 및 『쓸데없는 걸 지나치게 알아버린 걸로 보이는 용사 일행』을 죽이러 왔어요."

"허어, 이단심문관. 그렇구나, 확실히 나, 이번 시련에서도 꽤 쓸데없는 걸 알아버렸고, 레이아 누나가 끌고 왔다면 이 타이밍에서 습격당하는 것도 납득이……."

…………

『라니, 뭐어어어어어어어어어어어어어어어어?!』

나, 루우, 사부가 저도 모르게 크게 소리쳤다. 하지만 무슨 일인지, 후긴 씨나 팔디오는 침착한 모습으로……쉿 하며 우리에게 조용히 하라고 다그쳤다.

아, 아니, 뭐야 그게, 왜 그렇게 당신들 냉정한 거야…….

의미를 모른 채 어쨌든 상황을 지켜보고 있는데 스카 선장이 천박하게 웃었다.

"그건 그렇고 설마 진짜 해버렸네! 이걸로 이제 배를 침몰시키기만 하면 2천만 니르와 새 배가 손에 들어오는 거지? 이런 수지맞는 사업이 있을 줄 몰랐어!"

"아아, 그렇군요. 이거, 거기에 더해 성공보수 1천만 니르입니다. 받아주세요."

그 말과 함께 신부처럼 보이는 남자가 뭔가 크고 묵직해 보이는 자루를 가뿐히 뇨르드 호 갑판에 던졌다. 그러자 떨어진 충격으로 자루 끈이 풀어져 안에서 작은 보자기가 튀어나왔다.

"말씀하신 대로 선금과 마찬가지로 열 명이서 나눠 가지기 쉽게 1백만 니르씩 나눠뒀습니다."

"오우, 손을 덜었군, 고마워! 어이, 얘들아! 감사하게 받아둬!"

선장의 호령과 함께 선원들이 아우성을 치며 우르르 돈 주위에 몰려들더니 각자 자기 몫을 가져갔다.

그런 정말 한심한 광경을 난……쓸쓸한 마음으로 지켜보고 있었다.

"오직 돈 때문에……우리를 태운 채……배를 침몰시킨다……."

"주, 주인님……."

내가 잡고 있던 나무 창틀이 뿌지직 갈라졌지만, 누구도 주의를 기울이지 않았다.

다행히 우리 존재를 갑판에선 아직 알아차리지 못한 듯했다.

선장 일행은 기뻐하며 돈을 받아들자 무슨 일인지 다시 원래 위치로……선장을 중심으로 뱃머리 끝에서 선원 10명이 쭉 늘어선 형태로 돌아갔다.

우리와 마찬가지로 신부처럼 보이는 남자가 의아해하며 고개를 갸웃했다.

"? 뭘 하시는 겁니까? 여러분, 준비가 됐으면 빨리 배를 옮겨 타주세요. 아아, 우리 배에 몇 명이나 탈 수 있는지 신경 쓰이십니까? 안심하세요, 우리는『조심 또 조심하는』 조직입니다. 이 배하곤 별도로 다시 3척……총 4척이 이미 뇨르드 호를 둘러싸고 있습니다. 여러분은 부디 마음에 드는 배에———."

"이 해역에선 종종 의문의 침몰사고가 생겨서 말이야."

남자의 말을 가로막듯이 돌연 스카 선장이 말했다. 신부처럼 보이는 남자가 당황하는 가운데, 스카 선장은 큰소리로 득의양양하게 계속 말했다.

"그다지 해류의 흐름이 특이한 것도, 암초가 있는 것도, 이상한 마물이 있는 것도 아닌데 사고가 나서 의아하게 생각했었는데……역시 이것도 너희들 짓이었구나?"

"? 아아, 그 일 말입니까. 네에, 맞습니다. 이 해역은 지금까지 몇 번인가 우리 일에 쓰였답니다. 다른 배가 거의 지나가지 않아서 정말 편리한 터라."

"과연. 알겠어, 알겠어. 딱히 대세에 영향은 없지만 잠시 물어두고 싶었어. 덕분에 기분 좋게 일에 몰두할 수 있을 것 같군."

"아아, 혹시 이 해역에 뭔가 있나 싶어 불안했나요? 안심해주세요, 특별히 그런 일은 없습니다."

"아아, 고마워. 이걸로 후련해졌어."

"네. 그럼, 빨리 대피와 배 침몰작전을 부탁드립니다."

"그래, 그래. 좋아, 애들아! 계획대로 움직여!"

『네!』

스카 선장의 말에 선원들이 힘차게 대답했다.

……뭐가 신뢰야. 사람 목숨을 이렇게나 간단하게 팔아넘기는 어른들의……뭘 신뢰하라는 거야!

"! 토오루! 아직 안 돼!"

사부의 제지도 개의치 않은 채 난 힘차게 일어섰다. 그리고 이대로 창을 깨부수고 갑판에 뛰어들어 선장이나 선원들을 통째로 때려눕히려는 생각에 머리에 피가 쫙 솟구친 그 순간──창밖에서 난 믿을 수 없는 광경을 목격했다.

"아니……."

뱃머리 갑판 끝에 쭉 늘어선 선원들이.

전원.

일제히.

품속에서 꺼낸 큰돈이 든 금화 자루 두 개를 바다를 향해 휙 내던졌다.

그 너무도 의미를 알 수 없는 광경에 우리뿐만 아니라······ 신부처럼 보이는 남자까지 기가 막혀 말을 못 하고 있었다.

모든 금화 자루가 천천히 바닷속으로 가라앉았고, 스카 선장의 "우하하하하하하하!" 하는 변함없이 상스러운 목소리가 배 위에 울려 퍼졌다. 그리고 덩달아 선원들도 껄껄 웃기 시작했다.

우리가 따돌려지고 있는 가운데, 스카 선장은 호쾌하게 웃으면서 말했다.

"2천만 니르 정도 있으면 이 해역에 가라앉은 영령들도 저세상에서 다소나마 맛있는 술을 마실 수 있겠지!"

그 말에 신부처럼 보이는 남자의 밋밋한 얼굴에서 쑥 미소가 사라졌다. 그가 멀리서 보고 있는 우리까지 어렴풋이 한기가 도는 차가운 눈빛으로 선장을 노려봤다.

"······대체 어쩔 작정인가요?"

"어쩔 작정이냐고? 어이, 어이, 너, 무슨 소리를 하는 거야. 우리들은 처음부터 내내 일관적으로 행동했을 텐데. 바보 아냐."

"? 당신들은 돈만 내면 뭐든 한다는 얘기 아니었나요?"

"아? 어이, 착각도 유분수지. 우리는 『돈만 내면』 『뭐든 나르는』 뱃놈이지만, 『뭐든 한다』는 말은 입도 뻥긋한 적이 없어. 그런 일은 뱃놈의 영역이 아니야."

귀를 새끼손가락으로 후비면서 그리 말하는 스카 선장.

신부처럼 보이는 남자는 진심으로 이해가 안 되는 것처럼 물었다.

"그런 말장난은 아무래도 좋아요. 뭣 때문입니까? 왜 일부러 손해를 보는 길을 선택하는 겁니까? 2천만 니르와 새 배를 내팽개칠 이유가 어디에 있나요?"

"하아? 그런 걸 뭘 묻고 그래, 멍청아."

"?"

"아아, 확실히 저 빌어먹을 애송이들이 내는 돈 따위 간에 기별도 안 가는 금액이야. 앞으로 당신네들 때문에 입을 손해까지 생각하면 분명 적자야, 적자. 죽을 맛이야. 정말 눈물 나."

『?』

들으면 들을수록 신부처럼 보이는 남자처럼 우리들 역시 그가 왜 그런 행동을 하는지 이해가 안 됐다.

"하지만 안타깝게도 말이야……."

그러나 스카 선장은……지극히 당연한 말을 하는 것처럼 가슴을 펴고는 당당하게, 그 질문에 대한 답을 딱 잘라 말했다.

"우리 뱃놈한텐, 한번 맡은 손님의 목숨은 겨우 2천만 니르 따위로 내줄 정도로 싸지 않아."

『＿＿＿＿＿＿＿＿＿＿＿＿.』

"우하하하하하하하하하하! 이 멍청한 녀석들아! 2천만 니르가 바다에 던져지는 기분이 어때! 바다를 살인의 도구로 쓴 죗값치곤 아직 싸게 먹힌 것 같은데!"

스카 선장의 말을 들은 선원들 역시 껄껄 진짜 우습다는 듯 웃었다.

우리는 저도 모르게 말을 잃었다. ……뭐지. 가슴속이. 스멀스멀 뜨거워져. ……이 선장은……이 사람들은 자칫 했다간 자신들의 목숨마저 위험할 텐데……이런…….

"알겠습니다. 그럼, 당신들을 태운 채로 배를 침몰시키지요."

담담하게 선전포고를 하는 신부 남자. 어지러울 정도로 변하는 상황에 우리는 제대로 대응도 못한 채 그만 멍하니 꼼짝 않고 서 있었다. 하지만 스카 선장은……처음부터 알았는지, 히죽 조타실로 돌아보며 크게 소리쳤다.

"거기, 빌어먹을 애송이들! 이제부터 뒤는 너희들이 맡아서 해!"

"……아니, 어?"

갑작스런 말에 당황하며 눈을 끔뻑대는 우리에게.

선장은 호쾌하게 웃으면서 요구했다.

"뭐 하는 놈들인지 모르겠지만, 너희들 무시무시하게 세잖아? 그리고 이 민폐덩어리 신부 비스무리한 녀석들은 너희들의 적이야! 그럼, 할 일은 물을 것도 없이 딱 하나지! 제대로 책임지고……이 녀석들 전부 때려눕히고 와!"

"헉!"

"어이, 어이, 이거 실화냐, 왜 이단심문관들과 바다에서 싸워야 되는데……."

팔디오가 투덜투덜 우는 소리를 하며 일어섰다. 루우, 사부, 레이아 누나, 후긴 씨도 다시 온몸에 활력을 실으며 일어서는 가운데.

아직 한 사람, 마음이 따라가지 못해 움직이지 못하는 내게……스카 선장은 갑판에 설치된 전성관으로 달려가더니, 다짐을 받아내듯 어처구니없이 큰소리로 외쳤다.

"그 대신 이 배는 어떤 공격을 받더라도 이 내가……우리가 침몰하게 두지 않을 거야! 프로를 믿으라고, 뱃놈을 우습게 보는 빌어먹을 애송이 녀석아!"

그, 내 등을 거칠게 두들겨 패는 듯한 말에.

나는……나도 다시 전성관을 향해 힘껏 대답했다.

"시끄러! 우리한테 걸리면 저런 얍삽한 살인집단 따위, 누워서 떡 먹기보다 쉬워! 이 낡아빠진 배를 절대로 침몰시키진 않을 테니까! 그, 그쪽이야말로 식당에서 맛있는 피클이라도 먹고 있어! 바—보, 바—보!"

내 말에 히죽 웃는 스카 선장의 얼굴은……지금까지 본 적이 없을 정도로 얄미웠다.

제5장 탁상 위의 자이언트·킬링

후긴 · 스크류

"(좋아! 정말 좋아! 어쩜 이리도 멋질까!)."

뒤쪽 갑판을 목표로 선내 복도를 빠져 나가면서 후긴은―――마인 · 뮤토는 현재 환희로 몸을 떨고 있었다.

입가에 번지는 사악한 미소가 아무리 해도 억제가 안 됐다.

후긴 · 스크류라는 '강하고 성실하지만 살짝 허당기가 있는 신검기사단 첩보부'를 연기할 땐, 절대로 나오면 안 되는 표정. 그건 뮤토도 너무 잘 알고 있는 일이었고, 실제로 지금까지 뮤토가 틈을 보인 적은 한 번도 없었다.

하지만 그런 그녀라도 지금만큼은……이 너무도 즐거워 미칠 것 같은 상황 아래선 본래의 자신을 억누르기가 너무 힘들었다.

"(심심풀이로 좀 가지고 놀려고 용사 일당과 합류했더니만 바로 이 트러블! 살짝 얘기만 했는데도 잇달아 제각기 『죄책감의 불씨』를 안고 있는 게 언뜻언뜻 보여서 계속 흥분되더니만, 배신당하지 않을까 눈은 시뻘겋지, 좀처럼 보기 드문 적까지 등장하지……)."

마침내 가슴속이 근질근질해 미칠 지경에 이른 뮤토는 엉겁결에 한순간 변신을 풀고 본래의 그녀 모습으로 돌아와선 팔을 쫙 벌린 채 황홀한 표정으로 외쳤다.

"아앗, 빨리 사냥하고 싶다아아"♪

특히 조금 전 토오루와 선장 일행이 '신뢰관계를 구축한' 대목은 최고였다.

"(후훗, 지금 선원 몇몇을 이단심문관이 한 것처럼 위장해서 죽이면 선장도 토오루 군도 자신들의 경솔한 판단을 한탄해주겠지? 분명 후회로 가득 찬 얼굴을 보여줄 거야. ......아아!)."

너무도 달콤한 유혹의 소용돌이에 빠져 뮤토는 저도 모르게 몸을 뒤틀었다.

그대로 달려가자 언제 배로 돌아왔는지 갑자기 뒤쪽 갑판으로 이어지는 문 바로 앞에, 선원 하나가 걸어가고 있는 게 보였다.

뮤토는 한 번 혀를 날름 핥고는 즉시 자신의 '능력'을 사용해 후긴의 모습으로 변신했다. 그리고 사람 목을 한순간에 칠 수 있을 만큼의 힘을 수도(手刀)에 싣고는 그대로 그의 뒤에서———.

"수고 많으세요."

"어?"

————————탁, 그저 가볍게 어깨에 손을 얹기만 하고는 그 옆을 지나갔다.

놀란 기색의 선원이 뒤에서 허둥지둥 말을 건넸다.

"아, 조, 조심하세요! 뒤쪽 갑판에 벌써 적이 하나 올라 탔습니다!"

"알겠습니다. 거친 일은 나한테 맡기고 여러분은 배를 신경 써주세요."

뮤토는 후긴의 얼굴을 한 채 돌아봤다. 그리고 상냥하게 웃으며 선원을 안심시킨 뒤, 한 번 숨을 가다듬는 것처럼 뒤쪽 갑판으로 이어지는 문 앞에 멈춰 섰다.

선원이 부산을 떨며 사라지는 기척을 등 뒤로 느끼면서 뮤토는 크게 숨을 내쉬었다.

"(위험해, 위험해, 감질나게 찔금찔금 맛보면 안 되지. 뮤토 짱. 반————성. 분명 재미있는 기회지만 지금은 아직 베스트 타이밍이 아니잖아)."

뮤토는 그대로 격렬한 욕구가 진정되기를 기다렸다. 그런 다음 다시 '후긴'의 가면을 마음속으로도 단단히 다시 쓴 후, '지금 해야 할 일'을 하려고 문을 열었다.

————그러자.

"크하하하하하! 가라앉거라, 가라앉거라, 가라앉거라, 가라앉거라아아아아아아아아아아아!"

"…………."

뒤쪽 갑판으로 나온 후긴 앞엔 양손에 거대한 얼음덩어

리를 휘감은 금발 남자가 아주 즐거워 죽겠다는 표정으로 갑판 바닥의 나무판을 휙휙 던지고 있었다. 조금 전 조타실 유리창 너머로 본 남자처럼 불길한 신부복을 입고 있지만 인상은 많이 달랐다.

후긴은 저도 모르게 맙소사, 이게 뭐야, 하며 한숨을 쉬었다.

"(빗나갔나, 이쪽은……. 진짜 엉망이네…….)"

자신이 '담당할 적'이 생각한 것보다 더 불쾌한 녀석처럼 보여, 뮤토는 엉겁결에 어깨를 떨구었다.

이마에 손을 짚고는 이 작전을 직접 제안했을 때의 일을 떠올렸다.

"(적이 사방에서 닥쳐올 거라는 소리에 우리도 전력을 분산해야 한다고 제안. 나 혼자 움직이기 쉽게 작전을 짠 것까진 좋았는데……아──아, 나의……후긴의 담당은 이 녀석인가)."

조금 전에 막 반성한 참이었는데, 저도 모르게 후긴의 얼굴을 한 채 낙담한 표정을 짓고 말았다.

그러자 얼음덩어리를 두른 금발 남자───이단심문관은 후긴을 주시하며 씨익 웃었다.

"드디어 내 먹잇감이 행차하신 건가! 기다렸다, 위대하신 용사 일당이여! 크하핫! 자아, 용사이냐 얼뜨기 최강 여기사냐 금기마법을 쓰는 녀석이냐, 누가 나올──."

"…………."

"……아?"

그런데 거기서 그는 뮤토를……후긴을 다시 빙 둘러보더니 노골적으로 태도가 급변했다.

"뭐야, 첩보부의 곱상한 녀석 아냐! 너무 생뚱맞은 녀석이 왔잖아! 빌어먹을!"

"(내가 할 말이거든)."

뮤토는 그리 낙담하면서도 그러나 한 가지 마음에 걸리는 일이 있어 질문으로 응수했다.

"그런데 너희들 이단심문관은 말이야. 교회에서 나……후긴·스크류에 대한 중대한 연락 같은 거 못 받았어?"

"아? 너 같은 녀석에 대한 연락? 크하핫! 그런 하찮은 연락, 받았을 리 없잖아! 우리들 넷은 정예 중의 정예인 독립부대라고! 임무 중엔 어쨌든 멋대로 하는 게 우리 스타일이거든!"

"……아아, 그렇군요. ……과연."

이러면 교회와는 조금 거리를 두고 운용되는 조직이겠군, 하며 후긴은 이상하게 납득해버렸다.

"(하지만 덕분에 그들이 내 정체를 용사 일행한테 말할 일은 없겠어. 뭐, 딱히 언제 들켜도 상관은 없지만 말이야)."

그래도 후긴이라는 가면이 있으면 아직 이렇게 같이 다니며 재미있게 지낼 수 있으니까, 들키지 않는 게 상책이다. 저도 모르게 신바람이 나 웃고 있는데, 그걸 여유라 생각했는지 금발의 얼음덩어리 남자는 살짝 발끈하며 후긴을 향해 공격 자세를 취했다.

"어이, 너. 이 『빙괴 펭』 님을 앞에 두고 사람 너무 우습게 대하는 거 아냐, 어어?"

"……빙괴……뭐? 뭡니까, 그게. 그 자기소개 제정신으로 하는 거예요?"

너무 바보 같은 자기소개를 듣고 후긴은 저도 모르게 깜짝 놀라 되묻고 말았다. 그 말에 금발 빙괴 남자———펭은 바짝 약이 오른 것처럼 세차게 갑판에 얼음을 때려 박으며 큰 구멍을 냈다.

"어이, 어이, 첩보부 후긴 씨. 너무 까불다간 물에 빠져 죽는 것보다 훨씬 아프고 고통스럽게 죽게 될———."

"아아, 죄송해요, 너무 거기 부수지 말아주실래요? 빙괴 거시기 씨. 아니, 어쨌거나 지금은 뒤쪽 갑판을 맡고 있는 터라. 제 평가가 현저히 떨어지는 건 살짝 곤란해요."

"……죽여버릴 테다!"

후긴이 변함없이 여유 만만한 태도를 보이자 드디어 불같이 화가 난 펭. 그는 주먹을 휘감고 있는 얼음덩어리를 두 단계 정도 작게, 사람을 상대할 수 있을 만한 크기로 바꾸더니 확 덤벼들었다.

"(……맙소사)."

하는 수 없이 후긴은 '사람을 죽이지 않을 정도로 적당히' 단련해둔 격투술로 맞서며 다가오는 빙괴의 주먹을 왼손으로 가볍게 받아넘겨———.

"———헉?!"

———피한 것까진 좋았는데 직후 손가락 끝에 날카로운 통증이 느껴져, 순간적으로 확 뛰어올라 적에게서 멀어졌다. 그리고 다시 자신의 왼손을 확인해보니…….

"(……얼어붙기 시작했어?)."

손가락 끝에서 격렬한 통증과 함께 터무니없는 기세로 동상이 생기고 있었다. 보고 있는 사이에도 손목까지 얼어붙더니 그대로 팔꿈치, 그리고 팔꿈치 위까지———.

"…………제기랄."

———올라온 참에 후긴은 조금도 주저하지 않고, 냉정하게, 오른손 수도(手刀)를 내리쳐 직접 왼쪽 어깨를 잘라냈다. 갑판에 떨어진 왼쪽 팔은 다시금 뚝 팔꿈치 부분이 부러졌다.

그 광경에 펭이 "휘이이" 하고 갈채를 보냈다.

"오우, 오우, 엄청난 결단력이야, 형씨! 역시 첩보부다 이거지? 대부분의 녀석들은 일격에 결판이 나는데!"

"……이것도 마법의 일종인가요?"

발아래에서 산산이 부서진 자신의 왼팔을 보면서 후긴은 표정 하나 바꾸지 않은 채 물었다. 펭은 그 모습에 한순간 멈칫했지만 바로 껄껄 웃으며 응답했다.

"그래! 그게 바로 내 《오버로드》의 특성인 《절대빙결》이지!"

"? 오버로드?"

전혀 귀에 익지 않는 단어에 고개를 갸웃하는 후긴. 특별히 설명을 기대한 것도 아닌데, 펭은 으스대는 걸 좋아하는 모양으로 껄껄 웃으며 신나게 이야기를 늘어놓기 시작했다.

"아아! 날스 의료연구와 룬헤임 마법연구를 바탕으로 교회가 비밀리에 독자적으로 연구하고 개발해온 마법기술이 이 《오버로드》다! 어릴 때부터 특정 속성마법에 계속 노출시켜서, 마법특성을 극한까지 한쪽으로 쏠리게 하는 거지. 그럼, 일반적으론 평생 수행을 해야만 도달할 수 있는 속성마법을 자기 《능력》의 일환으로 몸에 새겨 넣을 수 있어! 그게 바로 《오버로드》! 우리들 선택된 존재만이 쓸 수 있는, 장황한 주문이 필요 없는 최강의 마법인 거라고! 으하하하하!"

"허어, 그거 정말 흥미진진해! 처음 듣는 마법이야!"

"……아?"

설명을 듣자마자 웃는 후긴을 보고 펭은 얼굴을 찌푸렸다.

"그런데 그 기술은 현재 어느 정도 연구가 진행된 거야? 이미 누구나 습득할 수 있는 레벨인 거야?"

"조금 전부터 얘기했잖아. 이건 『선택된 존재』만이 쓸 수 있는 마법이라고! 《오버로드》 습득실험에 노출된 아이들은 90% 이상의 확률로———죽어!"

그리 말하면서 후긴에게 다시 주먹을 휘두르는 펭. 역시 암살 임무의 전문가, 아둔한 말과 행동과는 딴판으로 그 움직임은 정말 세련됐지만……그러나.

후긴은 쭈르르 미끄러지듯 얼음 주먹을 피하더니 그대로 지극히 유려한 움직임으로 펭의 가슴을 오른쪽 손바닥으로 내리쳤다.

"……크하?!"

무시무시한 기세로 뒤로 날아가면서도 그 자리에서 안간힘을 다해 갑판에 발을 디디고 서는 펭. 가슴을 누른 채입가에 피를 뚝뚝 흘리면서 후긴을 노려봤다.

"……네 이 녀석, 정체가 뭐야아? 이거 왼팔을 잃은 녀석이긴커녕 애초에 인간이 할 수 있는 움직임이 아니야!"

"……아……."

재미있는 마법을 눈앞에서 보는 바람에 흥분해 살짝 도를 넘어버렸나? 후긴은 후회했지만 이미 엎질러진 물이었다. 바보는 바보라도 역시 이단심문관답게 번쩍이는 그의 눈빛을 보니 이미 후긴을 '평범한 인간'으로 보는 것 같지 않았다.

후긴은 벅벅 머리를 긁적이며 최선책을 강구해봤지만……결국은 '이렇게 되면 후딱 쓰러뜨려 입막음을 하는 게 낫겠다' 싶어 필요 이상으로 둘러대지 않기로 했다.

지금 당장은 우선———.

"으……읏샤."

"헉———."

지금까지 의도적으로 억제해왔던 '마물의 재생기구'를 강하게 활성화시키면서 동시에 자신의 독자적인 '능력'도응용해 왼팔의 재생을 시도해봤다.

어깻죽지에서 출혈이 멈춤과 동시에 빛 입자가 부글부글 상처자리에서 샘솟듯 나와 앞으로 뻗어 나가더니…… 왼팔을, 심지어는 사라졌던 옷까지 재생시켰다.

어안이 벙벙해 있는 펭 앞에서 후긴은 재생한 왼팔을 몇 번인가 접었다 폈다 하더니 엉겁결에 "으음", 심란해하며 신음 소리를 냈다.

"생각한 대로 역시 게인 정도의 능력은 무리인가. 겉으론 상처가 나은 것 같지만, 이러면 임시로 꿰맨 거나 다름없잖아……. 뭐, 지금은 이걸로 충분한가."

"너, 넌……대체……."

"음? 아아, 미안 미안, 까먹고 있었어. 딱히 지금 공격해도 괜찮았는데. 살해 전담반을 자칭하는 거에 비해 의외로 안이하네, 너."

"아니……."

후긴은 거기서 한 박자 쉬고 나서, 그리고———이제 손톱만큼의 인간성도 느껴지지 않는, 너무도 아름다운 미소와 함께 지극히 밝은 분위기로 말했다.

"다음에 공격해 왔으면 너는 죽은 몸이었는데 말이야."

"이, 이 녀석……."

"이런, 아, 아니 죽이면 안 되는 건가! 맞다, 맞아, 상대가 송사리면 나중 일을 생각해 할 수 있으면 포박하라고 팔디오 군이 말했었지! 와, 귀찮아! 뮤토 쨩이 작정하고 싸우면 한순간이지만, 지금은 후긴을 연기하는 중이라서 말이야, 음, 어떻게 할까, 이 송사리. 사람 곤란하게 하는 송사리네."

"까불······고 있어어어어어어어어어어어어어어어!"

"? 어머? 왜 그래? 왜 갑자기 열폭하고 난리야? 너, 의외로 귀찮거든요."

격앙돼 갑자기 발아래에서 보랏빛 마법진을 등장시키며 으르렁거리기 시작하는 펭. 그 모습을 보고는 그저 놀라 멍하니 고개를 갸웃하는 후긴.

그러는 사이에 어느새 펭은 주먹뿐만 아니라 자신의 몸 전체를 울툭불툭한 얼음 갑옷으로 덮기 시작했다.

"오, 재미있어, 재미있어, 좋은데, 음."

짝짝 박수를 치는 여유 만만한 후긴을 보며 어쩐지 새 마법을 발동시켜 몹시 만족스런 기색인 펭이 다시 멍청하게 웃는다.

"으하하하하하! 네 녀석 정체가 뭐든 이제 관계없어! 우리가 이 《오버로드》의 결정판인 《아이시클 아머》를 발동해 버리면 이제 끝이야! 이 갑옷은 닿는 모든 걸 꽁꽁 얼어붙게 만드는 절대무적의 갑옷! 어떤 마법도, 무기도, 우리한텐 안 통해! 으하핫! 네 녀석은 이제 끝이다아아아아아아!"

실제로 그의 말은 사실인 듯, 얼음 갑옷에 둘러싸인 그가 앞으로 한 발을 내디딜 때마다 갑판도 같이 얼어붙어 나갔다.

그 광경을 멍하니 지켜보던 후긴은⋯⋯진심으로 시시하다는 듯 입을 열었다.

"그래서?"

"하?"

"아니, 그래서. ⋯⋯혹시 그걸로 끝?"

"⋯⋯크크크! 얼음 갑옷을 걸친 내 몸이 방어에만 특화돼 있어, 전투속도가 떨어질 거라 생각했다면 큰 오산이다! 잘 보거라!"

그리 소리치며 나무 바닥을 발로 차더니 맹렬한 속도로 후긴을 향해 다가오는 펭.

"이 갑옷은 지극히 가벼운 데다 또한 장착한 사람의 신체 능력을 배 이상으로 만들어주거든! 이걸로 네 녀석은 이제 속수무책으로――."

"아아, 음, 아 그래, 엄청나구나. ⋯⋯너, 이제 그만해."

"아――."

그리 말하며 후긴은 그의 공격을 피한 뒤 아주 쉽게 그의 품속으로 파고들더니.

그리고 펭의 몸 구석구석에 눈에도 안 보일 정도로 신속한 공격을 연거푸 때려 부어――눈 깜짝할 사이 그의 주먹이 꽁꽁 얼기도 전에 얼음 갑옷을 전부 깨부쉈다.

"우억――?!"

잘게 부서진 얼음 파편이 반짝반짝 빛나며 날리는 가운데, 채 1초도 안 돼 도합 98번의 통렬한 타박상을 몸에 입은 펭은 부러져 굽은 코에서 솟구치는 피를 온 천지에 뿌리면서도 천천히 갑판 위로 떨어졌다.

뒤늦게 생각이 난 것처럼 입에서도 성대한 피를 쏟으면서도 소스라치게 놀라 눈이 동그래진 펭의 눈앞에서.

후긴으로 말할 것 같으면⋯⋯담담하게. 그냥 하던 일을 계속 하는 것처럼 얼어붙기 시작한 자신의 양 손목을 잘라냈다.

펭은 이가 우수수 떨어져나간 입에서 간신히 잠긴 목소리를 쥐어 짜냈다.

"⋯⋯어찌 이런 일이⋯⋯이 갑옷은 사람의 주먹으로 깨부술 수 있는 게⋯⋯."

"어머? 아직도 날 인간이라 생각했던 거야? 너, 생각한 것보다 우둔한 인간이네."

"⋯⋯크⋯⋯."

후긴은 온 신경을 모아 자신의 양 손목을 '겉모습만' 재생시키고는 하아, 하고 한숨을 쉬었다.

"아니, 이게 가장 손쉬운 방법 같아 이 어기지 전략을 썼는데⋯⋯실패였나. 평범하게 《미스트》를 썼으면 부상 없이 갈 수도 있었겠지만⋯⋯뭐, 그 방법도 시시해서 말이야. 하지만 덕분에 한동안은 후긴의 몸으론 제대로 된 격투술은 구사할 수 없을 것 같네━━━웃."

거기까지 말한 참에 후긴은 발아래 갑판이, 갑옷 파편들이 떨어진 자리를 중심으로 얼어붙기 시작하는 걸 깨닫고는 흠칫 놀란다.

펭은 껄껄 기분 나쁘게 웃는다.

"크하핫! 네 녀석이 초래한 참상이야, 후긴 씨! 그 갑옷은 설령 산산이 부서진다 해도 한동안은 마법효과가 남거든! 아이쿠, 그렇다고 이제 와서 날 죽여도 소용없다고? 하핫, 배의 중요한 기관까지 꽁꽁 얼어붙게 만들고 싶지 않으면 하나하나 바다에라도 냅다 차 던지든지!"

"⋯⋯그건 내 발목을 잡을 작정으로 하는 말이야?"

아이구 용쓰네, 싶어 탄식하는 후긴에게 펭은 극심하게 피를 토하면서도 말을 이었다.

"말해두지만, 다른 이단심문관 세 사람은 분하지만 전부 나보다 한수 위야. 네 녀석 같은 이단 괴물 병기가 이곳에서 발목이 잡혀 있는 지금⋯⋯역시 우리의 승리는 이제 확고하다고———."

"? 무슨 소리를 하는 거야, 네 녀석은? 뮤토 짱 몸으로 작정하고 덤비는 거면 또 몰라도⋯⋯이 후긴 같은 녀석을 괴물 병기로 평가하다니, 제정신이야?"

"? 무슨 소리를⋯⋯."

정신을 잃어가면서도 어떻게든 엎드려 있으려고 기를 쓰는 펭에게.

후긴은 히죽, 진심 불길하지만 환희로 물든 미소를 지으면서 딱 잘라 말했다.

"진짜 괴물은 말이야. 내가 아니라 다른 갑판을 방위하려고 간 멤버인데?"

토오루 · 미카미

"———이 꼬마가 우쭐해져서 까불고 있구나! 좋아! 이제 놀 시간은 지났다!"

"……하아."

후긴이 펭을 격파한 바로 그 시각. 뇨르드 호의 우현 갑판에서.

노령의 이단심문관과 대치하던 토오루 · 미카미는 어깨에 태운 사역마를 쓰다듬으면서 멍하니 응답했다.

노인은 얄팍한 가슴을 척 뒤로 젖힌 채 토오루를 노려봤다.

"지금까지 선보인 수류(水流)계통 마법 공격은 그저 여흥에 지나지 않으리라! 이 나, 기미르의 진짜 별명은《수류의 기미르》가 아니라《수룡의 기미르》! 놀라 자빠질 나의 진짜 힘,《오버로드》를 보고도 여전히 그런 여유로운 태도를 취할 수———."

"아, 저기, 슬슬 적당히 항복해주시면 안 될까요? 아무리 악인이라도 역시 할아버지를 공격하는 건 꺼림칙해서……."

노인의 말을 끊으며 토오루가 끼어들었다.

손자뻘쯤 되는 소년의 입에서 나온 '약자'를 동정하는 듯한 제안에……기미르는 백발을 쥐어뜯으며 격앙했다.

"난 아직 작정하고 싸우지 않았다고 말하잖아! 꼬마야, 내 말을 듣고 있는 게냐!"

"저기, 루우. 후긴 씨가 맡은 뒤쪽 갑판, 도와주러 가는 게 좋을까?"

"아아, 그건 걱정 안 해도 될 것 같습니다요, 주인님! 그는 저리 보여도 대인전은 상당히 강하니까요!"

"그렇지. 그렇다면 여기 끝나면 다음은———."

"그러니까 사람 말을 들으라고 하잖느냐!"

그리 외치면서 기미르는 발아래에서 보랏빛 마법진을 꺼냈다. 드디어 진짜 힘《오버로드》라나 뭐라나 하는 게 구현될 것으로 보이는 단계에 이르러서도 여전히———.

———토오루와 루우는 그의 일 따위 전혀 안중에도 없는 듯 '다음 이야기'를 하고 있었다.

"그렇다면 여기 끝나면……배 안쪽을 도와주러 갈까, 루우."

"그게 좋겠군요. 이단심문관이라는 사람들이 전부 다 이 정도라면 어느 전투든 특별히 문제는 없을 테니까요."

"……이 녀석들……!"

화가 나 이마에 시퍼런 핏줄이 선 기미르가 극한까지 정신력을 쥐어 짜내더니 허공에 오른손을 치켜들고……크게 외쳤다!

"모습을 드러내거라! 수룡 《파프니르》!"

다음 순간 뇨르드 호의 아득히 먼 상공에서 거대한 마법진이 나타나는가 싶더니, 마법진 한가운데에 있는 반짝이는 문에서······뇨르드 호보다도 거대한 남색의 드래곤이 그 모습을 드러냈다.

그 너무도 터무니없는, 상상의 세계에나 있을 법한 존재의 등장에 토오루와 루우는————.

『오오! 멋있다! (멋있습니다요!).』

"대체 어디까지 위기감이 모자란 게냐, 네 녀석들은! 어린애냐! ······아니, 어린애 맞구먼! 아무튼 좀 더 목숨을 걸고 싸운다는 자각을 가지거라!"

분노를 넘어 이제 반쯤 어이없어하며 기미르가 외쳤다. 토오루와 루우가 서로 얼굴을 쳐다보는 가운데······다시금 근처 벽에 달린 돌출된 전성관에서 당황한 듯한 스카 선장의 고함소리가 새어 나왔다.

"어이어이어이어이어이어이! 뭔가 엄청난 게 오고 있어, 꼬맹이! 어쩌려고 치명적인 공격을 허용한 거야, 아앙?!"

그의 말에 어깨를 움츠리면서 전성관으로 다가간 토오루는 지극히 냉정하게 대답했다.

"저건 팔디오의 실책이에요."

"태연하게 거짓말하는 거 아니다, 꼬맹이! 전성관을 통해 네 녀석들이 주고받는 말은 조타실로 돌아온 우리한테 전부 들렸거든! 분명히 네 녀석이 맡은 영감이 쓴 마법이 잖아, 저건! 여유 부리다 한 방 먹은 거 아냐, 아앙?!"

"……그, 그치만 할아버지가 순순히 항복을 안 해서……."

촉촉이 젖은 눈으로 기미르를 보는 토오루. 기미르는 무슨 일인지 한순간 "그거 미안하게 됐네……" 하고 사과를 했지만, 바로 화들짝 놀라며 정신을 차리고선 큰소리로 외쳤다.

"크하하! 이미 이 배는 끝이니라! 나의 수룡 《파프니르》가 쏘는 필살의 일격 《파섬수》는 우리가 다루는 《오버로드》 중에서도 최대의 국소 화력을 자랑하는 최강의 마법공격! 이 배에 커다란 바람구멍을 뚫는 정도는 식은 죽 먹이야! 그리고 무엇보다……!"

씨익 대범하게 웃으며 토오루를 응시하는 기미르.

"용사여! 나의 《오버로드》야말로 너희들의 약점이기도 하느니라! 분명 용사의 신체능력은 경이적이지만, 그게 다지 않느냐! 아득히 먼 상공에 있는 내 수룡을 쏠 수단은 없다!"

"……끙."

"설령 교전을 할 수 있다 치더라도 우리 《오버로드》가 만들어낸 수룡은 드래곤 중에서도 최강 중의 하나라 할 수 있는 병기! 예전 《슈·로커》 때 우리 수룡보다 훨씬 격이 떨어지는 독룡한테도 밀렸을 정도의 전투력으론, 전혀 승산이———."

"루우."

"넵."

기미르의 말을 완전히 무시하고 토오루는 사역마에게 말을 걸었다.

그러자 루우는 토오루의 어깨에서 내려와 빙글빙글 몸을 회전시키기 시작했다.

"《고요한 달의 노래》!"

기술 이름을 외치면서 완전히 원형으로 변하더니 툭 갑판에 굴러 떨어지는 루우.

의미를 알 수 없어 기미르가 눈을 깜빡거리는 가운데.

토오루는 실로 담담하게 "간다"라는 말만 딱 건네더니…….

다음 순간 자기 사역마를 용사의 압도적인 다리 힘으로 힘껏 밟아 눌렀다.

"뭣———."

갑작스런 용사의 악행을 보고 기미르는 말문이 막혔다. 하지만 털뭉치는 뭉개지지도 않은 채 기이할 정도로 납작하게 쭉 늘어나더니———이번엔 무서울 정도의 탄력을 가지고 용사의 발을 되받아쳤다.

"———————————설마!"

기미르가 두 사람의 작전을 알아차리고는 허둥지둥 하늘을 올려다봤다.

맹렬한 속도로 우현 갑판에서 아득히 먼 상공으로 쏘아 올려진 토오루는 총알처럼 빠르게 수룡 《파프니르》를 향해 직진———.

———이어서 그 작지만 절대적인 위력을 가진 '용사의 주먹'을, 수룡의 배를 향해 깊숙이 박아 넣었다.

"크아……?!"

"파프니르?!"

용사의 일격을 정면으로 복부에 맞고는 거대한 몸이 반으로 접히듯 꼬꾸라지며, 이미 의식이 거의 훅 사라져버린 듯한 수룡. 그건 자만의 필살기 《파섬수》라나 뭐라나 하는 것의 '파'자도 보이지 않는 사이에 가해진 너무도 무자비한 날쌘 기술.

전혀 생각지도 못한 사태에 기미르가 그저 말없이 눈만 동그랗게 뜨고 있는 가운데.

토오루는 손을 늦추지 않고 다시금 재빨리 다음 공격을 시작했다.

"이얏, 차."

그는 아득히 먼 상공에서 정말 요령 좋게 수룡의 발톱을 발판 삼아 도약하더니 거대한 날개의 가장자리까지 날아갔다. 그리고 이번엔 날개 끝을 두 손으로 잡더니 휙 곡예를 부리듯 날아 용의 등 위에 올라탔다.

한순간도 지체되지 않고 이어지는 세련된 움직임.

그리고 진짜 경탄할 만한 일은 이 일련의 동작이 정말

채 3초도 되지 않는 사이에 행해졌다는 것이다.

"분명 이걸로 대인설정 해제……였지."

토오루는 허리춤에서 묠니르 로드를 꺼내 자루 부분의 조작을 마치더니, 용의 등에서 가볍게 도약했다. 그리고 막대를 높이 치켜들더니…….

"……얏!"

한순간 어스레한 새벽하늘이 눈부신 노란빛으로 물들 정도로 강한 전기 충격을, 수룡의 거대한 몸을 향해 내뿜었다!

"……."

타닥타닥 타들어가면서 천천히 떨어지기 시작하는 최강의 수룡 《파프니르》를……기미르는 이제 거의 눈물이 그렁그렁한 눈으로 지켜봤다.

그러나……그래도 여전히 토오루는 공격을 멈추지 않았다.

언제 이동했는지 머리 뿔을 잡고 같이 떨어지고 있던 토오루는 상공에서 갑판 곳곳을 빠르게 훑어본 뒤 살짝 미안해하며 수룡에게 전했다.

"미안해, 이대로 떨어지면 좀 곤란할 것 같아."

그리 전하면서 동시에 뿔을 기둥 삼아 빙글 몸을 회전시킨 토오루는 배에 떨어지기 직전에 용의 머리통을 통렬하게 차 날렸다! 그 결과…….

"아……."

수룡의 거대한 몸은 뇨르드 호 앞쪽으로 휙 날아가는가 싶더니만 그대로 물수제비처럼 해면 위를 통통 튀면서 수평선 저 너머까지 날아가 버렸다.

너무도 싱겁게 끝난, 그래서 더욱 완벽하게 사정없이 뭉개버렸다고 할 수 있는 결말.

"……어, ……어어……어처구니……없는……나의……《오버로드》가……이런…….."

한때는 교회 최강이라고까지 칭송받던 수룡《파프니르》가 잔챙이 취급받는, 금방은 믿기 어려운 광경을 본 기미르는 깜짝 놀라며 그 자리에서 무릎을 꿇고는 맥없이 쓰러졌다.

조금 뒤에 우현 갑판으로 돌아온 토오루는 정신을 못 차릴 정도로 우울해진 노인을 보고는 루우와 난처해하며 서로의 얼굴을 쳐다봤다.

"뭔가……나쁜 짓을 해버렸나?"

"그러게요. 묘하게 자신만은 있었던 것 같았는데 말이지요."

"뭐, 분명 대단하긴 대단했는데…….."

"맞습니다요. 사람으로서 강한지 약한지를 따지면 강한 건데…….."

"응, 아까 들은 것처럼 분명 이 세계에 막 왔을 때의 나였다면, 엄청 고전했을 거야…….."

거기까지 말하고 나서 토오루는 가련한 노령의 이단심

문관에게 시선을 돌리더니……불쑥 중얼거렸다.

"《슈·로커》나 《마인》이나 《천 개의 마물을 몸에 지닌 인간》 같은, 상상을 초월하는 적들하고만 줄곧 사투를 벌여온 우리의 학습능력……너무 얕보면 곤란해."

"맞습니다요."

나 참, 하며 어깨를 움츠리는 토오루와 루우. 둘이서 이제 어떻게 하지, 라는 생각을 하고 있는데 다시 전성관에서 선장의 목소리가 날아들었다.

"오우, 아무래도 우현 갑판에 올라탔던 적을 무력화시키는 데 성공한 것 같군."

"아, 네. 왠지 아마도 이 할아버지, 한동안 마법을 못 쓸 것 같아요. 누구 하나, 줄이라도 가져와 묶어줄래요?"

"알겠어. 그럼, 너희들은 그대로 좌현 갑판을 도와주러 가줘."

스카 선장의 그 말에 토오루와 루우는 눈을 깜빡거렸다.

"좌현 갑판? 왜?"

"왜라니……어이어이, 저쪽은 아가씨 혼자라고? 어쩐지 각 장소의 이야기를 들어본 결과 좌현은 위험한 마법을 쓰는 이단심문관이 있는 것 같으니까 도울 거면 우선―――."

선장의 그 말에 토오루와 루우는 저도 모르게 뿜고 말았다.

전성관 너머에서 의아해하며 입을 다물고 있는 스카 선

장을 향해.

토오루는 한바탕 웃고 나서……너무 웃겨서 눈가에 고인 눈물을 닦으며 전성관을 향해 대답했다.

"지금 이 배에서 가장 『도움』이 필요 없는 곳이라 생각해요. 사부가 있는 좌현 갑판은 말이지요."

세실리아 · 시빌

"거짓말……이지……?"

뇨르드 호의 신참내기 선원 원드 · 세밍은 좌현 갑판에서 펼쳐지는 너무도 기가 막힌 광경에, 저도 모르게 숨을 삼키며 꼼짝 못 하고 있었다.

……그곳이 현재 뇨르드 호의 최대 격전지일 거라는 얘기는 미리 들었다.

실제로 습격이 시작되고 나서도 여전히 얼마간은 적과의 대화가 전성관을 통해 선내에 들렸던 다른 갑판과는 달리, 좌현 갑판의 전성관에선 항상 격렬한 전투 소리만 계속 울려 퍼졌다.

그러던 중에도 어쨌거나 적이 란이라는 이름의 여성이라는 것과 그 《오버로드》가 《굴욕의 군단》이라는 명백히 불길한 이름의 마법인 것만은 겨우 판명됐지만, 그 이외의 상황은 일절 불명.

종내엔 무슨 일인지 선체의 중심이 그녀들이 싸우는 좌현 갑판으로 기울고 있다……는 국면에 접어든 참에, 드디어 손이 비게 된 윈드가 상황확인을 위해 어쩌다 파견된 것이다.

"……아니 이런……이게 무슨…….."

사전 정보를 바탕으로 처참하고 비참한 전투상황을 충분히 각오하고 왔을 터인 윈드라도.

역시 이 정도의 광경이 펼쳐질 줄은 상상도 못했다.

"………….."

윈드가 찾아온 현재 좌현 갑판은 무서울 만치 고요했다.

전성관에서 울리던 격렬한 전투 소리는 이제 그곳에선 더 이상 들을 수 없었는데, 그것이야말로 무자비하게도 상황이 종료됐음을 말해주고 있었다.

"(그건 그렇고 그 여자, 대단한 실력자야)."

어젯밤 술자리에서 선장이 여기사를 그렇게 평가한 걸 떠올렸다.

여전히 거친 뱃사람처럼 구는 게 서툰 윈드 눈엔 아무리 봐도 세실리아·시빌은 가냘프고 우아한, 그저 아름답기만 한 여자로밖에 비치지 않았고 그래서 더 좌현 갑판을 방위하러 갔다는 말을 들었을 땐 진심으로 불길한 예감이 들었다. 비참한 꼴을 당하진 않을까 하고.

결국 그 예상은 멋지게 적중하고 말았다.

"아아……세실리아 씨……이런…….."

비틀비틀 좌현 갑판에 발을 내디디는 윈드. 그를 본 여성 이단심문관 란이 씨익 일그러진 미소를 지었다.

"마침 잘됐어, 선원 아저씨. 그거 냉큼 회수해 가줄래?"

"이 녀석……!"

빠드득 분노가 치밀어 이를 가는 윈드.

그는 벽에 등을 기대는 란을 향해 성큼성큼 잰걸음으로 달려가더니, 위험하거나 말거나 물불 안 가리고 분노에 겨워 그녀의 멱살을 잡았다.

그럼에도 란은 계속 실실 웃고 있었다.

"…………윽!"

마침내 더는 참을 수 없게 된 윈드는……오른손으로 란의 멱살을 꽉 잡은 채, 왼손 검지로 보기에도 무참한 세실리아를———.

———좌현 갑판을 가득 메울 만치 산더미처럼 쌓인 해골 전사들 위에서 한 사람, '으음, 땀 한 번 시원하게 잘 흘렸다!' 하는 모습으로 상쾌하게 이마의 땀을 닦는 여기사를 가리키며, 온 힘을 다해 외쳤다!

"저런 괴물 같은 여자, 내가 어떻게 다뤄어어어어어어어어어어!"

"그럼, 날 회수해 가줘어어! 부탁이야! 이렇게 애원할게 요오오오오오!"

갑자기 닭똥 같은 눈물을 줄줄 솟아내며 윈드에게 매달리는 아름다운 적 이단심문관. 아무래도 지금까지 이상하게 실실 웃어댔던 건, 너무 무서운 나머지 이미 정신이 완전히 나가버려서 그랬던 듯하다.

그녀는 적 앞에서 엉엉 울면서 윈드에게 온 힘을 다해 항의를 했다.

"나의 《굴욕의 군단》은 지금까지 내가 죽인 582구의 인간 사체에 교회가 뒤에서 계속 키워왔던 필살의 검기를 새겨넣어 꼭두각시 해골 검객으로 재탄생시킨 최강이자 최악의 《오버로드》인데?! 그게……그게 왜 이렇게, 너무도 쉽게?!"

"알 게 뭐야?! 네가 뭘 실수했다든가 그런 거겠지!"

"아니야! 실제로 우리가 한 사전조사에 의하면 세실리아·시빌의 검술은 일대일이라면 최강일지 몰라도, 《대규모 전투》엔 극히 부적합하다는 결론이 나왔어! 그런데 뚜껑을 열어봤더니……."

"봤더니?"

꿀꺽 침을 삼키면서 윈드가 묻자 란은 콧물을 훌쩍이면서도 격랑에 떠밀리듯 말하기 시작했다.

"노련한 해골 군단이 공격하는데도 마치 등에 눈이라도 달린 것처럼 공격은 하나도 먹히지 않았고, 애초에 내 마법으로 딱딱해져서 거의 무적일 터인 해골의 뼈를 마치 막대사탕처럼 탁탁 경쾌하게 쳐 날리더니 끝내는……."

거기까지 단숨에 말하고 나서 란은 꿀꺽 침을 삼켰다. 그러고 진심으로 공포에 떠는 것 같은 표정으로 원드에게 매달리며 외쳤다.

"《월륜 · 참격파》라는 초광범위&초위력적인 터무니없는 기술로 나의 해골 검객들을 일격에 백 구 이상 절단하더니, 이게 말이 되는 소리인지 모르겠지만 심지어 그걸⋯⋯ 꽤 떨어져 있었던 내 귀밑털을 스칠 정도의 기세로 날려버렸다니까?! 명백히 쓸데없이! 여봐란 듯이! 그저 격이 다르다는 걸 보여주기 위해서인 것처럼! 으윽!"

"⋯⋯그거참⋯⋯."

원드가 말문이 막혀 아무 말도 못 하고 있는 가운데⋯⋯ 란은 그의 몸 뒤에 숨은 채 두려움에 떨면서도 눈을 번뜩이며 세실리아를 노려봤다.

그러자 그녀는 란 일행을 알아차리고는⋯⋯정말 상쾌하게 싱긋 웃었다.

"근데 이단심문관 님. 《오버로드》라나 뭐라는 하는 건 아직 공격 안 하는 거야?"

"아직 이쪽이 작정하고 덤비지 않았다고 생각하고 있어어어어어어!"

마침내 란의 굴욕은 정점을 넘어선 듯 그녀는 휘청하더니 의식을 잃었다.

원드는 조금 난처해졌지만 어쨌든 란을 재갈과 로프로 묶어두기로 했다.

작업을 하고 있는데 세실리아가 근처로 다가왔다. 윈드는 완전히 겁을 먹고는 벌벌 떨었지만 그녀는 전혀 신경 쓰는 기색도 없이 싹싹하게 말하기 시작했다.

"아니, 그건 그렇고 말 그대로 허리가 휘는 전투였어. 그녀 말대로 토오루와 달리, 아무리 해도 난 《대규모 전투》가 어려워."

"아니, 아니, 아니, 말도 안 되는 소리잖아요?"

시체가 겹겹이 쌓인 좌현 갑판의 참상을 빙 둘러보면서 윈드가 말하자, 세실리아는 쓴웃음을 지으며 대답했다.

"아니, 정말로 이런 전투는 힘들어. 하지만 정말 이상하게도……."

"이상하게도?"

윈드가 되묻자 세실리아는 가슴에 손을 얹고는 어딘가 모르게 상냥하게 말했다.

"날스에서 수혈을 받고 난 이후로 대단히 몸 상태가 좋아. 마치 누군가가 힘을 빌려주고 있는 것처럼."

"하아……그거참 다행이군요……."

뭐라고 해야 할지 몰라 윈드는 어정쩡하게 대답했다. 세실리아는 잠시 그대로 뭔가를 향해 감사하듯 자신의 가슴에 손을 얹고 나서 다시 말하기 시작했다.

"그런데 다른 갑판은 분위기가 어때? 조금 전에 상공에서 토오루가 드래곤을 쓰러뜨린 건 확인했는데……."

"아니? 아, 네. 저도 내내 선내를 배회하고 있었던 터라

자세히는 전성관을 통해 선장님께 확인하셨으면 합니다
만, 어쨌든 후긴 씨로부터『적은 쓰러뜨렸지만 잔업 중』이
라는 연락이 있었다는 것만은 들었습니다."

"그렇구나. 그럼 남은 인원은 선수 갑판에서 적 수괴를
담당하고 있는 팔디오와 레이아인가."

"…………."

"? 왜 그래?"

두 사람의 이름이 나온 순간 원드의 표정이 어두워졌기
에 세실리아는 고개를 갸웃했다.

원드는 조금 주저한 뒤에……정직하게 자신의 느낌을
말했다.

"저기, 최대의 강적이 있는 게 자명한 선수 갑판을 왜 그
둘한테 맡겼나요? 아니, 아무것도 모르는 이런 저도, 뭐니
뭐니 해도 역시 저 엄청난 힘을 가진 꼬맹이나 후긴이라는
사람이 강한 건 알겠는데……. 저 날라리 마법사나 거북한
차림을 한 아가씨 팀은 명백히……."

원드의 말에 세실리아는 한 번 어리둥절한 표정을 짓고
나서는, "아아, 믿음이 안 가는 마음도 이해해" 하고 대답
했다.

그러나 바로 대담한 미소를 지으며 당당하게 단언했다.

"하지만 만약 내가 적 입장이라면 가장 싸우고 싶지 않
은 상대는———저 두 사람이야."

제6장 마법사는 허풍쟁이

팔디오 · 멜크리우스는 솔직히 말해⋯⋯레이아 · 키사라기라는 사람이 거북했다.

자기와는 정반대의 성질과 기량을 가진 우등생. 좋은 환경과 혈통을 가졌고, 주변 사람들과 사이도 좋은 데다 무엇보다 너무도 단순하게 '정의'라나 뭐라나 하는 걸 신봉하는 여자.

실제로 그녀와 학교에서 나눈 대화는 일부 예외를 제외하면 대부분이 마치 싸움 같은 거였고, 아무리 다소나마 심적 교류가 있었다 해도 저 지극히 짧았던 학교생활 중에 '우정'이라 부를 수 있을 만큼의 유대관계가 생겼다는 확증 따위 도저히 가질 수 없었다.

사고방식이 완전히 엇갈린다는 사실만 놓고 보면.

레이아는 팔디오에겐 '적'이라 칭해도 과언이 아닌 존재였다.

그건 레이아 입장에서도 마찬가지였다. 불성실하고 항상 규정을 위반하고 더군다나 그녀가 믿는 정의를 우습게 여기는 팔디오는 용사의 딸이자 마법에 재능을 가진 그녀가, 17년 인생에서 처음으로 만난 '적대적인 인물'이었다.

그러나 그렇게 근본적으로 맞지 않는 두 사람은 현재──.

―――어깨를 나란히 하고 서서 한 명의 적과 대치하고 있었다.

이단심문관 · 아에기르.

그야말로 이 뇨르드 호를 습격한 이단심문관 일행의 수괴로, 과거 팔디오를 탐문하러 온 교회관계자이자 동시에 레이아를 이용한 장본인이기도 했다.

"두 사람 다 오랜만입니다. 아, 레이아 씨는 그렇지도 않네요."

밋밋한, 정말로 '선량한 보통시민'인 것 같은 미소를 지으며―――뇨르드 호의 뱃머리에 서는 아에기르.

팔디오는 그의 눈동자 깊은 곳에 깃든 어두운 기운에 압도당했지만 그걸 얼버무리려는 듯 지팡이를 들고 실실 웃으며 응수했다.

"오우, 아에기르라고 했던가? 점잖은 얼굴을 하고선 너도 끈질기구나. 한가한가 봐?"

"아니, 아니, 최근엔 우리도 상당히 바쁩니다?"

"하아, 뭐 수상쩍은 냄새가 풀풀 나는 여신교회님은 적이 많기도 할 거야!"

"네, 덕분에 정말로 흡족한 나날을 보내고 있습니다."

마치 그걸 지극히 일반적인 일 이야기라도 하는 것처럼 말하는 아에기르.

그가 발산하는 너무도 강한 광기에 팔디오가 쥔 지팡이가 덜덜 떨리기 시작한 참에, 레이아가 한 발 앞으로 나왔다.

"역시 절 부추긴 뒤에 미행했군요? 지독한 사람들."

"하하하, 그건 피차일반이지요, 레이아 씨. 당신……우리 이단심문관의 존재를 친절하게도 교회의 영향력이 지극히 약한 마법도시 룬헤임까지 간 뒤에 고발하려고 하셨지요? 그 정의감이니 뭐니 하는 거에 따라."

"역시 들켰나요."

"그렇지만 설마 용사 일당과 합류까지 하시고 더군다나 한 배에 같이 타고 계실 줄은 생각지도 못했습니다. 정말 유능한 안내인 역할, 감사합니다. 상당히 수고를 덜었습니다."

"도움이 됐다니 기뻐요."

"그런데 이 정도로 우리한테 협력해주시면서 왜 아직도 그쪽 편에 붙어 있나요?"

"뭐, 그거야말로 제 계획이자……정의감이니까요."

이마에 삐질삐질 땀을 흘리면서도 레이아 역시 아메기르를 향해 지팡이를 들고 임전태세를 취했다.

팔디오는 적을 보면서 레이아에게 말을 건넸다.

"나 참, 변함없이 내겐 이해가 안 되는 가치관으로 움직이는구나, 넌."

"어머, 팔디오. 혹시 제가 당신을 위해 달려온 게 아니라서 실망하셨나요?"

킥 요염하게 웃는 레이아를 향해 팔디오는 비꼬듯 엷게 웃으며 응수했다.

"됐어. 너무 변함이 없어서 오히려 안심했어."

"그럼 다행이에요. 나도 안심했어요. 용사와 같이 여행을 한다는 멋진 경험을 하시면서도 여전히 당신은 변함없이 성격 파탄자 같아서."

"알아줘서 고마워."

억지를 부리며 지껄여대는 두 사람을 아에기르는 잠시 말없이 웃으며 응시하더니……대화가 끊어지자 조심조심 미안해하며 제안해왔다.

"그럼, 슬슬 죽여도 될까요? 다음 일도 기다리고 있어서."

『윽!』

두 사람의 몸이 굳어진 다음 순간 아에기르는 오른손을 앞으로 내밀었다. 그리고 공중에서 빛나는 마법진을 세 겹으로 나오게 하더니 담담하게 짧은 주문을 읊었다.

"《오버로드》《가라앉는 파도》."

그 순간 선체 주위의 바다에서 선체를 둘러싸듯 총 20개의 물기둥이 올라오더니 일제히 두 사람을 향해 덮쳐왔다.

"어이어이어이어이어이어이!"

팔디오는 당황해 부산을 떨며 주위를 빙 둘러봤다. 직격당하면 두 사람의 목숨이 사라지는 건 물론이거니와 자칫

했다간 배까지 한순간에 가라앉을 수 있는 강하고 거대한 수류 마법.

그런 갑작스러운 절체절명의 상황을 앞에 두고.

레이아는 혼자서……조금 전부터 지극히 냉정하게 대항할 주문을 읊고 있었다.

"━━━━━━━━그리하여 만드시나니, 견고한 불을 먹는 벌집이여!"

그러고 지금 바로 맹렬한 기세로 물기둥이 두 사람을 향해 다가오는 가운데, 머리 위로 마술 지팡이를 높이 치켜든 레이아가 외쳤다!

"《리플렉트!》"

"……!"

다음 순간 두 사람 주변에 황금빛 반구형 에너지 막이 형성되더니 그것들이 다가오는 물기둥을 마치 둥근 표면을 이용해 주르르 미끄러뜨리듯 모두 밖으로 튕겨냈다.

━━━하지만.

"크으……!"

덮쳐오는 물의 하중을 견디는 것처럼 지팡이를 두 손으로 받쳐 들며 신음하는 레이아.

"레이아!"

팔디오가 소리치는 가운데, 상황을 냉정하게 지켜보던 아에기르는 조금 감탄한 듯한 기색을 보였다.

"역시 미밀 마법학교 개교 이래 최고의 천재라 불렸던

《재앙의 마녀》시군요."

"그렇게 부르지 마!"

위세 좋게 받아쳤지만 레이아의 표정엔 여유가 없었다.

"흐음, 이러면 서로에게 득이 될 게 없어요."

아에기르가 오른손을 가볍게 흔들자 12개의 물기둥은 그 자리에서 힘을 잃은 것처럼 산산이 부서져 흩어졌고, 엄청난 비말은 비처럼 선수 갑판 위로 쏟아져 내렸다.

레이아는 그래도 한동안 경계할 요량으로 방어벽을 계속 유지했지만 아에기르가 말한 대로 정신력의 낭비라 판단, 신중하게 마법을 풀었다.

팔디오가 아에기르를 매섭게 노려보면서 "현명해" 하고 레이아에게 말을 건넸다.

"마법현상의 에너지 자체는 네 녀석들이 말하는 《여신의 가호》라나 뭐라나 하는 걸로 거의 무진장 공급되더라도, 그걸 세심한 집중력으로 다루는 마술사한텐 가해지는 정신적인 부담이 너무 커서 말이야. 발동시키고 나서 장시간 유지해야 하는 마법이라면 더욱더 그래. 쓸데없이 쓸 게 못 돼."

"어머, 퇴학생이 이 저한테 마법 강의를 하는 건가요?"

"무슨 말을 그렇게 해, 같은 퇴학생끼리. 저걸 봐."

그리 말하는 팔디오의 시선을 따라갔더니……강하고 거대한 마법을 방금 막 사용했는데도 이단심문관 아에기르는 레이아와는 달리 일절 부담을 느끼는 기색도 없이 태연하게 서 있었다.

레이아가 꿀꺽 침을 삼켰다.

"나 참⋯⋯《금기마법》이니《오버로드》니⋯⋯지금까지 죽을 둥 살 둥 통상마법만 배워온 내 노력이 우습게 됐군요."

"어이, 어이, 저런 약물이나 뭐 그 비슷한 걸로 손에 넣은 최악의 마법과 내《금기마법》을 같은 취급 할래?《금기마법》으로 말할 것 같으면⋯⋯정신력 정도가 아니라 마술사의 체력까지 소모하거든! 소모하는 비율로 따지면 내 쪽이 엄청 대미지가 큰 거지!

"그게 무슨 자랑이라고 대놓고 떠들어요!"

두 사람이 주거니 받거니 하는 걸 아에기르는 웃으며 지켜보다⋯⋯그대로 마치 자신도 가담하려는 듯 자연스럽게 오른쪽 검지로 두 사람을 가리키며 주문을 읊었다.

"《오버로드》《거세게 몰아치는 파도》"

그 순간 그의 손가락 끝을 중심으로 생성된 작은 접시 같은 물 덩어리가 엄청난 속도로 곧장 날아들었다.

팔디오와 레이아는 순간적으로 좌우로 갈라져 근소한 차이로 그걸 피했지만━━━직후 물 덩어리는 조타실 밑의 목제 선벽을 직격, 빠지직 빠지직 기분 나쁜 소리를 내며 표면을 깨부쉈다.

"이거 반칙이 너무 심하잖아! 주문의 길이와 위력은 비례해야지━━━."

"《거세게 몰아치는 파도》《거세게 몰아치는 파도》《거세

275

게 몰아치는 파도》"

"게다가 연속 발사가 가능하다고?!"

잇따라 몇 번이고 팔디오를 향해 발사된 물 덩어리를 필사적으로 그가 피할 때마다, 갑판이나 선벽이 엄청나게 부서져 나갔다.

선수 갑판에 설치된 전성관을 통해 조타실에서 상황을 보고 있는 듯한 스카 선장의 격문이 날아들었다.

"아이고 이 형씨 좀 보게, 피하기만 하면 어쩌나!"

"안 피하면 죽잖아!"

팔디오가 온 힘을 다해 항의하는 사이에 레이아가 지팡이를 들고 아에기르에게 간단한 마법공격을 발사했다.

"《휘몰아치는 갈대밭의 바람》!"

지팡이 끝에서 발사된 세차게 몰아치는 바람이 아에기르에게 휘몰아쳤다. 그건 결코 치명상을 입히는 공격은 아니었지만, 상대의 마법주문을 방해하기엔 충분했다.

아에기르가 연거푸 쏘아대던 《거세게 몰아치는 파도》의 발사를 중단한 채 세차게 몰아치는 바람을 그냥 맞고 있는 사이, 이번엔 태세를 고쳐 잡은 팔디오가 공격을 시작했다.

"《하이쿼리어》!"

"!"

팔디오의 지팡이 끝에서 발사된 둥근 빛을 보더니 노골적으로 표정을 굳히는 아에기르. 역시 팔디오를 장기간 노렸던 것만큼 《하이쿼리어》가 얼마나 경계해야 하는 마법인지 잘 알고 있는 듯했다.

아에기르는 순간적으로 두 손바닥을 앞으로 내밀며 주문을 읊었다.

"《오버로드》《포위하는 자》"

그의 발아래에서 스멀스멀 나온 불규칙한 형태의 물컹한 물의 막이 아에기르를 둘러쌌다.

하이쿼리어의 빛은 물의 벽에 부딪히자 마치 녹아내리듯 사라졌다.

팔디오는 저도 모르게 혀를 찼다.

"(제기랄, 이 녀석 대체 《오버로드》라나 뭐라나 하는 걸, 몇 개나 쓸 줄 아는 거야! 게다가……하이쿼리어의 약점까지 잘 알고 있어!)."

분명 하이쿼리어는 유도성능이 높은 마법이지만 방해물……즉 '빛을 반사하는 물체'엔 약해서 효과가 분산되는 경향이 있었다. 그건 술사인 자신밖에 모르는 특성이라 자부하고 있었는데 생각이 짧았던 모양이다. 이 상태라면 아마 《금기마법》이 동일 마법을 다시 사용하려면 어느 정도 간격을 둬야 하는 것도 알고 있을 것이다.

아에기르는 자신의 마법이 하이쿼리어를 완전히 능가한 걸 보며 씨익 웃더니, 두 사람에게 말을 걸어왔다.

"하이쿼리어는 계속 넣어뒀어야지요. 지금 쓸 게 못 됐어요. 레이아 씨와 잘 연대했다면 그것도 가능했을 텐데……. 아아, 아니, 그렇구나."

혼자서 뭔가 납득한 것처럼 중얼거리던 아에기르는 공격 자세를 취하는 팔디오 일행에게 어딘지 모르게 즐거워하며 말했다.

"당신들은 몹시 궁합이 안 좋았었지요. 합류한 이후, 대화도 어딘가 삐걱대기만 하더니만."

『!』

"이제 와서 뭘 놀라는 겁니까? 우리는 당연한 일이지만, 당신이나 레이아 씨를 줄곧 감시해왔던지라. 기적에 민감한 용사나 세실리아 씨가 있는 이상, 너무 가까이서는 감시할 수 없었지만 허나 그랬던 만큼 도청에 여념이 없었어요. 합류 후 당신들이 나눈 모든 대화를 우리는 파악한 것 같습니다만."

"그거참……취미 한번 고급지네."

비꼬는 팔디오에게 아에기르는 기죽는 기색도 없이 "맞아요, 의외로 즐거운 작업이랍니다" 하고 대답했다.

어딘가 모르게 아는 체하는 그 태도에 저도 모르게 불끈 화가 치민 팔디오는 "레이아!" 하고 소리치더니 그녀에게 당당하게 지시했다.

"녀석한테 다가가!"

"웃! 또 그렇게 잘난 듯이 지시하고!"

궁시렁대면서도 레이아는 즉시 팔디오가 말한 대로 움직이기 시작했다.

온 힘을 다해 다가오는 레이아를 향해 아에기르는 느긋

하게 검지를 내밀었다.

"마법사를 상대로 근접전투를 펼치는 건 상투적인 수단입니다만……그건 우선 적에게 다가갈 능력과 유효한 근접 공격수단을 가지고 있는 게 전제조건이지요? 마법학교 출신의 이 약해빠진 애송이들아."

그리 말하면서 그는 자신을 향해 다가오는 레이아에게———당연한 것처럼 마법을 발사했다.

"《오버로드》《거세게 몰아치는 파도》"

안 그래도 속도가 너무 빨라 피하기 어려운 공격마법. 거기에 맞서 정면으로 달려오는 레이아. 특별히 운동신경이 좋지도 않은 그녀에겐 평소라면 완전히 직격당하는 코스였다.

그러나……레이아에게 《거세게 몰아치는 파도》가 직격하기 직전, 팔디오는 다음 금기마법을 읊었다.

"《디멘션 · 무브》!"

그 순간 레이아는 안개처럼 싹 사라졌다가———바로 그 직후 다시 모습을 드러냈다.

———2미터쯤 앞쪽에 있던 《거세게 몰아치는 파도》를 뛰어넘은 위치에.

놀라 눈이 휘둥그레진 아에기르를 향해———팔디오는 즉시 다음 금기마법을 읊었다.

"《헬파이어》!"

"헉———————————."

그대로 달려 들어와, 어느 사이엔가 아에기르의 눈앞까지 바싹 다가온 레이아의 입에서 지옥의 업화가 뿜어져 나왔다.

그게 아에기르의 온몸을 감싸자 맹렬한 기세로 타오르기 시작했다.

레이아는 자기한테까지 불이 옮겨 붙지 않게끔 뒤로 물러나면서 입가를 소매로 닦았다.

"으으, 이런 건, 마법소녀답지않아아……!"

"배부른 소리 할래?! 결과적으로 전부 잘 됐잖아!"

"…………게다가 팔디오, 날『적』이라고 생각하는 것 같고……."

"아앙?! 그건 피차일반이잖아?! 게다가 《헬파이어》는 살짝 적대시만 해도 발동되는 마법이라서———근데, 뭘 토라지고 난리야, 너!"

"딱히."

휙 시선을 피하며 여전히 활활 타오르고 있는 아에기르를 보는 레이아. 그 너무도 참혹한 광경에 그녀의 뺨이 움찔움찔 떨렸다.

"저기, 이거, 도를 넘은 건 아니지요? 이 사람, 죽는 건 아닌지?"

"아아? 죽이러 온 강적을 상대로 동정심 따위는 필요 없어. 그리고 말해두겠는데 이번엔 제대로 위력은 조절했거든. 보기엔 엄청나지만 역시 죽을 정도의 화염은 아니야."

"그렇군요……."

레이아는 후유 가슴을 쓸어내렸다. 그리고 몸을 돌려 팔디오 곁으로 오려고————.

"뭐, 애초에 전 제대로 맞지도 않았지요,《헬파이어》"

————한 바로 그 순간, 등 뒤에서 울리는 소리를 듣고는 허둥지둥 돌아봤다.

팔디오도 깜짝 놀라 눈이 휘둥그레진 가운데, 서서히 걷히는 화염 속에서……전혀 상처를 입지 않은 아에기르가 변함없이 밋밋한 미소를 지으며 모습을 드러냈다.

"안 됐네요, 팔디오 군. 우리는 지금까지 당신이 싸워온 적들과는 달리 팔디오 · 멜크리우스라는 인간을, 그 금기 마법을 전혀 얕보지 않았어요. 오히려 용사 일당 중에서도 가장 위협적인 인물이라 생각했기에 그 대책을 강구해왔어요."

"그거참……고맙군."

이마에 식은땀을 삐질삐질 흘리면서 대답하는 팔디오를 향해 아에기르는 품속에서 뭔가를 꺼냈다.

"《불사조 부적》 가지고 있는 사람이 맞는 『열기』를 전부 무효화시킨다는 아주 희소한 마법도구입니다만……."

그리 설명하는 중에도 아에기르가 손에 쥔 부적은 부슬부슬 떨어져나갔다.

"……아니 설마 고작 한 번 쓰고 못 쓰게 될 줄은 몰랐습니다. 하지만 뭐, 상정 밖이라고 할 만큼 대단한 일은 아닙니다. 오히려 한 번 《헬파이어》를 뛰어넘은 걸 행운이라 생각해야겠지요."

"…………."

"자……."

아에기르는 지금까지 히죽대던 미소를 거두더니 돌연 끓어오르는 살기가 깃든 눈동자를 번득이기 시작했다. 당황하는 두 사람에게 아에기르가 전했다.

"아무래도 다른 갑판의 전황이 좋아 보이지 않는군요. 나 참……. ……이렇게 되면 어쩔 수 없네요. 소모가 심한 거에 비해 확실성이 부족한 데다 너무 덤덤해 가능하면 쓰고 싶지 않았던 수단이긴 하지만, 큰일을 하려면 희생은 불가피한지라……."

그리 말하며 쫙 두 손을 벌리더니 터무니없게도 공중으로 떠오르는 아에기르. 그의 발아래에서 거대한 마법진이 나타나는 가운데, 그는……너무도 불길한 마법 명을 말했다.

"《오버로드》《밀어닥치는 거대한 파도》."

시간이 멈춘 것처럼 그곳엔 온통 고요함만이 감돌았다.
…………아무 일도 일어나지 않았다. 그러나 아에기르는 계속 공중으로 떠올랐고, 마법진은 펼쳐져 있는 데다……

무엇보다 감도는 분위기가 터무니없이 무거웠다.

마치 태풍의 눈 안에 있는 것 같은 평온함과 불안. 그리고 압박감.

팔디오와 레이아는 상황을 전부는 파악하지 못했지만, 이대로 아에기르를 방치했다간 확실히 뭔가 '안 좋은' 일이 생길 거라는 판단하에 그의 마법을 멈춰야겠다 싶어 움직이기 시작했다.

팔디오는 서툴지만 근접전투를 하러 달려갔고, 레이아는 공격마법의 주문을 읊기 시작했다. 상대는 아마 큰 마법을 쓰기 위해 '힘을 비축하는' 단계에 있는 무방비한 존재. 그럼, 공격을 가하는 건 쉽다는 얘기―――.

"《오버로드》《거세게 몰아치는 파도》"

『헉―――.』

두 사람이 소스라치게 놀라 눈이 동그래진 가운데, 공중으로 떠오르고 있는 아에기르의 한 손가락에서 팔디오를 향해 물 덩이가 날아들었다. 팔디오는 아슬아슬하게 구르듯 그걸 피했지만, 그의 심장은 쿵쿵대며 경종을 울렸다.

레이아의 주문도 멈춘 가운데, 아에기르가 미소를 지으며 두 사람에게 전했다.

"《오버로드》를 동시에 사용 못 한다고 말한 적은 없지요?"

"……어이, 어이."

일어서면서도 완전히 생각도 못 한 사태에 초조함이 어리는 팔디오.

"(역시 맨 처음의 《거세게 몰아치는 파도》보다는 정밀도나 속도도 떨어지지만……그래도 충분히 위험해. ……제기랄, 녀석을『죽일 수 있는 방책』이 있기는 한 거야! 거기까지 상황을 끌고 갈 방법이……."

팔디오가 생각하는 사이에도 레이아는 마법 주문을 다시 읊으려고 시도했지만, 그러나 그것도 거의 주문 없이 발사된 《거세게 몰아치는 파도》에 의해 저지당했다.

이래저래 하는 사이에도 아에기르가 《거세게 몰아치는 파도》를 외치기 시작한 이후 그곳에 감돌기 시작했던 압박감은 점점 더 커져갔다.

게다가――.

"팔디오! 위쪽이야!"

"?!"

레이아가 재촉하자 팔디오는 아에기르를 단단히 주의하면서도 하늘을 올라다봤다. 그러자 그곳엔…….

"뭐야……저건…….”

뭔가 하늘에 형태만 덩그러니 보이는 거대한 마법진 위에서 정말로 흉악해 보이는 드래곤이 그 모습을 드러내고 있었다. 혹시 저게 《밀어닥치는 거대한 파도》라나 뭐라나 하는 주문의 결과물인가. 그런 짐작을 하고 있는데 아에기르가 이상하게도 혀를 쯧쯧 차더니 조바심을 내며 중얼거렸다.

"용사 상대로 바보 같은 짓을. 저런 빈틈투성이 고위력

마법, 이 상황에선 오히려……."

"?"

아무래도 저건 아에기르가 부른 게 아닌 듯했다.

"(……그렇구나, 그럼……저거라면……)."

팔디오가 순식간에 머리를 굴리기 시작한 가운데, 드래곤을 향해 작은 인간이……토오루가 맹렬한 기세로 날아갔다.

『…………!』

그는 팔디오 일행이 지켜보는 가운데, 어어 하는 사이에 드래곤을 때려눕히더니……그대로 드래곤의 머리 뿔을 잡고는 같이 떨어졌다. ──그러자.

"(…………!)."

팔디오와, 아득히 먼 상공에 있어 거의 점처럼 보이는 작은 토오루의 시선이 마주쳤다.

팔디오는 그 한순간에 모든 걸 거는 것처럼 자신의 눈빛에 생각한 모든 걸 맡겼다.

토오루는 그런 팔디오의 시선을 분명히 받아들인 후, 그대로 다른 갑판에도 재빨리 시선을 두더니……마지막에 다시 선수 쪽을 쳐다본 다음…….

"──────────!"

떠오르는 아에기르를 향해 힘껏 드래곤의 몸을 차 날렸다.

"헉———."

여기엔 그 의기양양하던 아에기르도 놀랐는지 허둥지둥 옆으로 피하려고 했다.

그러나 '지금이다' 하고 판단한 팔디오가 과감하게 아에기르를 향해 날아가, 그의 신부복 아랫자락을 잡았다.

"?! 이 녀석———."

———용의 몸은 두 사람의 눈앞까지 날아왔다.

"팔디오!"

레이아가 비명 같은 소리를 지르는 가운데, 용은———두 사람의 몸을 스치듯 지나가며 날아갔다.

"으악!" "크흐!"

직격은 피했지만 추락하는 용의 기세에 끌려들어간 두 사람은 갑판을 데굴데굴 구르다 배 가장자리에 몸을 세게 쾅 부딪히며 멈췄다. ———두 사람에게 치명적인 부상은 없었다.

"헉!" "!"

즉시 자세를 바로잡는 두 사람. 그리고 아에기르는 다시 《밀어닥치는 거대한 파도》의 주문을 외기 위해 공중에 떠오르면서 정밀도가 낮은 《거세게 몰아치는 파도》를 팔디오와 레이아를 견제할 목적으로 발사했다.

그 얼굴에 지금까지 보였던 여유는 이제 없었다.

팔디오와 레이아는 《거세게 몰아치는 파도》를 피하면서 지금이야말로 호기라는 걸 간파하자 서로 한순간 눈짓을 교환한 후, 각자 행동에 나서기 시작했다.

"《가람(伽藍)에 울리는 천상의 멜로디, 더러운 몸을 씻을 술잔에 가득한 술━━━》"

레이아는 지금까지 해왔던 짧고 간소한 마법과는 달리, 무방비 상태에서 틈을 계속 드러내는 고등마법의 주문을 외웠다. 그리고 팔디오는━━━.

"우오오오오오오오오오오오오오오오오오오오오오!"

조금 전 한순간 토오루에게 보였던 예지로 물든 눈빛은 어디로 갔는지 그저 우직하게 아에기르를 향해 볼품없는 근접전투를 시도했다. 당연히 레이아의 고등마법 주문을 방해하지 않기 위해서였다. 그러나━━━.

"겨우 그 정도로!"

━━━아에기르는 그런 사정을 너무도 잘 알고 있었다. 그는 이마에 핏줄을 세우더니 《밀어닥치는 거대한 파도》 의 주문과는 별개로 다시금━━━두 개의 《오버로드》를 기동시켰다.

"《오버로드》《가라앉는 파도》《피투성이 머리칼》!"

"어이, 이봐, 이봐, 이봐, 사기에도 급이 있지, 이 녀석아!"
이 공격엔 역시 이미 어느 정도 승리의 방정식을 세우고

287

있던 팔디오조차 동요했다.

정밀도가 낮은 《오버로드》를 하나쯤 피하는 거라면 운동 신경이 제로인 팔디오라도, 죽을힘을 다해 임하면 혼자서도 당해낼 수 있지 않을까, 모든 것의 기점이 되는 레이아의 울트라 공격마법을 발동시킬 시간 정도는 벌 수 있지 않을까……따위의 생각을 하고 있었다.

그러나 현실은…….

"…………뭐야, 이거…….."

주위의 바다에서 12개의 물기둥이 솟구쳐 올라오고.

그와 동시에 사람의 머리칼을 연상시키는 검고 긴 끈처럼 생긴 해초가 바다에서 수없이 튀어나와 촉수처럼 굼실대는 악몽 같은 광경이 전개되고 있었다.

그것들은 아에기르가 대범하게 웃자마자 당연한 일이지만 두 사람을 향해……촉수는 레이아를, 물기둥은 팔디오를 향해 다가왔다.

"큭……."

우선 먼저 무방비 상태로 주문을 읊고 있던 레이아가 수많은 촉수에 붙잡혀 아득히 먼 상공으로 들어 올려졌고, 거기에 혼자선 전혀 방어를 못 하는 팔디오를 향해 물기둥이 바싹 다가왔다.

"——————흐하하하하하하하하하하하하하하하!"

사태가 여기에 이르자 승리를 확신한 아에기르가 마침내 '보통 시민'의 가면을 벗어던지고 광기에 물든 웃음소리

를 내지르는 가운데.

팔디오는 반쯤 도박에 진 걸 깨달으면서도⋯⋯그래도 마지막까지 포기하지 않은 채 마지막 남은 의지로 물기둥을 매섭게 노려봤고, 그리고⸻.

"아니⸻."

⸻그게 어느새 《물기둥》이 아니라⸻《얼음기둥》으로 변해 팔디오를 직격하기 직전에 완전히 멈춰 선 걸 깨달았다.

"⸻?!"

아에기르 역시 영문을 몰라 어리둥절한 기색으로 주위의 물기둥을 둘러보더니⋯⋯그리고 그곳에서⸻뭔가 믿기지 않는 걸 발견한 것처럼 노기 섞인 고함을 질렀다.

"《아이시클 아머》의 파편이라고ㅇㅇㅇㅇㅇㅇㅇㅇㅇㅇ?!"

"?"

팔디오는 영문도 모른 채 얼음기둥을 확인했다. ⋯⋯분명 모든 얼음기둥 안에 새파랗게 빛나는 어떤 이물질이 있는 걸 확인했지만⋯⋯여전히 어떻게 된 사정인지 이해할 수 없었다.

"(저건 물체를 얼리는 효과를 가진 뭔가로⋯⋯어딘가에서 날아왔다? 이 한순간에 12개 전부에 저 파편을 던져 넣다니, 대체 어떤 기술이야⋯⋯)."

거기까지 생각하더니 바로 팔디오는 머리를 흔들었다. 아니, 지금은 그런 건 아무래도 좋아. 그것보다 우선 레이아를 도와야 해.

그리 생각하고 레이아를 돌아보자 그녀를 상공까지 들어 올렸던 수많은 촉수들이 그대로 그 가냘픈 몸을 잡아 찢을 듯이 힘을 주기━━━.

━━━시작한 참에 수많은 촉수 전부가 일제히……후려쳐지면서 싹둑 절단됐다.

『━━━하?』

아에기르와 팔디오의 목소리가 겹쳐졌다. ……한순간 어쩐지 달을 연상시키는 반구형 에너지체가 보인 느낌이 들었지만, 너무도 빠르게 날아가 버렸기 때문에 확신은 가질 수 없었다. 하지만 아무래도 그게 촉수를 절단한 건 사실인 듯했다.

밑동을 잘린 촉수는 완전히 힘을 잃고는 상공에서 레이아를 풀어줬다.

팔디오는 엉겁결에 달려갔지만━━━.

"《━━━떨어지는 곳은 무구한 낙원, 악에 물든 저승, 혼돈의 대지━━━》"

"헉!"

그녀가 촉수에 붙들리면서도━━━그리고 지금은 떨어

지고 있으면서도 그 무시무시한 정신력으로 자신의 소임을 다하려고 아직도 주문을 계속 읊고 있는 걸 안 팔디오는 그녀를 구하러 가고 싶은 마음을 억눌렀다. 그리고 자신 역시 소임을 다하기 위해 아에기르를 향해 돌아서서, 《마지막 준비》를 시작했다.

혼란스러운 상황을 지켜보던 아에기르가 참다못해 절규했다.

"이제 됐어! 전원……가라앉아 버려어어어어어어어어어!"

그가 격앙해 소리치기 무섭게 드디어 《밀어닥치는 거센 파도》의 효과가 구현됐다.

그건 팔디오 일행이 반쯤 예상했던 현상이었다.

뇨르드 호 앞쪽 바다에서 무시무시한 크기의 큰 파도가 덮쳐왔다.

"죽어, 죽어, 죽어, 죽어어어어어어어어어어어어어어어어어어어어어!"

눈이 충혈된 아에기르가 소리치면서 다시금 상공으로 날아올랐다. 뭔가 큰 파도를 일으키면서도 자신만은 공중에 떠서 피하는 게 《밀어닥치는 거센 파도》라나 뭐라나 하는 마술의 효과인 듯하다.

아에기르가 다시 광기에 찬 웃음을 터뜨렸다.

"으하하하하하하하하————————."

"《해와 달과 별은————다 같이 멸망시킨다!》"

"으하?"

그 순간 떨어지면서도 주문을 다 읊은 레이아가 갑판에 머리를 박기 직전에 드디어————오직 그녀만이 할 수 있는 상상을 초월하는 고등기술————《복합마법》을 구현했다!

"《포톤 · 레인》!"

직후 "《미풍이여》!" 하며 단축된 마법을 기동시켜 사뿐히 갑판에 처박히는 걸 피하는 레이아.

팔디오가 후유 하고 가슴을 쓸어내리는 가운데.

뇨르드 호 상공의 어스레한 하늘에 별빛이 깜빡이는가 싶더니……직후 그것들은 상상을 초월하는 파괴력을 가진 빗방울이 되어 아에기르에게 쏟아져 내렸다!

"크흐……?!"

표정이 돌변한 아에기르가 필사적으로 공중을 이동해 빛의 비를 피했다. 그건 팔디오와 레이아가 황야에서 재회했을 때 사용한 마법 《아크 레인》에다 예전 팔디오가 없애버린 상상을 초월하는 위력마법 《포톤 세이드》의 위력을 붙인————맞으면 잠시도 버티지 못하는 절멸의 비를 쏟아 내리게 하는 궁극의 마법.

실제로 그 빗방울이 뇨르드 호의 선수 갑판을 가볍게 마구 뚫어버리는 통에 스카 선장이 비명을 질렀다.

그러나 마법을 맞은 아에기르 본인으로 말할 것 같으면…….

"흐……흐하하하하하아아아아아아아아!"

"?!"

긴장해 미칠 것 같은 얼굴이었지만 우리 생각을 훨씬 뛰어넘는 비행속도로 완전히 모든 빛의 비를 다 피했다. 그러고는 앞쪽 바다 위에서 이쪽을 내려다보고 말했다.

"하아! 어떠냐! 전부 헤치고 나왔다, 네 녀석들의 마지막 발버둥————."

————그런데 거기까지 말한 참에, 그는 드디어 '자신이 처한 상황'을 알아차렸는지 할 말을 잃었다.

그도 그럴 터.

왜냐면 현재 아에기르는…….

비의 궤적으로 만들어진 빛의 감옥 안에 완전히 갇혀버렸기 때문이다.

어리둥절해하는 그에게 역시 지쳐서 기운이 없는 레이아가, 하지만 그래도 '정의로운 마법소녀'로서 만면에 의기양양한 표정을 지으며 매듭을 지었다.

"《포톤 · 레인》의 가장 큰 특징은 점이 아니라 선의 마법인 점이에요! 나쁜 사람을 붙잡아버리지요☆"

대체 누구한테 배운 건지, 얼굴이 새빨개지면서 마법소녀다운 멋진 포즈를 취하는 레이아. 팔디오가 "그렇게 부끄러우면 안 하면 되잖아……" 하며 질려 하는 가운데, 도망칠 곳이 없어 안달이 난 아에기르가 자포자기하는 심정으로 거대한 《거세게 몰아치는 파도》를 술사 레이아를 향해 발사했다. 그러나…….

"이제 와서 통하겠냐, 그딴 게?"

팔디오는 그녀를 감싸듯 앞으로 나와 가볍게 오른손을 쑥 내밀어 바싹 다가오는 파괴의 물 덩어리를 막아내더니――정말 가볍게, 잘근잘근 부숴버렸다.

"헉――."

어안이 벙벙해진 아에기르에게 팔디오는 탄식하면서 말했다.

"조사 안 한 거야? 나, 마법을 쓰진 못해도 없애는 건 잘해."

"어처구니없는……저급한 범용마법이라면 또 모르겠지만……《오버로드》까지 없앨 수 있을 리……."

"어처구니없는 건 너잖아. 저렇게 마구 쏘아대 주면 싫어도 전부 다 보여."

"……우, 거짓말……그건 마치……옛날이야기 속에 나오는 대마도사……."

아에기르는 한순간 체념하는 표정을 보였지만……그러나 다시 주위에 쳐져 있는 빛의 감옥을 관찰하더니 뭔가를 알아차린 듯 히죽 웃었다.

"———홋! 그럼, 그냥 궤적이 없는 고도까지 올라가면 될 뿐이야!"

그는 의기양양하게 상공을 올려다봤지만———그 희망은 당혹감과 절망으로 변했다.

그의 시선 끝……아득히 높은 상공엔.

아에기르의 진로를 가로막는 것처럼 '수룡 파프니르'가 버티고 있었다.

"어……째서……."

극도로 혼란에 빠져 이제 움직일 수조차 없는 아에기르.

팔디오는 너무 심하게 '체력소모'를 한 터라 살짝 비틀대면서도……레이아를 본받아 마법사답게 자신감 넘치는 표정으로 매듭을 지어줬다.

"저거야말로 나의 새로운 능력……『한번 접한 마법을 완벽하게 재현하는』금기마법, 《페이크 매직》이야, 아에기르 씨!"

"새로운……금기마법, 이라고? 그런 어처구니없는…… 어느새……."

깜짝 놀라는 아에기르에게 팔디오는 히죽히죽 웃으며 내막을 밝혔다.

"그야 당연히 항구도시 노아툰에서 익혔겠지? 노점에서

사서 레이아와 밥 먹으면서 읽었던 책. 그게 새로운 금기 마법의 마도서야."

"어, 어처구니없는……도청 내용을 보면 그런 건 전혀……."

그 물음엔 어이없어하며 레이아가 대답했다.

"도청하고 있는 걸 다 아는 상황에서 우리가 순순히 대화 중에 심중을 드러낼 거라 생각하세요?"

"피, 필담이라도 했다는 거냐?"

"안 했어. 네 녀석들 같은 프로를 상대로 그런 정보를 도둑맞을 것 같은 짓."

"그, 그럼, 대체 어떻게……. 그, 그래, 생각해보니 조금 전 각 갑판과의 연대도 면밀하게 작전을 세웠기 때문에 가능했던 일———."

"그러니까, 그런 짓 안 했다니까."

"그럼, 어떻게 그리 끈끈한 유대관계도 없는 녀석들이 이 정도의 연대를……."

"하아? 그런 건 뻔하잖아. 바보냐, 네 녀석은."

"? 그렇구나, 내가 모르는 통신수단이 있는 게로구나———."

정신없이 주절대는 아에기르의 말을 팔디오는 딱 잘랐다.

"그냥 서로의 힘을 진심으로 신뢰하고 있었어. 단지 그것뿐이야."

"……하? 신뢰……라고? 이해할 수 없어. 뭐야, 그건. 어떤 논리로———."

"아, 정말 시끄럽네! 그런 걸 어떻게 설명해! 이제 그만 꺼져, 너———."

팔디오가 그리 말하자마자 상공에 있는 파프니르의 입가에서 에너지가 끓어오르기 시작했다. 주위로 도망치려 해도 파프니르가 있는 곳 이외엔 모두 빛줄기로 막혀 있어, 요컨대 이제 아에기르는…….

"기, 기다려. 진, 진, 진정해, 팔디오 군. 그렇지, 돈…… 네, 네가 좋아하는 돈이라면 얼마든지 지불하마."

"…………."

그, 돈이라면 환장하는 팔디오에겐 엄청 매력적인 제안에.

팔디오는 생긋 만면에 미소를 지었고, 거기서 아에기르가 어렴풋이 희망을 발견한 순간———.

———팔디오가 의기양양하게 외쳤다.

"《파섬수》!"

"이 악마 같은 녀서어어어어어어어어어어어어어어어어어어어어어어억!"

상공에서 발사된 눈부신 파란 에너지의 격류에 휩쓸려 가며, 절규하다 기절한 채 떨어지는 아에기르.

그대로 그는 바다에서 튀어나온 《포톤 · 레인》의 빛줄기에 닿았지만……특별히 몸이 바짝 타는 일도 없이 그대로 쓱 빛을 통과하더니 해면으로 떨어졌다.

 그 모습을 선수 뱃머리까지 가서 지켜보던 마법사 두 사람은 태연한 얼굴로 심술궂게 말했다.

 "아아, 참참, 까먹고 말을 안 했는데, 제《포톤 · 레인》의 빛의 궤적은 닿아도 딱히 아프지도 않는 데다 아무런 문제도 없는, 어디까지나《빛의 궤적》일 뿐이에요. 근데 상식적으로 생각해봐도 영원히 고압력 광선이 남아있는 마법 따위, 쓸 수 있을 리 없잖아요.《재앙의 마녀》라는 별칭에 너무 겁을 먹었어요."

 "그리고 내 금기마법《페이크 매직》의 효과는 마법의 완벽한 재현이라고 했지만, 미안해, 그건 내 특기인 허풍이야. 사실 지금 내 수준에선《겉》만 그럴듯하게 보이지 위력은 고작 10%나 나오면 감지덕지인 레벨이야."

 거기서 서로를 쳐다보는 팔디오와 레이아. 두 사람은 서로 가장 그들다운, 약삭빠르고 얄미운 미소를 지으며.

 "뭐, 요컨대 초위력 마법감옥에 갇혔다고 제멋대로 믿더니 종국엔『치명적인 공격이 닥쳤어!』라고 완전히 착각하고는 지금 거기서 기절해 있는 네 녀석은 말이야……."

 그 자리를 대표해 팔디오가 바다에 뜬 아에기르를 향해 내뱉듯 말했다.

 "『정말로 믿어야하는 것』이 뭔지 모르니까, 그렇게 되는 거야, 멍청이."

최종장 신뢰의 바다

"캬하하하하하하하! 여전히 현역인 우리 뇨르드 호에 건배~!"

『건배~~~애!』

밤의 뇨르드 호 식당 칸에 시끌벅적하게 맥주잔이 부딪히는 소리가 울려 퍼졌다.

이단심문관들의 습격이 있고 나서 약 반나절.

이른 아침부터 격렬한 전투에 가담했고 낮엔 원래는 고객인 우리들까지 총출동해 뇨르드 호의 수리에 매달린 결과. 전원이 녹초가 된 상태에서 임한 저녁식사 자리는 술이 들어가기 전부터 모두가 제정신이 아닐 정도로 잔뜩 들떠 있었다.

나도 처음엔 어린아이답게 깔깔대며 떠들고 놀았지만, 우락부락한 선원들이 번갈아 가며 비벼대는 바람에 기력을 다 소진해버렸다. 그래서 술 냄새가 코를 찌르는 어른들은 일단 팔디오에게 떠맡긴 뒤, 몰래 눈에 안 띄는 구석 테이블 자리로 피신을 갔다.

———그러자.

"레이아 누나."

"아아, 토오루 군도 잠시 피신 온 거예요?"

쓴웃음을 지으며 돌아보는 마법소녀. 나는 그녀 바로 앞에 허둥지둥 앉으며 테이블 위에 잽싸게 챙겨 온 피클을 놓았다.

손을 모아 잘 먹겠다는 말을 하고 나서 포크로 피클을 오독오독 먹고 있자 레이아 누나가 내 모습을 흐뭇하게 지켜보면서 샐러드를 집어먹기 시작했다.

식당 중앙 쪽을 쳐다봤더니 팔디오와 루우는 우락부락한 선원들의 환호를 받으며 우쭐대느라 정신이 없고, 사부는 또 그걸 온 힘을 다해 그만하라고 훈계 중이고, 그 모습을 후긴 씨가 변함없이 괜히 흑막이 있는 듯한 미소를 지으며 미온적인 태도로 지켜보는 광경이 전개되고 있었다.

그런 가운데 나와 레이아 누나로 말할 것 같으면, 어쨌든 밥을 먹을 때만큼은 모두의 눈에서 벗어나고 싶어 소리 죽여 잡담을 나누고 있었다.

"참, 레이아 누나, 이단심문관 네 사람은 결국 어떻게 됐는지 알아? 전부 붙잡긴 했지만 또다시 이상한 마법을 쓰면 바로 도망쳐버릴 것 같던데."

"아아, 그거라면 걱정 안 해도 될 것 같아요. 뇨르드 호엔『위험물』보관용의 튼튼하고 마법도 막을 수 있는 선실이 제대로 갖춰져 있다나 봐요."

"뭐야, 그게."

"글쎄요. 스카 선장님 말에 의하면『넘길 곳이 없는 위험물을 어쨌든 집어넣고 보자는 심정으로 너무 쑤셔 넣었더니 거의 마계가 돼버렸지만, 그래서 또 위험한 녀석들끼리 서로 견제하다보니 오히려 으스스할 정도로 위험이 사라져버린, 위험한 방』인 듯해요."

"이, 이단심문관분들은 제대로 살아서 항구에 도착할 수 있을까?"

"아아, 그건 괜찮을 거라고 보증하더라구요. ……뭐, 정신 쪽은 애석하게 됐다고 했지만요."

"아, 그, 그래……."

어쩐지 그 이상은 물으면 안 될 것 같아 난 밥을 먹는 데만 집중했다.

한참 피클을 묵묵히 집어 먹고 있다가, 문득 또 하나 그녀에게 확인하고 싶었던 얘기가 있었던 걸 떠올렸다. 그래서 "그러고 보니" 하며 이 기회에 과감하게 레이아 누나에게 물어보기로 했다.

"결국 레이아 누나는 팔디오와 러브러브한 사이인 거지?"

"푸읍!"

입에 대고 있던 물을 성대하게 내뿜는 마법소녀. ……화염 내뿜으랴 물 토하랴, 정말 바쁜 누나네. 예전부터 이 인근의 마법소녀들보다 훨씬 판타스틱했다.

그녀는 허둥지둥 냅킨으로 입가를 닦으면서 시선을 피하더니 볼이 새빨개지며 대답했다.

"무, 무슨 소리예요. 대체 무슨 근거로……."

"아니, 그게."

상상 이상으로 격렬한 반응에 나는 어리둥절했지만 오늘 두 사람을 보면서 문득 든 의문의 답을 맞춰보기로 했다.

"레이아 누나가 팔디오를 추궁한 끝에 고자질해서 퇴학으로 몰아넣었다는 얘기, 그거 닥쳐오는 이단심문관한테서 한시라도 빨리 팔디오를 도피시키려고 그랬던 거지?"

"…………."

"잘 생각해보니 미밀 마법학교는 『학생이 마음대로 출입 못 하는 결계』가 쳐져 있잖아. 팔디오를 한시라도 빨리 도피시키려고 생각했다면 가장 손쉬운 방법은 외출 허가신청보다도 말이 필요 없는 퇴학처분이야."

"……글쎄요, 어떻게 된 걸까요."

이제 완전히 진정됐는지, 다시 컵을 입에 대더니 시치미를 떼며 물을 마시는 누나. 나는 다시 말을 이었다.

"그건 그렇다 치고, 누나는 역시 무서울 정도로 머리가 좋은 사람이야. 팔디오의 악행을 목격했을 때 말이야…… 『교회』라든지 『이단』이라는 단어를 입에 올린 시점에서 거의 모든 상황을 바로 추리한 거지? 그래서 갈팡질팡하는 팔디오의 변명을 냉정하게 『더 이상 듣고 싶지 않아』하며 막은 거야."

"왜요?"

"왜냐면 오늘 증명한 것처럼 이단심문관은 조사대상을

감청하거든. 그 시점에서 레이아 누나가 팔디오한테서 모든 사정을 듣게 되면 이단심문관들은 완전히 레이아 누나까지 경계대상에 넣었을지도 모르잖아."

내 추리에 누나는 엷은 미소를 지었다.

"하지만 그건 결국, 내가 그냥 내 몸을 지키려고 그랬다는 얘기잖아요?"

"전혀 아니야. 팔디오을 퇴학시킨다는 대책도 포함해서 누나는 팔디오를 위해 자신이 당분간은 『그쪽』에 계속 속해 있는 게 최선이라고 판단했던 거야. 그에게 위험이 닥쳐오는 걸 재빨리 알아차릴 수 있는 위치에 자신을 두기 위해서."

"상당히 희망적인 관측에 차 있으면서도 어린아이다운, 꿈이 있는 추리네요."

"진짜 어린애니까."

"……그런 것 치곤 머리가 너무 잘 돌아가는데요."

"아하하, 그건 형 덕분이려나. 우리 형……히로키 형은 그런 눈치가 귀신처럼 빠른 사람이었거든. 소중한 사람의 행복을 위해서라면 몇십 수나 앞을 내다본다고 할까."

"그거참 흥미로운 아이인데요."

거기서 레이아 누나는 작게 웃더니 한 번 숨을 내쉬며 분위기를 전환했다.

"좋아요. 뭐, 백 보 양보해서 제가 팔디오를 위해 그런 행동을 했다는 게 사실이라고 쳐요. 하지만 왜 그게 『러브러브한 사이』라는 발상으로 이어졌을까요? 정말 본의 아니게 하는 말이지만……이 사실에서 추측할 수 있는 건 고작해야 제가 팔디오를 싫어하지 않는다는 정도인데———."

레이아 누나가 그렇게 논리를 전개하려던 참에 난 그녀의 말을 막듯이 전했다.

"팔디오는 레이아 누나가 왜 그런 배려를 하는지———
모든 사정을 다 알면서도 결국 그 책략에 가담했잖아? 그거 엄청난 신뢰관계야."

"…………."

레이아 누나가 내 시선을 피해 눈을 돌린 곳을 따라가 봤더니, 팔디오가 곤드레만드레 취해 후긴 씨에게 엉겨 붙고 있었다. ……우와, 후긴 씨, 뭔가 진짜 수줍어하며 난처한 얼굴을 하고 있어……그만둬, 고지식한 사람한테 그런 짓…….

살짝 자신의 추리에 자신이 없어졌지만 난 에헴 헛기침을 하고는 계속 말을 이었다.

"어, 어쨌든 직접 말 한마디 한 적 없으면서 한순간에 그정도로 통할 수 있다니……. 이제 『러브러브한 사이』라는 말밖엔 달리 할 게 없잖아."

"……나 참."

어딘가 어이없어하며 날 뚫어지게 보는 누나. 그 눈동자는……지금까지 본 적이 없을 정도로 온화한 빛을 띠고 있었다.

"대단히 총명한 것에 비해 중요한 곳에서 섬세하지 못한 아이구나, 넌."

"아, 미안해……."

나는 풀이 죽어 의기소침해졌다. 레이아 누나가 상냥하게 웃는다.

"게다가 실제로 정말로 그런 게 아니에요. ……분명 당신이 말한 대로 우리는 잘 통해요. 하지만 그건……당신들도 마찬가지잖아요?"

"우리들?"

무슨 소리인지 몰라 고개를 갸웃하자 레이아 누나는 킥킥 웃으며 계속 말했다.

"한순간의 눈짓 한 번으로 수룡을 팔디오가 원하는 위치까지 딱 차 날리거나, 게다가 다시 다른 갑판에서 싸우는 후긴 씨나 세실리아 씨한테 시선만으로 정확한 구조요청을 보내다니……그쪽이 일반적이지 않아요."

"아……그건 딱히 누나처럼 깊이 생각해서 한 행동이 아니라 모두 애드리브로 어쩌다 그렇게 됐다고 할까. 전성관 너머로 들려오는 정보도 있었고 말이야. 그리고 사이가 좋아서 그랬다기보다 서로의 힘을 잘 알고 있어서 그랬던 것 같은……."

"나와 팔디오도 그래요."

"아, 그렇구나. …………음? 진짜? 음──?"

뭔가 논리상으론 정말 납득이 가는 얘기였지만, 요 며칠 두 사람을 봐왔던 내 느낌상으론 이상하게 납득이 안 갔다. 어라?

레이아 누나는 기분 좋게 웃으며 "맞다" 하고 화제를 전환했다.

"통한다니까 하는 소린데, 내가 자세한 사전협의도 없이 팔디오의 신금기마법을 파악한 뒤 마지막 작전을 전개할 수 있었던 이유. 그거, 토오루 군은 모르고 있지요?"

"아, 그러고 보니. 음, 몰래 금기마법 마도서를 봤다든가, 필담을 했다든가……."

"그건 아니에요. 그런 방법을 썼다간 눈치 빠른 이단심문관한테 들킬 것 같은데요."

"어? 그럼, 대체 어떻게……."

내 순순한 의문에 레이아 누나는 비장의 장난을 털어놓는 아이 같은 미소를 지으며 거기에 대한 답을 했다.

"레스토랑에서 내가 이단심문관 얘기를 꺼낸 이후부터 갑자기 후긴 씨가 합류하기 전까지의 시간 동안. 팔디오가 한 말의 머리글자를 서로 연결하면 『마·법·재·현』이 돼요."

"에에?!"

그 너무도 어처구니없는 대답에 나는 눈을 동그랗게 뜬 채 할 말을 잃고는……그리고 온 힘을 다해 항의했다.

"뭐야, 그거! 그걸 어떻게 알아! 가지고 노는 거지! 아니, 팔디오가 그런 메시지를 보냈다니, 아무리 머리가 좋고 러

307

브러브한 사이라도 그렇지, 그걸 어떻게 알아!"

"아니, 우린 러브러브한 사이가 아니고요. 게다가 반칙도 아니에요. 왜냐면……애초에 그런 전달수단을 지시한 건 내 쪽이니까요."

"뭐?"

"이단심문관 얘기를 털어놓고 난 이후에 난 그가 다음 발언을 하기 전에 틈을 봐서 잡담을 나누는 척하며 『얘기의 앞부분 정도라면 못 들어줄 것도 없지요』, 뭐 그런 말을 했어요."

"…………."

"애초에 내가 퇴학신청을 하고 이단심문관이 미행한다는 전제하에 여행에 나선 것도, 물론 룬헤임에서 이단심문관을 고소한다는 큰 목적도 있었지만 어딘가에서 팔디오와 합류했을 경우, 전력적으로도 충분히 적을 요격할 수 있겠다는 생각이 있었기 때문이에요. 즉 목숨을 건 우정 따위가 아니라 치밀한 계산을 바탕으로 신뢰나 타산적인 생각을 한 뒤에 움직였을 뿐인 거지요. 사실 토오루 군이나 세실리아 씨 같은 특수전력이 없더라도 나와 팔디오라면 충분히 이길 수 있겠다는 예상을 했거든요. 팔디오의 힘을 신뢰야 하지만 러브러브한 사이 같은 건 결코 아니에요."

"………………."

내가 어안이 벙벙해 있는 사이에도 어느새 샐러드를 싹 다 먹어치운 레이아 누나가 "아, 더 가져올게요" 하며 미리

양해를 구하고는 자리를 떴다.

……그런데 요리를 가지러 가는 도중에 고주망태가 된 팔디오와 부딪힌 누나는 평소처럼 구시렁구시렁 설교를 시작, 팔디오는 얼빠진 얼굴로 그걸 나른한 듯이……하지만 결코 내치지 않은 채 그냥 흘려 넘겼다.

나는 그런 묘하게 생동감 넘치는 두 사람의 모습을 멍하기 지켜보면서.

무심코 그만 탄식조로 중얼거리고 말았다.

"그게『러브러브한 사이』가 아니면 대체 뭐가『러브러브한 사이』라는 거야……."

나 참, 어른들의 연애는 어쩐지 아주 바보 같단 말이야.

※

레이아 누나가 샐러드를 가지러 간 채 돌아오지 않은 터라 어쩔 수 없이 혼자 느긋하게 절인 음식을 안주 삼아 주스를 마시는 '어린이용 저녁 반주'를 즐기길 30분.

"……아니?"

문득 난 방이 묘하게 조용해진 걸 깨달았다. 이상한 생각이 들어 다시 식당의 모습을 확인해봤더니 그곳엔…….

"아아……맞아, 이른 아침부터 움직였었지."

수면부족&피로상태인 몸에 식사와 술이 들어간 탓인지 체격 좋은 어른들이 각자 책상이나 의자나 바닥에 몸을 맡긴 채 널브러져 있었다.

사부나 후긴 씨를 필두로 아직 간간이 깨어 있는 사람도 있지만 주위 분위기에 이끌려 그들이 무너지는 것도 시간 문제일 것이다.

"(············)."

나는 엉겁결에 눈을 가늘게 떴다. ······용사로서 체력이 좋아진 지금의 나에겐 저들만큼의 피로감은 없었다. ······ 다른 사람들처럼 쓰러지지 않는 지금의 내가······뭔가 엄청 외롭게 느껴졌다.

그런 생각을 하며 나도 모르게 멍해져 있는데———.

"오우, 젠장맞을 꼬맹이, 아직 안 잤냐, 너."

"앗."

———갑자기 누가 말을 거는 바람에 깜짝 놀라 돌아봤다. 그런데 그곳엔 어쩐지 화장실에 갔다 온 것 같은 변함 없이 무서운 얼굴의 아저씨······스카 선장이 심기가 불편한 듯 우두커니 서 있었다.

그는 식당의 모습을 빙 둘러보며 혀를 찼다.

"뭐야, 한심한 녀석들이군, 나 참. 아직 밤은 시작되지도 않았는데."

"무슨 소리를 그렇게 하세요, 이른 아침부터 움직였으니까 어쩔 수 없잖아요······어떤 분이 우리를 구실삼아 이단 심문관을 함정에 빠뜨리려는 계획을 꾸미는 바람에······."

"으하하하하하하!"

평소의 상스러운 웃음을 터뜨리면서 스카 선장은 근처에서 정신없이 자고 있는 선원에게서 맥주잔을 뺏어 들었다. 그리고 호쾌하게 내 바로 앞에 앉더니 그걸 꿀꺽꿀꺽 입에 대고 마셨다. 술 냄새와 땀 냄새가 엄청 진동했다. 완전히 대하기 거북한, 내가 딱 싫어하는 타입의 어른이었다. 하지만…….

나는 오늘 그들이 해준 일……우리를 위해 큰돈을 거절해준 일이 떠올라 살짝 머뭇대며 고개를 숙였다. 그리고 손가락 끝을 만지작거리며 쭈뼛쭈뼛 말을 꺼냈다.

"그……오늘은 우리를 위해서———."

"우리들을 『실은 좋은 사람일지도』, 뭐 그렇게 재평가하는 일만은 하지 말아줘. 젠장맞을 꼬마야.』

"———네?"

돌연 말문이 막혀 나는 동요했다.

스카 선장은 테이블에 팔꿈치를 턱 얹더니 몸을 정면이 아니라 식당 중앙 쪽으로 돌린 채, 선원들을 뚫어지게 바라보면서 술을 계속 들이켰다.

"우리는 그저 늘 하던 대로 짐을 안전하게 실어 나르는 일을 했을 뿐이야. 딱히 너희들처럼 정의라든지 우정이라든지 의분이라든지 하는 풋내 풀풀 나는 걸 위해 움직인 게 아니야."

"그래요?"

"아아, 바보 같은 꼬맹이도 알기 쉽게 말해주면 말이야."

선장은 맥주잔을 테이블에 놓더니 날 험악한 눈초리로 흘깃 노려봤다.

"예컨대 다음 일이, 네 녀석들을 죽일 목적으로 교회가 다시 보낸 자객을 실어 나르는 일이라 하더라도, 우리는 전혀 망설이지 않고 수락할 거라는 얘기지. 우리가 요구하는 금액만 지불하면 이번처럼 손님을 온 힘을 다해 지키면서 항구로 데려다줄 거야."

"······그렇구나."

스카 선장의 말에 나는 담담하게 대답했다. 그러자 이번 엔 선장 쪽이 의외라는 듯 내 얼굴을 봤다.

"어럽쇼, 더할 나위 없이 『용사님』 같은 네 녀석들이라면 화낼 거라고 생각했는데?"

선장이 의아해하며 묻자 난 고개를 가로저었다.

"아니요, 딱히 화나지 않아요. 그야······아쉽고 싫고 엄청 민폐지만. 하지만······."

"하지만?"

묘하게 일부러 험악한 표정을 지으며 날 도발하듯 보는 스카 선장에게.

난······.

난 미소로 응답했다.

"자기 일에 성실한 어른은 그냥 멋있다고 생각해요."

"…………."

내 말에 스카 선장은 잠시 눈이 휘둥그레지더니, 문득 처음 보는 복잡한 표정을 지으며 웃었다.

"…………그렇군. 기사 아가씨가 이상하게 걱정할 만하군, 이건. ……이단심문관 따위는 우스울 정도로 위험해. 잘못된 윤리관이니 뭐니 하기 전에 애초에 그 경계선이 전혀 형성 안 돼 있어. ……어릴 때부터 이 꼴 저 꼴 너무 많이 봐서 그런가?"

"? 뭐라구요?"

"아니. 아무것도 아니야. 네 녀석은……의외로 『우리 쪽』 사람일지도 모른다는 생각을 했을 뿐이야."

"뭐어어! 싫어!"

"어이."

내가 격렬하게 거부하자 스카 선장이 화를 냈지만…… 거기엔 이전처럼 진짜 무시무시한 느낌은 없었다.

그는 한참 잠자코 술을 들이키더니, 마치 잡담을 하듯 가볍고 태연하게……이전과 완전히 같은 질문을 내게 던졌다.

"아직도 바다가 무서우냐, 꼬마야."

"…………."

나는 아무 대답도 하지 않았다. 선장은 "으하하하!" 하고 왠지 부자연스럽게 웃더니 늘 하던 술안주 삼아 하는 얘기인 것처럼 담담하게 말하기 시작했다.

"나는 아버지도, 어머니도, 여동생도, 친구도, 죄다 바다에서 죽었어."

"!"

"너와 달리 바보처럼 비참한 사고로 한꺼번에 잃은 건 아니지만."

"…………."

선장이 내 과거를 알고 있다는 사실에 조금 놀랐지만……그러고 보니 팔디오가 조금 전 선장 일행과 술을 마시고 있었던 걸 떠올렸다. 어차피 술에 취한 척이라도 하면서 사실은 선장에게 다짐해둘 목적으로 말했을 것이다. ……나 참, 정말, 진짜……지금의 내겐 아까운 보호자야…….

내 반응을 살피면서 스카 선장은 말을 이었다.

"우리는 대대로 바다 일을 해왔고, 친구도 그 연줄로 알게 된 사람들뿐이었으니까 말이야. 각자가 각자의 이유로 바다에 나가……그리고 각자 죽어갔어."

"……그렇구나……."

"뭐, 이유는 다양하지만 말이야. 자연재해도 있었고 마물의 습격도 있었지. 게다가……바보 같은 인위적인 실수, 해적의 습격, 조금 전에 본 녀석들 같은 음흉한 패거리들의 암약. 아릿한 죽음의 대행진이야, 바다는 말이야! 으하하하하!"

웃으면서 술을 마시는 선장. 난 어안이 벙벙했지만 물었다.

"왜, 왜 그런데도 바다를 안 무서워해요?"

내 질문에 선장은……천연덕스럽게 대답했다.

"그거야, 당연히 믿기 때문이지. 우리 배, 뇨르드 호를."

"…………."

갑자기 선장이 너무 멋있게 보여 그만 감명을 받은 내게……선장은 "앗" 하며 뭔가를 떠올린 듯 덧붙였다.

"그것도 있고, 진짜 돈벌이가 되니까, 바다 일은. 으하하하하! 이러면 누구든 죽을 때까지 그만두지 못하지! 내 주위를 보면 딱 은퇴 시기를 놓친 멍청이들이 멋대로 죽더라구! 미안하다, 어느 쪽인가 하면 배 타는 이유는 돈이 90%였어!"

"아──아──아──, 안 들──려! 후반부에 말한 이유, 전혀 안 들──려!"

난 이 얘기를 적극적으로 좋은 얘기로 만들려고 애썼다! 선장은 그런 날 보고는 변함없이 불쾌한 목소리로 껄껄 마구 웃어댔다. 나……나 참, 이 선장은! 뭐야, 정말! 나, 진짜 인품이 마음에 안 들어! 이렇게 궁합이 안 맞는 어른은 처음이야!

하지만…….

나는 엉겁결에 퉁 볼을 내밀며 그쪽이 그렇게 나오면 나도 못 참지 싶은 생각에, 내 마음을 죄다 털어놓기로 했다.

"근데, 여전히 나 진짜 무섭고 싫어요, 바다! 뭔가 엄청 좋은 얘기하는 것 같지만 이 배 여행, 그냥 최악이었거든요?! 팔려갈 뻔했고, 습격당했고, 게다가 가라앉을 뻔한 낡은 배 수리를 도와야 했거든요?! 내 트라우마를 낫게 할 요소가 어디에 있나요!"

"으하하하하하! 틀린 말은 아냐! 그 부분은 역시 미안하다, 꼬마야!"

웃으면서 거침없이 난폭하게 내 등짝을 때리는 선장. 나는 "나 참……" 하며 어이가 없어 할 말을 잃고는, "하지만……" 하고 살짝 입을 삐죽대며 말을 이었다.

"……………뭐, 그……하지만……다음에 배 탈 때도……. ……다시, 뇨르드 호를 타면, 좋겠어요…….."

"…………."

"뭐, 뭐예요, 말도 안 하고."

뜨거워지는 볼을 숨기듯 테이블 위에 팔을 괸 채 시선을 피하며 묻는 내게.

선장 역시 어쩐지 멍한 기색으로 술을 들이키는 손을 멈추더니……얼굴과는 어울리지 않는 부산을 떨며 벅벅 볼을 긁적이고 있었다.

"어, 아, 아니, 오우……그, 그렇구나. 그건……뭐지. ……고마운 말이긴, 한데."

"…………."

"…………."

우리 테이블에 뭔가 멋쩍은 분위기가 감돌았다.

……둘이서, 홀짝홀짝 음료수를 마시면서도 대화가 없다. ……으으!

무심코 그만 참을 수 없게 된 난, 폴짝 뛰듯이 의자에서 뛰어내렸다.

"?"

뭘 하려고 저러나, 하고 선장이 의아해하는 가운데.

나는 지난번에 그가 했던 살짝 멋있었던 말을 빌렸다.

"진심으로 믿을 수 있는 무언가가 있으면 무서운 것 따위 아무것도 없다는 얘기예요!"

그리 말하면서 난 식당 중앙 테이블에 한데 엎어져 널브러져 있는 동료……루우, 팔디오, 사부, 거기다 레이아 누나와 후긴 씨의 곁에까지 가서는.

그들을 자랑이라도 하듯 빙글 선장을 돌아보며.

어딘가 상냥한 얼굴로 지켜보는 선장을 향해———.

———구김살 하나 없이 환하게 웃으며 선언해줬다.

"내겐 이제, 이 여행에서 무서운 것 따위 하나도 없어요!"

에필로그

심연에서 그리운 빛을 향해 그의 영혼은 점점 위로 떠올라 갔다.

심전도의 건조한 기계음. 숨 막히게 작동되는 산소호흡기. ……누군가의 오열.

무거운 눈꺼풀을 겨우 떠 녹슨 것처럼 삐걱대는 목을 간신히 소리 나는 쪽으로 돌렸다.

───그곳엔 의자에 걸터앉은 엄마가 마치 신께 기도를 드리는 것처럼 고개를 숙이고 있는 모습이 있었다.

엄마의 변함없는 모습에 우울해졌다.

하지만……오늘은 딱 한 가지, 그의 눈동자에 간과할 수 없는 변화의 빛이 어렸다.

"(……작문용지?)."

꽉 쥐고 있는 엄마의 손안에서 구깃구깃해진 작문용지가 보였다.

역시 글 내용은 읽을 수 없었지만 손안에 있는 용지 위로 보이는 '여름방학' '커다란 배'라는 단어만은 그도 가까스로 읽을 수 있었다.

엄마는 누군가에게 용서를 비는 것처럼 필사적으로 중

얼중얼 입술을 움직이고 있다.

"……이게 뭐 어쨌다고……이제 와서 이런……저 애가 어떤 상황에 처해 있는지는 처음부터 알고 있었어……. 이런 작문을 이제 봐서 발견했다고 뭐가……정말……."

"…………."

"……저 애는 후우토가 될 수 없고, 되게도 안 해. 히로키도 될 수 없어. 나하곤 관계없는 아이. 관계는커녕 나처럼 가족을 잃었는데……재잘재잘『활기찬 애』인 척하는 기분 나쁜 아이. ……그럴 수밖에 없는데……그러지 않으면 안 되는데……."

엄마가 다시금 확 작문용지를 쥐었다.

말라버렸을 터인 눈물이 뚝 한 방울 바닥에 떨어졌다.

"까불지 마……. …………까불지 마……."

"…………."

정말 밉살스럽게.

정말 화가 난 듯이.

정말……가엾게.

참회와도 같은 소리를 중얼거리는 여성.

그런 엄마를 보고 그는———.

———히로키 · 미카미는 엷게 웃었다.

안심한 순간 문득 의식이 멀어져갔다.

어둠 속에서 기어 나온 수많은 손이 영혼을 심연으로 꾀어 들였다.

그리고……다시 평소처럼.

깊숙이 가라앉는 영혼은 끝내 **심연도 지나, 저쪽 세계에
당도했다.**

영혼이 다시 위로 떠오르는 걸 확인한 뒤 히로키는 천천
히 몸을 움직여봤다.

"(……몸이 가벼워……. ……역시 《노룬가르드》 쪽인
가……)."

히로키는 어둠 속에서 저도 모르게 한숨을 쉬었다.

"(이 국면이면 지금쯤은 원래 몸을 조금이라도 움직여주
길 바랐는데 말이야……. ……뭐, 아무래도 시간의 흐름
자체도 다른 모양인 데다 저쪽에 오래는 못 있는 듯하니
까, 어쩔 수 없나)."

애초에 이세계와 현실세계 사이에서 진자(振子)처럼 흔들
리는 《의식왕래》라나 뭐라나 하는 불가사의한 현상 때문
에 생긴 일이라서, 이쪽 사정을 봐주는 배려 따위 바랄 수
도 없었다.

히로키는 한참, 의식이 '몸에 익숙해지는' 걸 기다리기
위해 멍하니 어둠을 응시했다.

"(그건 그렇고……내가 《완전히 가라앉아》 있던 사이에
《그들》은 어떻게 하고 있었을까……)."

자신이 기생하는《그 존재》에 남아 있던 기억을 어둠 속에서 자세히 살펴나간다.

"(그렇구나……뮤토가 토오루한테 접근했구나…….
……제멋대로 하고 있어……)."

마음속으로 저도 모르게 혀를 찼다. 아무래도《마인》은 자아가 너무 강해 힘들다. 물론 그것도 포함한 뒤에《계책》은 전개했지만 지극히 다루기 어려운 장기의 말인 건 틀림없다.

"(그런 그렇고……다음은 어떻게 하지……)."

현재의《용사》를 둘러싼 환경의 재검토를 시작한다.

《여신》《노룬가르드》《이세계 소환》《마법》《용사와 마왕》《마인》《신공물》

아무리 상상을 초월하는 일이 일어날 수 있는 세계라고 해도 규칙만 파악해버리면 상황을 장악하는 건 그리 어렵지 않다.

그래서 히로키는 여태껏 '최소한의 움직임'만으로 최대한의 효과를 올려왔다.

그러나…….

"(……아무래도 좋지 않은 국면인데)."

현재의 승률은 87% 정도인가. 초반과 비교하면 제법 만회돼버린 경향이 있다.

"(역시 초기결착이 최선의 방법이었어. 하지만……저 단계에선 아직 『확신』을 가질 수 있는 상황이 아니었으니까,

뭐, 어쩔 수 없나. 새롭게 가자)."

　반성은 해도 후회는 하면 안 된다. 그건 그저 소용없는
짓일 뿐이다.

　그럴 시간이 있으면 지금은 우선 계책을 궁리해야 한다.

　설령 세계를 적으로 돌리더라도 달성해야 하는 목표가
지금 히로키에겐 있으니까.

　"후우……."

　히로키는 겨우 익숙해진 몸으로 심호흡을 했다..

　그리고 어둠 속에서 탁 눈을 뜨더니———.

———담담하게 마치 여름방학 숙제와 씨름이라도 하듯
가볍게 중얼거렸다.

　"한시라도 빨리 토오루를 죽여야 하는데."

후기

안녕하세요, 안기고 싶은 작가 랭킹에선 이미 명예의 전당에 입성했기 때문에 오히려 안기고 싶은 작가 랭킹에 이름이 없을 터인 작가, 아오이 세키나입니다.

……이번 후기 4페이지이니까 진한 망언으로 시작해보겠습니다.

그건 그렇다 하더라도 4페이지입니다, 4페이지! 어쩜, 이리도 이상적인 숫자일까요. 드디어 후기의 신이 부끄러웠던 걸까요, 아니, 역시 안기고 싶은 작가!

………….

죄송합니다, 거짓말했습니다.

숨김없이 솔직히 말하면 '후기 16페이지'가 됐을 상황이었습니다.

아니 그게, 애초에 본편이 페이지를 다 채우고 끝난 모양이라. 그대로 갔다간 오직 후기를 추가하기 위해 책을 두껍게 만들지 않으면 안 돼서……(판타지아 문고는 16페이지 단위로 구성돼 있습니다).

그런데 내가 긴 후기를 쓰느라 고생하는 모습을 기대하

신 분이 상당수 계신 건 충분히 알고 있습니다만, 역시 '책의 두께나 가격에 영향을 주면서까지 할 짓은 절대로 아니다'라는 생각에 본편 쪽을 조절했고 후기도 이렇게 4페이지가 됐습니다.

아, 내친 김에 하는 말인데 본편을 조절했다고 해도 이야기는 1밀리미터도 줄이지 않았으니까 안심하시길. 행을 바꾸는 걸 줄이는 뭐, 그런 작업을 통해 4페이지 분량을 짜냈습니다.

……아니 하지만, 그렇긴 해도 정말 아무런 계산도 없이 태연하게 후기 16페이지를 억지로 뽑아내는 내 성질은 대체 뭐야? 오히려 계산 안 한 게 잘못인가?

이게 마지막 권이라면 16페이지도 가능한 얘기지만 말이야. 아, 아니, 아쉽다! 16페이지 쓰고 싶었는데, 정말로!

그건 그렇고, 페이지 수도 적으니까 '나의 용사' 내용 이야기로.

이번 권은 예고대로 팔디오 편으로 보내드렸습니다. 전체적으론 지금까지 나온 책 중에서 가장 밝은 얘기였지 않았을까요. 이 권을 보고 있으면 팔디오가 마치 '능력자' 같은 기분이 듭니다만, 기본적으론 성인 남성의 원펀치로 손쉽게 녹아웃시킬 수 있는 인물이라는 걸 잊으면 안 될 것 같습니다. 그의 '으스대는 모습'을 진심으로 받아드리면 지는 겁니다.

3권부터 이름은 나왔지만 본권에 첫 등장하는 레이아는

'나의 용사'에선 보기 드문 미소녀 캐릭터입니다. 게다가 마법소녀. 해냈다, 인기 캐릭터 투입했어! 성격? 아아, 끙, 그런 게 뭔 상관이에요. Nino 씨가 상상을 초월하는 귀여운 일러스트를 곁들인 시점에서 레이아는 90% 먹고 들어갔어요. 성격은 사소한 문제예요. 우수하고 아름답고 성실한데도 마녀라 불리는 건 그에 상응하는 이유가 있겠지만 문제없어요.

자, 겨울에 나올 예정인 6권 예고입니다만.
기본적으로 난 과장된 선동은 안 하는 타입이지만 그래도 한 마디 하면.

'나의 용사' 시리즈 중, 제일 중요한 권이 될 거라 생각합니다.

물론 첫 권이나 마지막 권도 당연히 중요합니다만. 어떤 의미에서 그 이상으로 이 시리즈의 '핵심'이 되는 내용이 그려지는 클라이맥스 권입니다. 그러니까 지금까지 읽어주신 분은 꼭, 슬슬 이 시리즈 그만 끊자고 생각했더라도 읽어주시면 감사하겠습니다. 이야기로서는 아직 도중에 지나지 않지만 어떤 내막이 밝혀지면서 '과연' 하는 느낌을 받을 수 있을 거라 생각합니다.

그럼 마지막으로 감사인사를.

이번엔 학생시절이 나오는 편(編)이라서 다시 고생을 시켜버린 Nino 씨. 레이아는 완전히 모습이 바뀌는 설정이었는데, 학생시절 레이아의 정통파적인 귀여움과 팔디오가 축 쳐져 있는 모습을 보고는 '역시 학생시절을 그리길 잘 했어!' 하며 기뻐했습니다. 늘 정말 감사합니다. 이후에도 잘 부탁드립니다.

또한 이번 후기의 페이지 수 조절 때문에 고심하신 담당 편집자님. 감사합니다. 덕분에 16페이지 후기라는 악몽을 피할 수 있었습니다.

그리고 5권까지 같이 해주신 독자 여러분.

조금 전에 고지한 내용의 반복이지만 6권은 이 시리즈가 시작됐을 때부터 있었던 어떤 위화감의 해답이 제시되는지라 기대해주시면 감사하겠습니다.

그럼, 겨울에 발매되는 6권이야말로 처음부터 페이지 수가 알맞게 설정될 것을 믿으며.

BOKU NO YUSHA　Vol.5

© Sekina Aoi, Nino　2014

First published in Japan in 2014 by KADOKAWA CORPORATION, Tokyo.

Korean translation rights arranged with KADOKAWA CORPORATION, Tokyo.

나의 용사 5

2022년 11월 15일 1판 1쇄 발행

저　　　　자	아오이 세키나
일 러 스 트	Nino
옮 긴 이	정우
발 행 인	유재옥
본 부 장	조병권
담당편집자	박치우
편집 1팀	김준균 김혜연 박소연
편집 2팀	정영길 조찬희 박치우 정지원
편집 3팀	오준영 곽혜민 이해빈
미　　　　술	김보라 박민솔
라 이 츠	맹미영 이승희 이윤서
디 지 털	박상섭 김지연
물　　　　류	허석용 백철기
발 행 처	㈜소미미디어
등　　　　록	제2015-000008호
제 작 처	코리아피앤피
주　　　　소	서울시 마포구 토정로222, 403호(신수동, 한국출판콘텐츠센터)
판　　　　매	㈜소미미디어
영　　　　업	박종욱
마 케 팅	한민지 최원석 최정연
전　　　　화	(02)567-3388, Fax (02)322-7665

ISBN 979-11-384-3443-0

ISBN 979-11-85217-59-8(세트)